訴歌《そか》

あなたはきっと橋を渡って来てくれる

阿部　正子　編

皓星社

装丁　和久井　昌幸

はしがき

もしあなたが十歳くらいの少年・少女で、親にこう言われたらどうでしょう。
「病気を治すために行くんだよ。治ったら家に帰れるからね。」
親も子も、こう信じて、子は島へ渡りました。乗る船や桟橋まで一般の人とは別にされて。

〈大島丸〉に乗《の》して叱られ曳航《ひか》れたる伝馬船にて着きし入所日忘れず　井上真佐夫

昭和十五年艀《はしけ》にて渡りし夜の灯《ひ》の輝く関門海峡美しかりき　宿里礼子

また、「収容列車（お召《めし》列車ともいう）」で山へ送られた子もいました。

療養所につれ行《ゆ》かるとも知らずして弟は汽車の旅をよろこぶ　深川徹

病む吾とみまもる母の乗りたれば客車の扉に錠下《お》ろされつ　山本吉徳

島も山も、僻地です。「一般社会から遠く隔離しなければいけない恐ろしい伝染病」というイメージを国は演出し、患者を犯罪者のように扱い、事実（＝菌の感染力は弱く、薬で治る）を隠し、法による強制収容を九十年も続けました。

大人でさえ絶望的な状況の中で、島や山に送られた子供（乳幼児含む）は、どんなに心細かったことでしょう。本書は、収容された子供が、その後どんな運命をたどったのかを伝える歌物語です。

たとえば、療養所のひとつである多磨全生園に収容された患者の七割は二十〜四十歳。また未成年者が一割でした（一九〇九年頃）。この数字からも、若い人の受難の歴史であったことがわかります。

本書の作者、千余名は、もとは少年・少女や若者や、幼い子を持つ母親や父親です。農民、職人等、普通に社会にあれば歌に無縁な人たちが、療養所で俳句や短歌や川柳と出会い、指導の師に恵まれ、魂と魂とがぶつかりあうような環境で、歌を詠《よ》み続けました。病気の進行により視覚や嗅覚・触覚を失っても、残された身体感覚を使って四季の変化を感じ、日々の喜怒哀楽を愛《いと》しく、伸び伸びと詠んでいます。互いに助け合い、社会的弱者や小さな動物の命にも心を寄せながら。

人はどんな過酷な状況の中でも誇り高く、生き抜けることを、歌に託して後世に伝えようとしています。この思い（訴え）を受け止めたいという意味で「訴歌」と名付けました。副題「あなたはきっと橋を渡って来てくれる」（本書8頁・辻村みつ子氏）に答えて。（「訴歌」は装丁の和久井昌幸氏の造語）。

本書の歌は、元は『ハンセン病文学全集』（皓星社）の「8短歌」「9俳句・川柳」「10児童作品」に収録されていたものです。日比谷図書館で初めてこれらの歌に出逢った時、私は衝撃を受けました。

戦前からの隔離政策をより強固にした「らい予防法」の制定は一九五三（昭和二八）年。一九五一年生まれの私は、同時代を生きながら、知らなかった！　療養所の生活や、隔離された少年・少女たちがどんな思いでいたのか、これらの歌を読んで、初めて知ることばかりでした。

『全集』の歌は、皓星社《こうせい》の編集者・能登恵美子さんが「患者の生きた証《あかし》を残したい」と、全国の療養所を廻って集めた千冊もの膨大な作品集から選ばれたものです。これらの歌に惹かれて、私は六万の歌を集めて編集中だった『てにをは俳句・短歌辞典』(阿部正子編・三省堂・二〇二〇年)に、『全集』から、なんと六千もの作品を引用して全体に散りばめ、芭蕉や一茶や晶子等の歌と並べました。

これらの歌は、境遇や身体状況を巧みに織り込んで真情を詠んでいるので表現力が素晴らしい。療養所内でたくさんの歌が作られていたことも含めて、もっと広く知らせたいと思いました。

そこで、『全集』から三千三百余の歌(短歌・俳句・川柳)をあらためて抜粋し直し、短歌も俳句も川柳も一緒にして、詩情や日常生活語で分類してみました。歌の末尾の年代を参考に、あなたの過ごした昭和や平成の時代と照らして読んでいただくと、より一層、心に響いて来るかと思います。

とくに、未成年の歌(「少年」「少女」等と記入)には、その子の境遇や気持ちが自然な巧みさで詠みこまれています。テレビや児童書のない世界で、昼間の作業や学校のあと、夜は「作品づくり」の毎日。大人の歌の表現力は、そんな子供たちが、隔離の中で、歌を生甲斐として培った結果でもあります。

また、元の『全集』には、本書に載せきれずにやむなく割愛した歌が、この十倍ほど眠っています。『ハンセン病文学全集』(全十巻。二〇一〇年完結)は、世界に類を見ない貴重な文化遺産です。

後世に多くの作品集を残してくださった療養所の方々、『全集』を編んだ故・能登恵美子さん、本書の企画を認めて、応援してくださった皓星社に感謝いたします

二〇二一年春

阿部正子

◎訴歌《そか》の表現力

本書の作者はほぼ全員が毎日痛みや麻痺《まひ》を抱えていますが、それを巧みな表現で匂わせながら、自分の窮状や思い（根底にあるのは理不尽な隔離に対する怒り）が後世にも伝わるようにしっかりと訴えているように感じられます。ですから、あれ?この作者は今どんな身体状況なのだろうかと思いを馳せながら読んで頂けると印象が深まるのではないでしょうか。私なりに、注意深く読んでみた歌をご紹介します。

捨てて来し仔猫が先に戻りゐし　中村花芙蓉　130頁
猫の子に飯《めし》を冷やしてあたえけり　中野三王子　197頁

心を鬼にして捨てて来たのに、やれやれ。作者の足が不自由なおかげで猫は捨てられずに済みました。「さます」でなく「冷やす」。猫に火傷させない気遣いは、作者の手に温度の知覚がないことを匂わせます。

鉄瓶《てつびん》に水さしにつつよき月と看護《みとり》の人のつぶやくきこゆ　木原隆　157頁

盲目や失明などの言葉を使わず、看護人と一緒に自分も良い月見をしたよ、と表現しています。

どの指も歴史をひめて曲《まが》ってる　青葉香歩　283頁

年月を経て順に麻痺して後遺症として曲っている指を愛《いと》しく「歴史を秘めて」と表現しています。

昔《むかし》眼で読み今舌読《ぜつどく》に枯野抄《かれのしょう》　金子晃典　174頁

今や盲目となり点字も読めないが（手指の麻痺か喪失）、舌で読むのも又味わい深いよと表現しています。

十八歳で入所するまで隠れいし胸の傷深き故郷《ふるさと》の家　森山栄三　47頁

戒名を享《う》けて遍路《へんろ》の旅に出《い》づ　桂自然坊　２４２頁

骨《ほね》埋めむ島とは覚悟定め来て涙落ちたりベッドの上に　小川一男　１１３頁

「隠れ病む」か「終生遍路し続ける」か「療養所に終生隔離される」か選択肢は限られ、どれも過酷です。

夕暮れの峠をこせば我が家のあかり見えおり小さきあかり　石田正男〔中学生〕　１３３頁

帰省の一場面？というより、「小さき」の語には「もう帰れない遠いわが家」の情感が感じられます。

あちこちに面会見えてかえり花　善三〔少年〕　２７０頁

面会の家族が来て賑わう友達の様子を歌いながら「ぼくには面会が無い」ことを訴えています。

寒菊《かんぎく》や年々おなじ庭のすみ　豊子〔少女〕　２８７頁

世の中から忘れられ、これからも世の隅に生きることになる自分の閉塞感を「寒菊」に託しています。

すみれ花《ばな》故郷の父の好きな花花瓶《かびん》にさしてかわゆがりけり　N・T子〔尋常小5年〕　１３２頁

この少女が「かわゆがる」すみれの花は、恋しいお父さんに可愛がられたい自分自身なんですね。

かあさんザルにだかれてのぞく小ザルさん黒いお目目でわたしを見ます　T・M美〔少女〕　90頁

まあ、憎らしいほど羨ましい。自分もあんなふうに抱かれたい。小猿を凝視しているのは少女の方です。

療養生活費調査紙にわがためらはず書き込みし少額の小鳥の餌代《えさだい》　木谷花夫　２９１頁

小鳥も私もちゃーんと生きてるんですよ、それを認めなさいね。少しコミカルでなぜか印象的な歌です。

あなたはきっと橋を渡って来てくれる　辻村みつ子　８頁

待ってますよ。あなたはいつかきっと私たちのことを知り、理解してくれると思うからと訴えています。

お知らせ

◎『全集』から引用した歌（短歌・俳句・川柳）を約千の小見出しで分類し、その五十音順で並べました。歌の末尾の年は、その歌を掲載した作品集（1926〜2003年）の「発行年」か「作者の没年」です。大まかな目安ですが、その歌が詠まれたのが、その西暦年より「前」ということがわかります。
◎作者名はイニシャル名も含めて『全集』を踏襲し、未成年の歌には〔少〕〔少年〕〔少女〕等、記しました。
◎歌には、ふりがなを追加し、読みにくい所には、〔 〕に漢字表記を補いました。
◎ハンセン病の旧称の「癩（らい）」が使われた歌も、作品を尊重し、『全集』からそのまま引用しました。
◎歌に出て来る入園や退園の「園」や「療園」「癩園」「癩院」はすべてハンセン病療養所のことです。

■ハンセン病に関する国の主な施策

1907（明治40）年　「癩予防ニ関スル件」公布。1916年には療養所長に懲戒検束権付与。

1931（昭和6）年　「癩予防法」制定。患者の就労制限。

1938（昭和13）年　栗生楽泉園に「特別病室（重監房）」設置。全国から「問題患者」を移送。昭和22年まで使用。

1940（昭和15）年　1929年から始まった「無癩県（むらいけん）運動」の徹底を通知。

1947（昭和22）年　治療薬プロミンの使用開始。治療は療養所でのみ。

1948（昭和23）年　優生保護法の優生手術（断種や中絶）の対象に。

1953（昭和28）年　「らい予防法」制定。患者の強制収容。

1996（平成8）年　「らい予防法」廃止。

逢いたい

あなたはきっと橋を渡って来てくれる　辻村みつ子　1992

会いに来てください明りが消えるから　辻村みつ子　1992

逢いたかった

子等《こら》を妻を木槿《もくげ》年古《ふ》る母が門《と》を一目《ひとめ》を欲《ほ》りつつ帰り来にけり　明石海人　1939

七年《ななとせ》の隔てを母と火桶《ひおけ》抱く　森城月　1958

逢ひに来し母と蛙《かわず》の闇に泣く　片山爽水　1970

逢う日なく

逢う日もうない母の声しかと聞く　南条当太　1972

またくると中折帽子《なかおればうし》をふりし父を待ちつづけきぬこの三十年　松島朝子　1980

相病《あいや》めば逢ふすべもなし露の秋　児島宗子　1989

赤い靴

とまどひを持ちて撰《え》らべり子に履《は》かす赤き靴青き靴小《ち》さき小《ち》さき靴　木谷花夫　1959

遠い日の思い出を抱く赤い靴　影山セツ子　2003

赤蜻蛉《あかとんぼ》

ものほしの白いきものに赤とんぼ　真砂子［少女］ 1958

赤トンボみこしの上に一《ひと》休み　橋本なみき 1959

赤蜻蛉琉球髷《りゅうきゅうまげ》のてっぺんに　石垣美智 1971

赤とんぼふれたる音に杖をとめ　原田美千代 1979

あきらめない

春待つや癒《い》ゆる望《のぞみ》を失はず　吉田白萩 1940

諦《あき》らめていてもやっぱり便《たより》書く　鹿島太郎 1955

あきらめる

癒《い》えて世に出るのぞみ断《た》ち蟹《かに》と遊ぶ　太田あさし 1940

雁《かり》行くも帰心《きしん》は既に失へり　白井春星子 1955

秋を感じる

杖先に一葉《ひとは》の秋を感じけり　植田空如 1940

風鈴の音色《ねいろ》変《かわ》って秋の風　村松加代子 1982

握手

知覚なき手を握られて君の手の温《ぬく》もり知りたく頬へとはこぶ　松永不二子　1975

握手をとためらふ吾の硬直の手は双手《もろて》にて包まれてしまふ　朝滋夫　1984

朝顔

みんなして垣の朝顔数《かぞ》へけり　玉木愛子　1934

土あげて芽をのばしたる朝顔を今年も庭に移植しにけり　T・H洋［高等小（中学）2年］　1941

朝なあさな我が水やりし朝顔が今日はようやく芽を出しおりぬ　井上敏雄［高校生］　1952

朝寝坊《あさねぼう》

久々に吾《わ》が家《や》にいねし朝寝かな　木下若千代　1935

河鹿《かじか》きき雨の音聴き大朝寝《おおあさね》　森城月　1963

朝日がきらきら

しぶきなす朝日手元に障子洗ふ　大崎勉　1976

手のひらの朝日をはじく寒卵《かんたまご》　岡村春草　1979

奥山の朝日とらへて通草《あけび》熟《う》る　森つや子　1989

浅蜊《あさり》

勝手場《かってば》に吾《あ》が近づくに音たててバケツの浅蜊口をとざしぬ　田島賢二　1956

浅利貝つぶやきつぶやき成仏《じょうぶつ》す　石垣美智　1971

有明の海の浅蜊がをりをりに朝の厨《くりや》に潮吐く音す　入江章子　1986

足音を聞き当てる

足萎《あしなえ》の吾《あ》が足音を聞きとめて窓辺の盲友《とも》は呼びとめるなり　田原浩　1979

訪《と》う友の足音らしく座り替え　高野明子　1999

紫陽花《あじさい》

青皿にのせたる如くに咲き初《そ》めしあじさいの花色うすくして　白石静香［少女］　1951

さみだれにつのを出してるカタツムリあじさいの葉にぬれてはってる　相良しめ子［少女］　1958

あじさいの一雨《ひとあめ》ごとに色づきぬ　一郎［少年］　1958

足の傷が癒《い》える

かが［日日］なべて傷癒えてゆく楽しさやゆるぶ包帯解きて巻き直す　荒谷哲六　1943没

庭掃けば土の匂ひの親しさよ二歳《ふたとせ》ぶりに足の傷癒え　島田正夫　1958

足を断《た》つ

切断と決まりし足や足袋《たび》をはく　寄田南村　1940

母父《おもちち》の来まさば告げむ臆《おそれ》なく足断ちしこと歩み得ること　光岡芳枝　1954

脚《あし》一本仏《ほとけ》に返し日向《ひなた》ぼこ　松原雀人　1977

春の夜《よる》明日断つ足をじっと見る　中村花芙蓉　1989

あずけた子に会いにゆく　（1＝別の療養所で保育されている子「健康児」。2＝保母。保母も病者。）

船下りて島の坂道登りゆくわが子[1]よ会ひに父われは来し　木谷花夫　1959

人目なき山蔭に来てわが抱《いだ》くあはれわが子のその小《ち》さき体《たい》　木谷花夫　1959

子の写真うつしきたらむと借りてきしカメラいくたび手にする妻ぞ　木谷花夫　1959

幼子《おさなご》に飴《あめ》の包みを握らせてはや術《すべ》のなくわがありにけり　木谷花夫　1959

預けある吾子《あこ》を覗きに虫の径《みち》　量雨江　1970

かりそめの母[2]とあそぶ子夕つばめ　量雨江　1970

汗が出ない

生きの身の汗腺《かんせん》とざし癩《らい》ひろごる　蓮井三佐男　1956

汗の出ぬ身を苦しみて水にひたる友の現実われに近づく　鈴木楽光　1957

天《あま》の川

おおどかに流るるものか天の川吾《あ》が仰ぎつつ湯あみして居り　石川孝　1929

一年に一度と言へど七夕《たなばた》のめぐれば逢へる星は倖《しあわ》せ　園あゆみ　1988

水甕《みずがめ》に垂れてしんしん銀河《ぎんが》の尾　後藤房枝　1989

飴玉《あめだま》

笑ひつつ児《こ》ら近づけり我が口におしこみたりしこれの飴玉　木村美村　1935

ひたぶるにもの書きをればそっと来し娘は飴玉を口にくれけり　太田井敏夫　1951

雨の音を聞く

背負《せお》はれて礼拝に行く道すがら傘にこまかき雨音ききぬ　隅青鳥　1936

庭さきにかすかな音や冬の雨　一郎［少年］　1958

待ちをりし雨が西瓜《すいか》に降る音をききをり山の畑に来《き》たりて　赤沢正美　1965

あやとり

幼子《おさなご》が大切にもちゐしあや糸は氷の張れる水底にあり　T・Y子［高等小（中学）2年］　1941

あやとりの掛け橋指に白南風《しらはえ》す　森つや子　1976

ありがとう

今日までの命とりとめ得ておほかたの人に礼《いや》言ふ心すなほに　島田尺草　1938没

差し入れのタオル謝《しゃ》して使う朝故郷《さと》の香りを深く息吸う　藤本松夫　1962刑死（享年40）

ありがとう言えばはにかむ看護生　佐藤多信　1972

蟻地獄《ありじごく》

蟻地獄納骨堂《のうこつどう》の裏庭に　里見一風　1953

蟻地獄夢にはありしわが両脚　中江灯子　1963

安住《あんじゅう》**の地なく**

うつし世に安住地なくのがれ来てここに逝《ゆ》きたりここだの人は　岩沢好一　1938

あはれなる思ひ重ねし果《はて》にして今限りなく療園《りょうえん》を愛す　吉田文雄　1951

危険の札《ふださ》げられ遠く来し媼《おうな》の癩園《らいえん》につきてくつろぐあはれ　笹川佐之　1955

園にあれば温かき御飯が食《は》めると云ふこの安定をみじめとなせる　村山東多朗　1959

世間より亡き者となりし友等《ともら》いま癒《い》えても家へ帰ると云はず　麻野登美也　1963

療園の門慕《した》わしく忌《い》まわしく　山本良吉　1972

家のため巡礼に出よ癩《らい》の身は家出をせよと言ひし叔父はも　北田由貴子　1981

癒《い》えたい

老いらくの母を思へばいま一度うつそ身の病《やまい》癒えたかりけり　水原隆　1934没

病める身を一人思へば今日も今日も癒えんのぞみを消しがたくをり　小川喜代子　1939

つくづくと吾子《あこ》のゆくへを思ふときながらへがたき吾身くやしも　荒谷哲六　1943没

いさぎよく風に鳴る戸に目覚《めざ》めゐて心の底から底から癒えたし　神村正史　1956

癒えてわれ汗流したし汚れたし鍬《くわ》握りたし肥桶《こえおけ》かつぎたし　杉野かほる　1960

貧乏を嘆かず働く妻子らに会へば沁沁《しみじみ》癒えたかりけり　加藤三郎　1966

癒えて退園する

この島を去りて帰らぬ我が友を着物縫ひつつしきり思ふも　伊藤末子［少女］　1939

妻と子の久しく待てる韓国に病《やま》ひ癒えたる君の帰りゆく　内海俊夫　1964

みなしごのせつ子の癒えて島を発《た》つ三月一日海凪《なぎ》わたる　政石蒙　1967

癒える

小さくし父母の膝下《しっか》を離れ来し児《こ》らに薬よ利きて癒えかし　石崎士郎　1957

妻全治《ぜんち》部屋一杯に陽《ひ》が当り　小山冷月　1970

冬じたく指図するほど妻は癒え　南条当太　1972

生甲斐《いきがい》

朝な朝な手萎《てなえ》の夫《つま》のボタンかけて吾《わ》が生甲斐を覚ゆるものを　山下初子　1981没

頼られて頼って生き甲斐抱く夫婦　高野明子　1999

生きたい

吾《わ》が歌集の刊行の日まで生きたしと所長に言ひぬ今朝の診察に　島田尺草　1938没

健《すこや》かにあるやと訪ね来る人のわれになけれど生きてありたし　綾井譲　1943

味噌を搗《つ》きつつ塩の加減をたづね来る妻よいつまでも吾は生きたし　伊藤保　1950

生きていてくれ

からだを粗末にするなと父上は帰院する我に追ひかけて云ふ　春野明夫　1956

ライ家族の業苦《ごうく》に耐へて泣き口説《くど》く死思ふ吾に母がありたり　桜井利夫　1956

「やけ起こし馬鹿な真似などするでない」母の言葉今も忘れず　小林熊吉　1989

生きているのが不思議

歯ブラシが濡れてる今日も生きている　五津正人　1988

今生きて居るのが不思議魂迎《たまむかえ》　児島宗子　1989

生きていればこそ

生きてだにあらばよき日もまた来《こ》むと心欺《だま》して眠らむとする　白石天羽子　1934

生きていてこそベッドにも春が来る　前川とき子　1972

笑う日もあるから明日へ生きのびる　原七星　1975

生きてあらば楽しきこともあるといひ妻はしたたか吾《わ》が背を叩く　山本吉徳　1984

再会の西瓜《すいか》ぞ食《く》へり生きるはよし　金子晃典　1984

生きてあれば嬉しかりけり次次と秋の果物出回りながら　川野順　1990

生きぬく

逢ふことも許されがたき身なれども吾子《あこ》あるが為《ため》強く生きゆく　松本掬泉　1930

ひと冬を生きぬいたはえ［蠅］ほめてやり　矢作三郎　1972

生き抜いた悦《よろこ》びを酌《く》む花の下　高野明子　1999

生きの証《あかし》

歌を作り心和《なご》みし此の頃や我に生きたる験《しるし》ありけり　水原隆　1929

おのが身の骨削らるる鑿《のみ》の音きく苦しみも生きの証ぞ　林みち子　1982

耳のうしろに僅《わず》か知覚の残りいて生きの証のごとく噴《ふ》く汗　林みち子　1987

生きる一途《いちず》さ

如何《いか》にしてもこの一行を読みぬかん灯《あかり》を消して点字紙をとる　浅井あい　１９５５

舌にのみ残る知覚に点字読む友の一途さにこゑもなく佇《た》つ　北田由貴子　１９７３

静まりて舌に点字を読む見れば生きると言ふはかく美しき　永井静夫　１９９７

生き別れる

胸ふかくおもてをうづめて否《いな》と言ふ妹《いも》おしなだめ別れけるかも　黒川眸　１９３０

生別《せいべつ》や父と胼《ひび》の手握り合ひ　太田あさし［少年15歳］　１９４０

追ひすがる母に吾身《わがみ》に霧しまき　早川兎月　１９４０没

かけよりて袷《あわせ》のしつけ取られけり　早川兎月　１９４０没

母の顔まぶたにありて思いだす別れの言葉耳にのこれり　日野弘毅［少年］　１９５８

冬晴《ふゆばれ》や手振り手振りて母と別《わか》る　小島朋友　１９６０

子ら三人病みて一度に家出《い》づる見送る母の蒼《あお》ざめし顔　小林熊吉　１８８９

憩《いこ》う

秋晴れの丘に憩へる少女らの種種なるセーター吾《わ》が目に沁《し》みぬ　田原浩　１９６０

杖先に蝶とまらせて盲《めしい》憩う　不動信夫　１９６１

遺稿集《いこうしゅう》を編《あ》む

みまかりし友の遺稿を写し居る夏の浅夜《あさよ》を雨降り出《い》でぬ　島田尺草　１９３２

遺稿集を編む侘《わび》しさの五度目なり生《せい》あるうちに編みたかりしよ　政石蒙　１９８９

遺句集《いくしゅう》の重さ麻痺《まひ》の手に計《はか》る　中山秋夫　１９９８

遺骨《いこつ》になって帰る

小包に送らるるてふ豊彦が遺骨の壺はちひさかりけり　明石海人　１９３９

身に著《つ》けて帰るべかりしその衣《きぬ》は遺骨の壺に添へて送らむ　明石海人　１９３９

網棚の荷物となりし父の骨母へ土産のリンゴとならぶ　佐藤つや子　１９５９

島の友みたま[御霊]となって里帰り　村松加代子　１９７２

潔《きよ》らかなみ骨《こつ》となりて子に抱かれ帰宅する病友《とも》を羨《とも》しとも見つ　松永不二子　１９７５

遺骨になっても帰れない

ふるさとのありて帰れぬ君の骨を拾《ひろ》ひ終りぬ波音聞《きこ》ゆ　政石蒙　１９８９

癩《らい》癒《い》えて余病に逝《ゆ》きし君ながら遺骨を子らは島に置き去る　金沢真吾　１９９４

子ら持ちて帰らぬと言ふ君の遺骨他人われらの相寄り拾ふ　金沢真吾　１９９４

遺骨さへ帰郷拒《こば》まれ鳥曇《とりぐもり》　川武甲　１９９４

縊死《いし》

君くびりゐしぶなの木もとの草むらはいちごの花のさきさかりけり　大石桂司　1954

首吊りのありし冬木《ふゆき》や倒さるる　平良一洋　1963

しみじみと独《ひとり》の思いかみしめぬ療友の縊死を知らされし後《のち》　島田しげる　1966

縊死なしし悲しみ未《いま》だ癒《い》えざるに今朝また一人海に身を投《な》ぐ　北田由貴子　1986

監房に縊《くび》れし噂《うわさ》病棟の朝の炭火を足《た》しつつ聞きぬ　山岡響　1995

医師のことばに傷つく

帰省願ふ吾を診察する医師の言ふ「帰つたら児《こ》どもを抱かないやうに」と　高山三郎　1960

久びさに回診に来し園長がまだ両足はあるかと聞きぬ　松崎水星　1963

血の気なきわが麻痺《まひ》の手を若き医師は切つても血が出ぬと笑いつつ診《み》る　田中美佐夫　1981

生きすぎても自殺されても困ると言ふ医師君《きみ》の言葉が脳裏を去らず　山本吉徳　1988

いい人は若死《わかじに》老いに何故《なぜ》聞かす　桜井学　1993

遺書

遺書置きていでし一人を捜《さが》す灯《ひ》が磯より山に移動しはじむ　赤沢正美　1965

露の身に思ひは深し妻の遺書　鈴木ひさし　1994

石を蹴《け》る

疎林《そりん》の中《なか》母を帰して戻り来る石蹴れば響く凍《い》てし音して　池部登　1953

石一つはげしく蹴れば昂《たか》ぶれる吾《わ》が感情の静まりてゆく　大沢龍造　1958

痛みがうれしい

ペンを持つ指の血まめも嬉しけれ今日も終日物書きて居る　隅青島　1930

知覚なき足とおもふにあかぎれて今宵痛むは嬉しくてならぬ　佐々木三玉　1956

痛み走る膚《はだ》生きている生きている　島洋介　1973

痛みがおさまる

夜半《よわ》覚《さ》めて痛みなければ鳴きとほる虫らの声を美しとおもふ　谷川秋夫　1979

癌《がん》の痛み途切れし妻のさて何をしようかといふに声をのみたり　鏡功　1980

痛み止め効き来て薔薇《ばら》のよく匂ふ　後藤房枝　1992

一眼《いちがん》を愛《いと》しむ

独眼《どくがん》をいとしみ梅雨の水溜《みずたまり》　陸奥亀太郎　1974

百合の花残る一眼もて愛す　崎原賀子　1986

一代畑《いちだいばた》

一代きりの療者の畠《はた》の枇杷《びわ》の実は小粒にて甘しわれも一代　太田正一　1985

一代畑打てる喜雨《きう》なり吾《あ》も打たる　後藤一朗　1989

一日の終わり

菜種植えおえて夕日のすでになし　Y・M[少]　1958

まっかに沈みゆく夕日をながめつつきょう一日をふりかえりみる　郡山幸子[少女]　1958

縫ふ作業今日も終りて針数《かぞ》ふ待針《まちばり》十本縫針《ぬいばり》七本　城郁子　1975

一日の始まり

舗装具を着っけ終へし足とんと踏み調子確かむひと日の始め　政石蒙　1977

窓辺より小鳥さえずる初夏の朝看取《みと》らるる身の一日始まる　森山栄三　2001

一夜限り

紫陽花《あじさい》や里にゐるのも今日限り　高橋寅之助　1936

故里《ふるさと》は今宵一夜と思ひつつ部屋の窓辺にアルバム開く　佐々木宮人　1958

ちろちろと流るる小川の音親しこの夜《よ》のみなる郷《さと》の宿りの　林みち子　1967

一家心中《いっかしんじゅう》

すぎゆきのよしなきことのみ思ふ夜にライ病一家の心中を報ず　太田井敏夫　1951

宿命を逃《のが》るるすべもついになしと暗く消えゆく一家心中　大仏正人　1953

家族一人癩《らい》になりしを嘆かひて一家九人心中を聞く　笹川佐之　1951（自死35歳　1958）

井戸水

朝々に洗ふ井戸水は冷ややかに我が手にふれて秋は深めり　T・M男［少年］　1950

掘りあてし水脈《みお》より上る水清く病む千余名を洗ひきよめつ　内海俊夫　1952

犬の仔

犬小屋に仔犬を営《な》むる犬とゐて老い母を恋《こ》ふ帰る日はなく　苅田省三　1972

いなびかり蒼《あお》し犬の仔毬《まり》となる　不動信夫　1982

木の陰にかなしく癒《い》えしわれの手をなめる仔犬は偏見もたず　泉安朗　1987

犬を弔《とむら》**う**

ある時は杖ともなりてひきくるる犬をなくせといふ所内の掟《おきて》　苅田省三　1982没

息絶《た》えし犬を抱きつつ夜を明かす汝《なれ》に冷たく朝の雨降る　苅田省三　1982没

命いとおし

秋の蝶ようやく沼をわたりたる　乾一風　1959

死にたえし小猿《こざる》を連れてあそびいる猿に一瞬かげりゆく空　原仁子　1980

命を断《た》つ

つきつめし如くにたちまち思ひ立つ死！死はやすくかち得るものか　武田牧水　1933没（自死28歳）

あはれなる本能持ちし紋白蝶よ自ら火に入り炎となりぬ　笹川佐之　1948（自死35歳　1958）

毒薬をもつ手ふるへど目をつむり念仏と共に呑《の》みほしにけり　大仏正人　1953

病み重《おも》りし命自ら断ちし父よ吾は眼を病みぬ身は麻痺《まひ》しゆくに　須田洋二　1956

療養所は広く明るくなりたるに病める夫婦の命断ちたり　青木伸一　1991

命をとどめる

朝《あした》より汽車の線路を歩《あゆ》む背にむつきの濡れてむづかる吾子《あこ》よ　千本直子　1939

しんしんと深まる夜《よ》なり線路上に一度寝かせし吾子ぞ抱き取る　千本直子　1939

毒を吐かせ生命《いのち》とりとむたまゆらににくしみて見る医者のその顔　大仏正人　1953

自殺せむとレールの上に寝てゐたり哀《あわ》れ癩《らい》病む十一歳の少年なりき　深川徹　1960

妻と子の暮らし思ひてクレゾールをあふりし君の命とどまる　内海俊夫　1982

祈る

主の平安汝《なんじ》にあれと祈る母の手紙束になりて幾度《いくたび》か読む　藤本松夫　1962刑死（享年40）

戦争に関《かか》わるなべてを阻止せんと沖縄終戦日に集《つど》いて祈りぬ　松岡和夫　1989

遺品《いひん》を売る

たちまちに人死にゆきて残りたる植木の類を遺族来《きた》り売る　津田治子　1958

君逝《ゆ》きて競売となる盆栽に値札の下《さ》がる寒風《かんぷう》のなか　森岡康行　1985

遺品を焼く

人知れず落葉と共に遺品焼く　中村花芙蓉　1989

遺品焼く煙と知らずあたりいし　氏原孝　1992

今在《あ》るを良しとして

考えた末考えぬ事に決め　島洋介　1973

解《わか》らない事は善意にとっておき　島洋介　1973

いま在るを良しとし生きる冬いちご　中山秋夫　1989

花繚乱《りょうらん》孤独の果ては考えず　辻村みつ子　1992

妹の手紙

しほらしき妹《いも》が手紙の幼《おさ》な文字に曲りし指の伸びしやとあり　小池かず　1926

鉛筆に力を入れて書きてある妹《いも》が仮名文《かなぶみ》いぢらしきかな　古屋花冷　1930

故郷《ふるさと》のなまりあらはに妹《いもうと》の仮名書《かながき》き文《ぶみ》はしたしきろかも　水原隆　1934没

「ニイサンノカヘリヲマツ」とふ妹《いもうと》の手紙の上に涙落《おと》せり　笠居誠一　1935

吾《わ》が帰り母と待つてふ片仮名の幼《おさ》な妹《いもと》の文《ふみ》とどきけり　山下枯生　1935

妹《いもうと》の賀状の兎《うさぎ》よく肥《こ》えて　最上蘇生　1951

妹の離婚

離婚されし面会の義妹《いも》を励ますと手を握りしめ妻は歎《なげ》けり　佐藤一祥　1954

病みてより遠くさかりて吾《わ》が住むを妊《みごも》る妹《いも》の離婚されしと云ふ　田島賢二　1956

わがために離婚となりし妹《いもうと》よ凍夜《とうや》に祈る心疼《うず》きて　泉安朗　1987没

妹をしのぶ

癒《い》ゆるなき療養所の吾をかなしみてか若き命を断《た》ちし妹　伊藤輝文　1981

少なきを詫《わ》びつつ面会に来る度《たび》に銭《ぜに》を呉《く》れたる妹の逝《ゆ》く　伊藤輝文　1981

面会に来し妹が絞《しぼ》りたる形のままの雑巾があり　伊藤輝文　1981

イワシを焼く

吾《わ》が生活《くらし》小さければ妻とふたり夕餉《ゆうげ》の鰯火鉢《ひばち》にて焼く　近江敏也　1958没

みづからが滴《た》らす油に焼けてゆく鰯は背《せな》に海負《お》ひながら　神村正史　1965

インコを飼う

編物をするわが肩の右に左に移りてあそぶ小鳥の重さ　林みち子　1967

老妻《ろうさい》の肩にインコや冬籠《ふゆごもり》　量雨江　1970

インコ飼い夫婦ことばを改《あらた》める　和田智恵　1972

魚市場

競《せ》り果ててがらんどうなる魚市場もっとも魚のなまぐさい時　朝滋夫　1972

死に顔のやさしい鮭《さけ》を選《え》って買う　中山秋夫　1989

ウサギを飼う

つゆにいるうさぎの小屋を作りけり　K・M〔少年〕　1958

ぴんぴんとぼくのウサギははねまわるほんとにかわいいぼくの子ウサギ　高志〔少年〕　1958

おぢいちゃんは目が見えぬかと小学生兎《うさぎ》と遊ぶわれに問《と》ひかく　小林熊吉　1989

牛を飼う

柵の上より小牛は顔を出しにけりれんげ草やれば息荒く食《は》む　T・Y子〔高等小(中学)2年〕 1941

乳牛の首をかかえてたわむれば牛の目にあかし秋の夕焼　徳山義久〔少年〕 1958

牛つれてかえる道々せみをとり　三郎〔少年〕 1958

春雨にぬれてあまえる子牛かな　しめ子〔少女〕 1958

歌会《うたかい》　(1＝沖縄愛楽園。)

歌会《かかい》終《お》へまさぐりかへる夜の道に杖の音さゆる頃となりたり　岡静江 1935

ルージユこき処女《おとめ》の小林さん一人居りて吾等《われら》の歌会あかるし　大石桂司 1953

一人あて十セントづつ出し合ひて我が短歌会[1]の一周年を祝ふ　大味栄 1956

指の無き妻が丹念に縫ひあげし袷《あわせ》着て行く夜の歌会　笠居誠一 1967没

足の無き松永さんの四畳半に六人《むたり》のアララギ歌会《かかい》果てたり　畑野むめ 1976

歌が生甲斐《いきがい》

生きのびる力句となり詩《うた》となり　茅部ゆきを 1976

臨終まで離さざりしか枕頭《ちんとう》の短歌メモ帖の推敲《すいこう》のあと　福岡武 1987

病みをれど心豊かに老い得しは歌ありし故《ゆえ》としみじみ想ふ　松永不二子 1988

歌に残す

打ちあけて友にも語れぬ苦しさを歌に詠《よ》まなむ生《い》くる限りを　長谷川虎雄　1951

らいを病む無念の一生《ひとよ》とどめ置かむ三十年を歌詠みつぎぬ　政石蒙　1978

密《ひそ》かにも詠み残されゐし歌のほか患者らの惨劇《さんげき》伝ふるものなく　山本吉徳　1998

歌を案《あん》じる

夜すがらを案じあぐめる歌ひとつ思ひにはあり朝粥《あさがゆ》の間《ま》も　明石海人　1939

庭先に歌書こうと出たけれど何も浮かばず風と遊んだ　D・S子［少女］　1958

卵焼き夫《つま》つくる間を食卓によりて一首の推敲《すいこう》をいそぐ　北田由貴子　1974

歌を書きとめてもらう

なりし歌頭に持ちて書きくるる友待つ盲《めしい》の一日《ひとひ》は永し　鈴木数吉　1942没

盲目の君が正座して推敲《すいこう》するにペン持ち直してまとまるを待つ　佐藤一祥　1965

歌を作れ

兄《にい》さんに短歌つくれと今日も又言はれて我は顔赤くした　川上礼子［尋常小6年］　1941

頭《ず》を上げて歌を作れと叫ぶごと言ひきし君の便《たよ》りを拝《はい》す　赤沢正美　1973

歌を学ぶ

渡り職の炭やきの子吾も癩園《らいえん》に住みて歌など作りはじめぬ　笹川佐之　1949（自死35歳　1958）

貧しくもゆったりとして歌詠《よ》めと母は竜胆《りんどう》の花に触れしむ　田村史朗　1954

心熱く人麿《ひとまろ》、杜甫《とほ》、芭蕉を講じしこと君らの一生《ひとよ》にいくばくは残らむ　光岡良二　1955

この夏を盲《めし》いら集め点字読みゆく旅人《たびと》と憶良《おくら》を中心として　田村史朗　1959

歌を詠《よ》まぬ日は

歌やめて甲斐《かい》なき命生きむよは喉《のど》はりさけて死ねよと思ふ　上村正雄　1935

吾《わ》が生命《いのち》ささふる糸もほとほとに切れむとすらし歌詠まぬ日は　長野節雄　1937

歌を忘れる

昨夜《よべ》寝《い》ねて思ひし歌のおほかたを忘れてけさは机に向かふ　山口義郎　1937

閃光《せんこう》のごとく浮かびて失《う》せたりし短歌の初句の再びは来《こ》ず　入江章子　1991

うまい

給食のマカロニうまし故郷《ふるさと》のほうとうに似しこの舌触《したざわ》り　秩父明水　1956

生きてゐることに合掌《がっしょう》柏餅　村越化石　2007

馬市《うまいち》

柿の実の赤らむ頃は故郷《ふるさと》に仔馬《こうま》あきなふ市の立つらむ　村上芳人　1929

一匹の馬売りにゆく師走かな　音成湖月　1935

市に出す仔馬をみがく鵙日和《もずびより》　鈴木磐井　1959

馬を飼う

しばだたくながきまつ毛のやさしかり日傭《ひやと》ひ馬は餌《えさ》食《は》み居《お》れり　佐久間しよう月　1954

馬洗ふ静かな音や合歓《ねむ》の花　桂玲人　1969

薫風裡《くんぷうり》輓馬《ひきうま》は放屁《ほうひ》ためらはず　増葦雄　1985

馬を弔《とむら》う

石置きて馬の墓標《ぼひょう》や枯《かれ》すすき　岡村春草　1979

ほたる袋《ぶくろ》二《ふた》つ三《み》つ集《よ》り馬の墓　後藤一朗　1988

海がきらきら

満月の海見渡せばすがしもよをりをりはねる魚の光りつ　太田あさし　1933

波キララ　私もキララ　死もキララ　辻村みつ子　1992

海を見る

窓枠へ瀬戸内海をはめて病み　島洋介　1973
哀《かな》しみを捨てに来たかと海笑う　中山秋夫　1989
深い海それより深い渕《ふち》を見る　辻村みつ子　1992

梅干

梅干せば世にある如し母も居《お》り　金子晃典　1965
梅漬《つ》けて生きるよろこび一つ増す　後藤一朗　1988

うらやましい

朝まだき土もか黒《ぐろ》き野良《のら》に出て耕す療友《とも》の姿羨《とも》しも　蒔苗芙蓉　1950没
手の悪《わろ》き友はわが手をうらやみぬ吾は君の目がうらやまし　島立神　1956

瓜《うり》もみ

揉《も》む瓜のにほひうすらに厨辺《くりやべ》は秋立つ今日を片かげり来ぬ　明石海人　1939
瓜もみの歯切れも良しやまだ老いず　辻長風　1959
豆殻《まめがら》をさしくべながら胡瓜《きゅうり》もみ　辻長風　1959

うれしい言葉

どうだいと呼びかけられし一言《ひとこと》が無闇《むやみ》にうれしき日のありにけり　岩本孤児　1934

愛称で呼んでくれます看学生《かんがくせい》　辻村みつ子　1992

「お母さん」と子の無き吾を呼びくるる介護員あり心に沁《し》むも　宿里礼子　1993

笑顔

嘘つきの男の笑顔見飽《みあ》きない　辻村みつ子　1992

夢の中夫《おっと》元気な笑顔して　影山セツ子　2003

えくぼ

亡き妻のえくぼ娘の頰にあり　森田松月　1955

看護婦のえくぼを撫《な》でる春の風　湯村信二　1959

紅《べに》つつじナースの笑窪《えくぼ》陽《ひ》を溜《た》むる　石垣美智　1971

枝豆

つぶらなる故郷《さと》の枝豆送り来ぬ母苦しめし我とおもうに　白鳥隆　1965

枝豆の塩かげんにも母思う　和田智恵　1972

生《お》い立ちを知らず

蟇《ひき》鳴くや寝語《ねがた》る妻の里知らず　蓮井三佐男　1990没

長き夜《よ》の灯《ひ》のもと夫《つま》も故郷《さと》言はず　白井米子　1989

大掃除

大掃除にかつぎ出されしもの蔭に吾《わ》が寝かされぬ荷物のごとく　島田尺草　1938没

掃除する部屋を追はれて縁《えん》に居《お》り落葉吹かれて寄り合ふ音す　大津哲緒　1964

おかっぱ

幾年《いくとせ》を忘るること無きおかつぱの吾子《あこ》の姿の胸に育つも　村山義朗　1953

癩園《らいえん》に過ぎし十年《ととせ》の夢に出《い》づる吾子は何時《いつ》もオカツパのまま　牧野静也　1956

沖縄をおもう

次次に土地接収さるる沖縄を気づかひて夜《よ》ごと友ら集りぬ　内海俊夫　1958

戦《たたかい》に沖縄のみが負けしがに二十余年母国にきり離されし　原田道雄　1970

最南端与論の島の海原《うなばら》に沖縄を返せの歌こだまする　里山るつ　1970

自決《じけつ》せし人らの悲しき血と灰に吾《あ》が踏む土の黒ずみており　松岡和夫　1989

贈り物

開《あ》けて見よと吾《わ》が枕辺に夫《つま》は置く日頃思いいし鏡台なりき　石井加代子　1965

豊かなる生活《くらし》ならねど韓国の病友に送る品《しな》選《え》りてをり　矢島忠　1970

おごり

清貧《せいひん》の今日のおごりの桜餅《さくらもち》　岡田松誉　1957

四十余年の生涯に初めてあがなひし香水は我の小《ち》さきおごりか　光岡芳枝　1972

老いの身に花野菜《はなやさい》良《く》ふほろほろと今宵は比べやうなき奢《おごり》　朝滋夫　1991

おさげ髪

ゆめに見る我が子は今なおおさげ髪　小島一帆　1957

十五歳のおさげ髪にて入所せしわれ病み抜きて還暦《かんれき》迎う　東條康江　1994

幼《おさな》くて母を失う

現世《うつしよ》に我を生《う》ましてて束《つか》の間に母は逝《ゆ》きしと聞けばさびしも　池田友一　1951

若死《わかじに》の母をしみじみ語る兄われただ泣きし七歳の春　飯川春乃　1996

もの心つきたるわれに母のなく祖母の慈《いつく》しみ育てられけり　東條康江　1997

幼《おさな》くて病む

霜焼《しもやけ》のいとけなき手や米洗ふ　三浦天浪子　１９３５

菊ちゃんは片仮名覚えしうれしさに何でもいたづら書いてゐるなり　K・A子［少女］　１９４４

寝がえりをうちて幼子《おさなご》のはずしたる枕はうすき月に光れり　H・M美［少女］　１９５１

初めて会う我が膝にもたれ唱歌《しょうか》唱《うた》ふ癩《らい》となり来し七歳の児《こ》は　笹川佐之　１９５１

故郷《ふるさと》を親を離《さか》りて癩園《らいえん》に住むべくはこの児《こ》あまりに稚《おさなき》き　鈴木靖比古　１９５３

マーちゃんはカタカナおぼえてうれしそうにまんがの本をすらすら読むも　T・M美［少女］　１９５８

小《ち》さき掌《て》を握りてはまた広げ見す童女もすでに癩に蝕《むし》ばまる　松浦扇風　１９６０

癩と言ふ病《やまい》が何かも知らざりき発病は七歳にして　林みち子　１９６７

幼子《おさなご》にみかんをむく

蜜柑むく我におさなごかけよりて蜜柑をじつと見つめてゐるよ　上田和江［初等（小学）5年］　１９４３

寒き風に頬赤らめて来し子等《こら》がみかんの皮をむけと持ち来ぬ　M・S［少］　１９５１

幼子の診察

治療受く痛みに耐ゆる幼子のうるむ眼《まなこ》に面《おも》を外《そ》らしぬ　籠尾久志　１９５４

泣き出せし幼子叱れど看護婦の憂《うれ》ひの顔に愛情の見ゆ　籠尾久志　１９５４

幼子の泣き声

離《さか》り来し故郷《ふるさと》恋《こ》ひつ母恋ひつ泣く子ほとほとすかしあぐみぬ　森光丸 1935

寒いと言い六つのヒロシは先生のヒザの上で泣いているかも　武谷安光［少年］1958

泣きだしたヒロシをあやしおんぶして外に出《い》ずればすずめ鳴きおり　武谷安光［少年］1958

保育児の何をすらんか泣く声としかる声とが聞《きこ》えくる庭　S・T［少］1958

医局にて泣き叫ぶ幼女に胸あつし離《さか》り住む子を思ふともなく　田井吟二楼 1959

面会の母に別れし幼児《おさなご》は泣きわめきつつ門へかけ行く　原田道雄 1965

おたまじゃくし

日に透《す》ける川底白しおたまぢやくしの一つ一つが影持ち泳ぐ　T・Y子［高等小（中学）2年］1941

おたまじゃくしすくいて遊ぶ池の水　花子［少女］1958

年少の罹患《りかん》に濁り蝌蚪《かと》の水　青木恵哉 1969没

蝌蚪泳ぐ四肢《しし》の具足《ぐそく》を夢見つつ　青木恵哉 1969没

落ちる蝶

青嵐《せいらん》に渓《たに》深く落つ蝶を見し　尾上一石 1926

いくつ目の愛で骸《むくろ》になった蝶　辻村みつ子 1992

弟の涙

弟のなみだ板縁におつる見て吾《わ》が幸《さいわい》のつきざるを思《も》ふ　吉田友明　1941没

学校の休みに励《はげ》みて得しお金故郷《さと》の弟《おとと》は送りてくれたり　松岡和夫　1946

何にても欲しいものないかと問《と》いくるるかつては悪童《あくどう》と言われし弟《おとと》　浅井あい　1979

音の世に生きる

耳のみの世にながらへて虫を聞く　高梨栗粒子　1957

音の世に生きて匂える花を生《い》け　五津正人　1988

踊りぬく

花笠《はながさ》の顔に余るや踊の児《こ》　青穂　1936

なり振りもかまはず母の踊りけり　長谷川大海　1936

盂蘭盆《うらぼん》を踊りぬくとて部屋《べや》に粧《よそお》ひこらす声のにぎやか　春日井栄一　1937

踊り好きの夫《つま》の初盆《にいぼん》踊らばや　水野民子　1938

海に向き山に向きして踊りけり　大田井春峰　1940

盆の月おどるみんなを照らしけり　久夫［少年］　1958

盆の夜や生命《いのち》粗末に踊りたし　石浦洋　1959

おとりやんま

とんぼとりあきし男《お》の子はおとりやんまの竹竿軒に立て家に這入《はい》れり　T・Y子　1941

軒端のおとりやんまは時折を糸はれるまでとびて又静まりつ　T・Y子［高等小（中学）2年］　1941

月させる軒に置きあるおとりやんまの体かたくなりて死にて居にけり　T・Y子　1941

音をしるべに

盲導鈴《もうどうれい》鳴らざる夜はかすかなる下水の音をしるべに歩く　谷川秋夫　1979

どの音も私の生きる道しるべ　辻村みつ子　1992

おにぎり

故里《くに》に来て吾は恋《こ》いしみ作りもらう母の握《にぎ》り飯《めし》オコゲの重湯《おもゆ》　西野実　1965

畔道《あぜみち》で妻と二人でむすび食《く》う指に残りし芹《せり》の香匂う　深山道夫　1980

鬼ごっこ

赤赤と秋の夕日に頬《ほ》を染めつつ鬼ごっこする子等《こら》はたのしげ　西岡日出芳　1929

逃げる子ら追ひかける子ら雨の日は狭き廊下に音立てて遊ぶ　黒川眸　1932没

夕されば子等集《つど》ひより遊ぶなり足悪き子はよく鬼となり　金丸幽逸　1935

おはじき

子供達おはじきしてはあらそひて又すぐなほるおはじき遊び　重子［高等小（中学）2年］1941

追憶よおはじき遊び花小袖《はなこそで》　辻村みつ子　1992

おびえている

捕《とら》へられておびえてゐるか掌《たなごこ》の温《ぬく》み愛《いと》しもこの子雀の　飯崎吐詩朗　1936

舟影や逃げすくみたる月夜蟹《つきよがに》　林梅里　1957

帯を締《し》める

いたつきの身にせんなけれたまさかに紅《あか》き帯など締めて見しかな　岩城純子　1931没（自死19歳）

帯つよく胸にしめおり盲目を卑下《ひげ》する思い落着きし夜　浅井あい　1955

耐えきれぬ時には帯を締め直し　辻村みつ子　1992

お盆　（1＝療養所に入る前は、数年間、隠れ病んでいた。）

母様《かあさま》が居たらと思ふお盆かな　文子［少女］1936

[1]かくれすみて幾年盆も知らざりし幼子《おさなご》は島の盆をまちまつ　T・Y子［高等小（中学）2年］1941

ふるさとを離れて二度のぼんむかえやさしき母を思いいだせり　八重子［少女］1958

お見舞のりんご

御見舞に頂きしりんご其《そ》のままに貧しく病める友におくれり　鈴木数吉　1930

枕辺《まくらべ》に見舞の林檎置きしまま昼を眠れる友衰《おとろ》へぬ　瀬戸かほる　1940

思い出を消す

相《あい》ともに過去につながるロケットと指輪はふかく海に沈めむ　瑞代幸子　1956

今日限り脳裏《のうり》ゆ消さむ面影よ繕《つくろ》ひくれし足袋をはきつつ　平野春雄　1956

深い傷埋めつくすまで雪よ降れ　辻村みつ子　1992

思い出を抱く

病めばみな愛《いと》しき過去よ木の葉髪《このはがみ》　青山昌一　1959

草餅《くさもち》の匂う炉《ろ》の辺《へ》に子供らと妻も居《お》りたり遠き思い出　野村呆人　1980

思いやる　（1＝妹の結婚のため。）

籠枕《かごまくら》かなしき離籍《りせき》[1]して安堵《あんど》　玉木愛子　1969没

倖《しあわせ》になれよと妹《いも》を嫁《とつ》がせてそれより会はず病めりわが夫《つま》　高見みゆき　1980

療園で便《たより》出さぬも思いやり　京みやこ　1982

親の名を呼ぶ子（1＝寮父の名。寮父も同じ病者。）

麻酔して受療せる子がゆくりなく憑《つ》かれし如く吾《わ》が名[1]を呼べり　大鷹勝彦　1940

父もあり母もある子が癩院《らいいん》にひとり死にゆくその名を呼びて　菊澤雅晴　1953

折鶴《おりづる》

風邪の娘《こ》や鶴など折りて薬紙《くすりがみ》　八木牧童　1932

あおむけば子供がくれた千羽づる　川上三郎　1972

折鶴と花をたづさへ少女らが来れば病室に明るき声す　小山蛙村　1981没

恩師

ストーブの焼けほてりしを囲みつつ師と語り居る今朝は嬉しも　島田尺草　1932

月よみの光を恋《こ》ひて師の君は山の岨路《けわしさ》越えて来ませし　鈴木蜻蛉　1933

母《かあ》さんと呼ぶ声

母さんと吾子《あこ》が呼ぶ声幾《いく》とせを待ちわび居《お》りしその掌《て》握りしむ　山下初子　1978

母われの乳房《ちぶさ》も知らず育ちたる子の肩幅の広きをまさぐる　山下初子　1978

便《たよ》り絶《た》えてせつなかりしを子に言えば聞きいる嫁のすすり泣く声　山下初子　1981没

開墾《かいこん》

島山《しまやま》をひらきてここに生活《たつき》する友は兎《うさぎ》と豚を飼ひをり　羽柴新吾　1937

虫害の松をたほさむと熊笹の生ひ繁る土堤《どて》に鋸《のこ》を持ちてはいる　H・T［中学3年］　1952

病みつつも希望捨てまじ霜枯《しもが》れの野に開墾の鍬《くわ》を打ちふる　双葉志伸　1959

やうやくに倒せし樅《もみ》の切株に腰をおろして年輪かぞふ　甲斐駒雄　1959

外出許可証

外出許可証をもておどおどと夜汽車をえらび帰り来にけり　深川徹　1960

卯《う》の花や一夜かぎりの外出証　天野武雄　1965

帯に汗たまる外出証秘《ひ》して　佐藤敬子　1965

面会の老い姑《はは》が街を見に行くに癩《らい》病む妻は連れ立つ許されず　佐藤一祥　1965

癩園《らいえん》前にバスの停留所出来てより我等《われら》が外出きびしくなりぬ　阿南一弘　1966

外出の自由となりて

外出の自由となりしわが島にみづからいのち断《た》つ人減りぬ　北田由貴子　1980

ためらはず雲ら流るる橋渡り島出て来しが行き場なく佇《た》つ　北田由貴子　1988

ここは何処《どこ》われは何者《なにもの》海峡を越ゆる大橋を渡りてゆけば　鏡功　1992

海人《かいじん》をしのぶ　（海人＝明石海人）

胸の痛みを堪《た》へつつ我れも海人の追悼歌会《ついとうかかい》の席につらなる　林由貴子　1939

先生が育てたまひし海人の歌碑《かひ》に来《き》たれば我にも燃ゆるものあり　北田由貴子　1975

解剖室

大理石の解剖台にのせられて肺きらるべき吾のさだめや　武田牧水　1933没（自死28歳）

祖母の腹いまか裂《さ》くらし解剖刀の音に危《あや》うくこゑたてむとす　浅野繁　1940

生臭《なまぐさ》き解剖室の暗がりに湯灌《ゆかん》準備のあかしともしぬ　綾井譲　1943

解剖の終りし友の亡骸《なきがら》を肩に汗してわれは運びぬ　河野三郎　1956

友の遺体運び去られし解剖室より掃除するらし馬穴《バケツ》の音する　山下久美子　1956

はらわたに鉋屑《かんなくず》などつめられし友の棺《ひつぎ》を送り終へたり　神村正史　1956

扉《ドア》ひとえ境界《さかい》に聞こゆ木鎚《きづち》のおと友敬吉は頭《ず》を解剖《さか》れゐむ　永井静夫　1973

帰らないから安心して

ふるさとに我は再び帰らじと心に誓《ちか》ひ書く手紙かも　熊倉双葉　1930

帰郷しないから安心あれ眉生《は》えしを告ぐるたよりのあと書《がき》にかきぬ　浅井あい　1965

らい病みて十六歳のわれ考えてついに帰れずなりしわが家　浅井あい　1971

帰りたい

ふるさとの南をさしてタカの群れ静かにわたる朝あけの空　徳山義久［少年］　1958

秋晴れを散歩このまま故郷《こきょう》まで　山下紫春　1990

帰る家がない

帰る故郷《さと》なく骨堂《こつどう》の花を替え　小山冷月　1970

母が焚《た》く湯に浸《ひた》りつつ思ふなり妻には帰る家持たざるを　滝田十和男　1985

帰る家無けれど恋《こ》ほし海を越えて灯《とも》しまたたく故里《ふるさと》見れば　宿里礼子　1988

帰れない

電報を握りたるまますべもなし母は死ねども行かれざりけり　木村美村　1935

母の死も兄の逝《ゆ》きしもきくのみに帰れざりにき病み重き身は　林みち子　1967

父病むときくのみさくらんぼむさぼり食《く》ふ　和公梵字　1970

香りをしるべに

山ゆりのにおいが家の道しるべ　生駒一弘　1972

盲導線《もうどうせん》の切れる処《ところ》に咲きている山百合の匂いを道しるべとす　生駒一弘　1978

顔を洗う

顔洗ふ水に若葉の影ゆるる朝の療舎はしづかなりけり　安枝柏葉　1926

松葉杖《つえ》つきてたたずみ居れば友は来て洗面の水を汲《く》みてくれたり　安枝柏葉　1926

鏡に映る顔

ひきつりし鏡の中の我がかほは憎しと思ふいとしとおもふ　柚木澄　1953

行《ゆ》きずりに鏡を見ればわが顔の病《やまい》おもれり悲しと思ふ　岩下はる子　1956

癩《らい》きざす顔におののきいつもいつも鏡見ていたる少年の日よ　沢田五郎　1967

牡蠣《かき》

吾《わ》がために妻が火鉢《ひばち》で煮てくれし少しの牡蠣に夕食うまし　近江敏也　1958没

妻の眼吾《わ》が眼とどく厨《くりや》に牡蠣生《い》かし　村越化石　1965

口中《こうちゅう》を緊《し》める酢牡蠣《すがき》よ雪降れり　白井春星子　1965

描《か》き眉

描き眉のすなほに出来し初鏡《はつかがみ》　水野民子　1938

よそ行《ゆ》きの顔はちょっぴり眉を引く　京みやこ　1982

隠れ病む子

一年をうすぐらき部屋にすごしたる時を思ひてさみしみにけり　N・T子［尋常小5年］　1941

楽しげに近所の子等《こら》の遊ぶ声かくれて暮らす納屋に聞《きこ》え来《く》　鈴木楽光　1944

友達と遊ぶ日もなく奥の間《ま》に隠れ病みつつ二年《ふたとせ》すぎぬ　中島住夫［中学2年］　1951

牛の息夜夜《よよ》に聞きつつこの納屋に隠れ病みしも遠き日となる　松浦篤男　1969

隠れ病む子に蛍火《ほたるび》の闇のあり　桂玲人　1969

十八歳で入所するまで隠れいし胸の傷深き故郷《ふるさと》の家　森山栄三　2001

隠れんぼ

麦うえをおわりて友とかくれんぼ　マスエ［少女］　1958

かくれんぼの鬼になりたる子の指に差さるる不安いまも意識す　赤沢正美　1965

大《おお》がかりで捜《さが》して欲しいかくれんぼ　辻村みつ子　1992

かくれんぼ鬼の捜しに来《こ》ない島　中山秋夫　1998

影帽子《かげぼうし》

手をつなぐ親子の長い影法師　園井敬一郎　1995没

土恋し恋しと歩く影法師　村越化石　2007

影の移ろいを感じる

張板《はりいた》やふらここの影来ては去る　山口いばら　1936

移りゆく小《ち》さき雲影わが寮をかすか翳《かざ》して海に消えたり　M・S夫［高等小（中学）2年］　1941

文机《ふづくえ》の花瓶に挿したすすきの穂ガラスに大きく影うつりけり　秋田順子［尋常小5年］　1941

ほし草にかげをおとして飛ぶすずめ　M・T［中学1年］　1952

散歩する友の上着に若葉影　匿名［少］　1952

勉強をする姉の背に梅の影　しめ子［少女］　1958

えんがわの障子にてまりの影うつる　春野山静［少女］　1958

この春の桜の花にふれざりき葉桜《はざくら》の影ベッドに動く　上村真治　1976没

籠《かご》の鳥を気づかう

樹影《こかげ》追ふて鶏籠《とりかご》移す大暑《たいしょ》かな　柴田芳酬　1926

室内や野分《のわき》吹く日の小鳥籠《ことりかご》　武井柚史　1933

河鹿《かじか》の声を聞く

ころころと河鹿の声の涼しさよ　若林良生　1938

河鹿聞く夢あり帰省の日近し　村瀬みよし　1965

歌集を編《あ》む

おほかたは命のはての歌ぶみの稿《こう》を了《お》へたり霜月《しもつき》の朔《さく》　明石海人　1939

秋灯下《しゅうとうか》五十路《いそし》の妻の歌集うすし　暈雨江　1970

力なき指にピンセットを支へ持ち歌稿《かこう》を綴《つづ》る雨降る窓に　岩本妙子　1989

歌集を読む　（1＝獄中から新聞社の歌壇に投稿していた死刑囚の歌集）。

紅《くれない》のばら匂ふ鉢ひきよせて吾は聞きをり点字歌集朗読　松崎水星　1963

長く病む心通《かよ》ふもうらがなし島秋人《しまあきと》[1]集灯《ひ》の下《もと》に繰《く》る　隅広　1978

風を聞く

耳張つて秋風を聞く兎《うさぎ》かな　辻長風　1959

杖立てて秋風を聞く無一物《むいちもつ》　不動信夫　1982

望《もち》の夜《よ》の風聞いてゐる盲《めしい》かな　金子晃典　2000

風邪をひく

風邪の妻男声《おとこごえ》して猫叱る　桂玲人　1969

風邪の妻床《とこ》で献立指図する　滝春夫　1982

火葬場　（読経や火葬も病者が担う。）

日を閉《と》ぢて吾は法華経《ほけきょう》唱《とな》へをり友を焼く火の音を聞きつつ　橋本辰夫　1959

新芽萌《も》ゆる楢山《ならやま》のなかの葬《はふ》り処《ど》に病者によりて読経はじまる　直井勉　1959

幼《おさな》き日に聞き覚えたる般若心経《はんにゃしんきょう》父の息つぎしごとく息つぐ　鏡功　1980

最もむごきつとめと思ふ火葬炉に君の柩《ひつぎ》を押し込めてゐる　峰沢八重子　1988

ごうごうと君焼かれをり冬木立　蓮井三佐男　1990没

家族の安否《あんぴ》がわからない

母とわれ残して去りし幾年《いくとせ》を父はいづくの土地に病みゐむ　辻瀬則世　1951

共に病む兄は未来をはかなむか消息を断《た》ちて三年を経《へ》つ　田原浩　1960

家族の苦労を思う

栗飯《くりめし》を吾は食《お》しつつ一人住む生活《くらし》貧しき母をしぞ思《も》ふ　木下喬　1937没

面会に来たりし父母は変り果てて皺《しわ》多き顔に笑《え》みを浮《うか》べぬ　S・A江［高等小（中学）2年］　1941

妻よ俺は食《く》はずともよし餅等《もちなど》は送ってくれるな子供等《こどもら》にやれ　高橋謙治　1956

癩《らい》の吾ゆえに豆腐が売れぬと嘆く妻鉱山人夫《にんぷ》となりて働く　加藤三郎　1966

守銭奴《しゅせんど》と人に言はるる吾《わ》が妻よ吾を養ひ子等《こら》を育てる　加藤三郎　1966

家族の身を案《あん》じる

郷里《ふるさと》の家族検診すと知りてより心切《せつ》なしハンゼン氏病者吾《われ》　印南新生　1956

この病《やまい》吾《わ》が身一人であれかしと家族の者の幸《さち》を祈れる　川坂利勝　1957

癩《らい》らしき兆《きざし》が吾子《あこ》に見ゆるとふ妻の手紙に涙流るる　陸奥保介　1966没

家族へ渡すいささかの金

麦秋《ばくしゅう》の妻子を生かす癩《らい》の銭《ぜに》　村越化石　1955

三人の子を養《やしな》ふにひたすらの師走の妻に小為替《こがわせ》をくむ　永井鉄山　1956

帰り支度する妻の手に渡しやる療園にて得しいささかの金　戸塚初見　1959

形見《かたみ》を着る

亡き姉が常にきてゐし此の着物を今は吾《わ》が身にかしこみて着る　中西安江［尋常小6年］　1941

懐《なつ》かしき姉が縫いたるわが服を着るたびにその姉を思えり　匿名［少］　1951

手織りなる亡母《はは》の単衣《ひとえ》を着る時にはた［機］織る音の聞こえくる如《ごと》　藤間光子　1959

夫《つま》の形見のセルの単衣を吾《わ》が体纏《まと》ふスカートに仕立上げたり　池田文子　1960

裁《た》ち替えし義母《はは》の形見のこの服を着れば暖く肌になつかし　里山るつ　1980

亡き母の形見の袷《あわせ》着て病めり　児島宗子　1989

肩を借りる

肩かりて庭まで出たる今日の月　中道毬女　１９３５

盲《し》ひ妻《づま》を肩に縋《すが》らせて歩み行く狭き雪路《ゆきみち》夜は光るなり　麻野登美也　１９７２

肩貸して夫《おっと》と転《ころ》ぶ雪の坂　影山セツ子　２００３

糧《かて》

笹の葉のみどりを敷きて新鮮《あたら》しき鯛《たい》あり病めば人のたまへる　津田治子　１９５０

豆乳三合《さんごう》は歯痛の吾の糧なればビール瓶さげて製品部にゆく　泉宏司　１９５６

面会の母がもて来し鶏卵十三個吾が十日間の滋養《じよう》補《おぎな》ひぬ　牧岡秀人　１９５６

仮名書きの文《ふみ》

読みにくき片仮名混《まじ》りの文なれど寄せ給《たま》ふ母の在《ま》すぞ嬉しき　渡辺渉　１９３７

読難《よみがた》き片仮名だより母そはの母の情《なさけ》の溢《あふ》れゐにけり　牧岡秀人　１９５３

悲しみを秘めて

お互に病《やまい》重《おも》りしそのことは云はずかなしき瞳《ひとみ》見交《みかわ》す　田中芙紗子　１９５１

眠り草《ぐさ》悲しみ秘むるごとく閉《と》づ　児島宗子　１９８９

奏《かな》でる

夜桜《よざくら》に蛇皮線《じゃびせん》ひける島男《しまおとこ》　長谷川大海　1936

「ギター弾《ひ》く傷痍軍人《しょういぐんじん》盆の月」と水野民子は詠《よ》みたり吾を　桑原林造　1951

遠き日にオルガン弾《ひ》きしわが手萎《な》えて今かつがつに鉄琴《てっきん》を打つ　名和あい　1978

カナリヤを飼う

包帯の手にたはむるるカナリヤの無心《むしん》なるこそ愛《いと》しかりけり　大橋玉泉　1957

カナリヤは籠《かご》で生まれて籠で死に　浜口志賀夫　1961

金がない

ノート買ふ銭《ぜに》もなければ薬包紙《やくほうし》友に貰《もら》ひて歌書きにけり　河相辰之助　1957

絵具買う金のない日はひざを抱き　白根太一　1972

アララギ会費七十銭《せん》に苦しみし石川孝若く死にたり　入江章子　1991

金を惜《お》しむ

妹《いも》の病《やまい》治るまでは金惜しむ吾を守銭奴《しゅせんど》と人は思はむ　東光二　1956

吾《わ》が遺骨迎へに来るべき姪《めい》のため残しておかむこの貯金帳　山本豊繁　1960

金を無心《むしん》する

貧しかる母の生活《くらし》を思ほえば無心の文《ふみ》はかき難《がた》くしぬ　伊東繁　1931

いぶり炭《ずみ》母に金せびらねばならず　吉田美枝子　1956

かぼそい命を守る寒卵《かんたまご》

寒卵かぼそき命しかと守《も》る　出海帆船　1951

母に会ふ日迄の命寒卵　林格子　1951

白粥《しらがゆ》に割って貰《もら》ひぬ寒卵　岡村春草　1979

髪を洗う

洗髪《あらいがみ》吹かれつ朝の桔梗《ききょう》切る　小野寺花子　1965

よろこびを誰にも告げず髪洗ふ　原田美千代　1979

世の隅《すみ》の小さな幸《さち》の髪洗う　吉田香春　1990

髪を切る

思ひきり髪を短くカットして洗ひ易けれ麻痺《まひ》のわが手に　松島朝子　1980

長い髪切ればわかってくれますか　辻村みつ子　1992

髪をとかす

顔かたち病みくづれつつ残りたる黒髪よ香油《こうゆ》惜《お》しみなく使ふ　瀬戸愛子　1978

髪を梳《す》く悔《く》いも縺《もつ》れも解《と》けるまで　辻村みつ子　1992

みだれ髪風の小島で梳き続け　辻村みつ子　1992

髪を結《ゆ》う

手のひらにわづかに残る感覚のありてたどたどわが髪を結ふ　津田治子　1950

十本の指がなくとも生き甲斐はあるのよと言いて髪を巻く妻　島袋一　1965

木の葉髪《このはがみ》病痕《びょうこん》かくし結ひあげし　内野緑春　1970

寡黙《かもく》となる

パピプペポ言へなくなりし唇を映す鏡に顔がひづめる　笠居誠一　1953

唇音《しんおん》が言へなくなりて性《さが》のごと寡黙となりぬ常に寂しく　須田洋二　1958没

蚊帳《かや》の蛍

病人の蚊帳に蛍《ほうたる》放《はな》ちけり　清水素人　1936

蚊帳の中に蛍を入れて子供等《こどもら》に仲良く寝よと母は声かける　水田由利　1992

蚊帳《かや》を吊る

初の蚊帳歌うたひつ、床《とこ》につく　磯部昭介［少年］　1944

初《はつ》かやに出たり入ったりする子らよ　三郎［少年］　1958

逝《ゆ》きにける三人《みたり》の友と共に寝し蚊帳を今年も探りつつ吊る　佐藤つや子　1959

粥《かゆ》

熱持ちし口には甘き梅干の紅《べに》ほどけたる今朝の白粥《しらがゆ》　大竹島緒　1937

粥すする音は命か夫《おっと》病む　辻村みつ子　1992

仮の名

仮の名におのれなじみて露涼し　小坂さつき　1970

仮の名で通す一生石蕗《つわ》の花　中村花芙蓉　1989

韓国の君を葬《ほうむ》る日本名　中山秋夫　1998

カルタで遊ぶ

入学の近きこの子は「カルタ」読むひと文字ひと文字ひろふが如く　西野実　1954

少年寮いっぱいつまってカルタとり　光夫［少年］　1958

カルテ

治療して視力の戻る眼でなしと言いて医師はカルテに向かいぬ　野村杲人　1980

ふるさとの道をカルテがとおせんぼ　松岡あきら　1989

蛙《かわず》の闇

獄塀《ごくへい》も沈みし暗《やみ》の空に佇《た》ち遠き蛙をたぐりつつ聞く　藤本松夫　1962刑死（享年40）

夜《よ》の蛙家郷《かきょう》出《い》でしも夜なりけり　後藤一朗　1988

監禁室

監房に狂ひののしる人のこゑ夜《よ》ふかく覚《さ》めて聞くその声を　明石海人　1939

泣きさわぐ狂人《ひと》への情《なさけ》ふりきつて監禁室の重き扉《と》を閉《さ》す　綾井譲　1943

世の中に隔てられたる癩院《らいいん》になほ囲ひして監禁室あり　壱岐耕人　1955

眼帯

眼帯の中からじっと陽《ひ》を信じ　青葉香歩　1970

眼帯の裡《うち》に寝覚《ねざ》めて年明《あ》くる　蓮井三佐男　1984

眼帯に花散る音のしきりなり　辻村みつ子　1992

監房《かんぼう》に死す（1＝1938年、栗生楽泉園に設置された重監房のこと。）

[1]特別病室といふはすなはち監房のこと入園してまず教へらる　横山石鳥　1950

療友《とも》幾人《いくたり》死にゆきし監房たづね来てマッチすり壁の落書を読む　田島康子　1956

つながれて獄《ごく》に死にたる病友が院長絞首刑と壁に残しぬ　甲斐八郎　1956

ともどもに学びし鈴木もしばられて零下二十度の監房に死にき　沢田五郎　1967

逆立《さかだち》のさまに凍りて死にいしとぞ真昼お暗《ぐら》き重監房の隅に　浅井あい　1979

記憶がうすれる

母の顔うろ覚えなる墓参《ぼさん》かな　寄田南村　1940

押し花も記憶の人も色あせる　前川とき子　1972

島に来て三十九年かふるさとの記憶を呼べどただ淡淡《あわあわ》し　北田由貴子　1973

見えし時もとめし羽織《はおり》ひろげつつ柄《がら》の記憶のうすれしを思う　今野新子　1988

飢餓《きが》

蘇鉄《そてつ》喰《く》いて餓《ひも》じかりしかの追憶の底に荒涼と島の海鳴る　新井節子　1965

飢餓の地へ小声で詫《わ》びるパンの耳　中山秋夫　1989

一日に三《みっ》つ四《よっ》つの柩《ひつぎ》ならぶ飢餓の時代がありていまあり　朝滋夫　1991

気兼《きが》ねなく

お互に看《み》るも看《み》らるるも運命《さだめ》なりいかなることも気兼ねすな友　平松百合男　1930

不自由者われ不自由室に移され来《く》けふよりこころ磨《す》ることもなく　滝田十和男　1956

不自由な身はみとられて死ぬべしと言ふ吾《わ》が夫《つま》にわれは頷《うな》づく　津田治子　1956

不自由者の会にてあれば気兼ねなく食《く》ひこぼす者取り落す者　松浦扇風　1958

義眼《ぎがん》

義眼塡《う》め新涼《しんりょう》の顔ととのへる　山本肇　1968

清めたる義眼瞼《まぶた》に冷たけれ盲《めし》ひて会ひしこの季節感　山岡響　1990

水晶体なき眼に散りて月微塵《つきみじん》　秩父雄峰　1992

見えるやうな澄みし眼をしてゐるといふ母はわが眼を義眼と知らず　山本吉徳　1994

気管切開

眼をとられ咽喉《のど》をとられて冬籠《ふゆごもり》　与世田南村　1936

この冬はこの冬はとをおそれつつかそけき命を護《まも》り来にけり　明石海人　1939

切割《きりさ》くや気管に肺に吹入《ふきいり》りて大気の冷えは香料のごとし　明石海人　1939

咽喉《のど》さいて身のゆるみけり菊枕《きくまくら》　浅香甲陽　1949没

菊づくり

菊の花のにほひに我はふるさとに植ゑ来し菊を思ひ出すなり　北島兼子［高等小（中学）1年］　1941

幼子《おさなご》も手伝い合って菊植えぬ　井上敏雄［少年］　1952

植えかえし菊に水やる友を見る　K・Y子［高校2年］　1952

疵《きず》癒《い》えて手足嬉しく常よりも早く今年は菊の芽をさす　高橋寛　1975

子を持たぬ妻と我とが愛《いと》し子《ご》の如く育てし菊開きたり　川野順　1984

義肢《ぎし》

妻も義肢生きる悦《よろこ》び庭いじり　茅部ゆきを　1976

義肢ぬいで今日一日の重さ知り　松岡あきら　1982

絆《きずな》が断《た》たれる

文通の出来ぬと詫《わ》びて再婚を告げ来し姉の手紙読みたり　中島次男　1963

復帰した友アドレスのない便《たよ》り　和田智恵　1972

病むわれの訪《と》いゆく時はなけれども兄の住所をノートに記《しる》す　野崎一幸　1978

手紙断ちしふたりの妹《いもうと》持つ妻が無心《むしん》に花の水替えて居り　川野順　1984

肉身のつながり切れて三十年切れぬ想ひを持ちてわれ老ゆ　山岡響　1988

帰省

終列車の時をはかりてたらちねは迎へたまひぬ道のなかばまで　壱岐耕人　1937

楽しみは帰省かないて帰るとき弟いもうとにみやげ買うとき　鷹志順［少年］　1958

菜の花に友の帰省を送るかな　K・H［少］　1958

朝つゆに小道を急ぐ帰省かな　マスエ［少女］　1958

エンジン止《や》み下船準備のざわめきの中よりもとむ老い母のこえ　森岡康行　1964

帰省して

兄上よ帰りますなとい寄り来て二人の妹《いも》は我にとりすがる　薄井イチヨ　1930

（1＝「園にもどらないで」の意。）

吾子《あこ》を乗せ稲束《いなたば》を乗せ荷車をひく楽しかりにき帰省の一日　春野明夫　1956

帰省して母とふたりでまき運ぶなくなったにいさん思い出しつつ　永浜ミヨ子［少女］　1958

かく楽しき日のまたあるまじとぬかるみを甥《おい》と歩みぬ水前寺動物園　山本豊繁　1960

四年ぶり浸る吾《わ》が家《や》の長州風呂《ちょうしゅうぶろ》胎児のかたちになりてなつかし　安藤広　1963

帰省せし我に寄り来て幼《おさな》き子おばちゃんこちらよと手をひきくれる　白鳥玲子　1973

新しき地下足袋《じかたび》を兄は穿《は》かしめて帰省せし吾と麦踏みに出《い》づ　島田秋夫　1981

黍畑《きびばた》に母の声ある帰省かな　中村花芙蓉　1989

世間など気にせずわれを迎へくるる姉の膝下《しっか》に帰り来にけり　政石蒙　1989

帰省の日近し

夏休み近く帰省を待ちわびぬ　Ｏ・Ｊ〔少〕１９５８

帰省の日明日に迫りて下着類包んでは解《と》き解きては包みぬ　吉野花子　１９７３

帰省許可明日にも逢える母の墓　京みやこ　１９８２

帰省のもてなし

味噌汁の白きと塩ふく魚《うお》を焼き貧しき母は吾に振舞《ふるま》ふ　矢島忠　１９６０

帰省せし我に無花果《いちじく》食《く》わせんと露草分けて夫《つま》は摘みくる　野口久子　１９６５

帰りきし吾《わ》がために打つ蕎麦粉《そばこ》解《と》く母が皺《しわ》ぶく掌《て》を見守りいつ　滝田十和男　１９８５

義足《ぎそく》

かなかなや山路馴《な》れたる義足の子　藤井一静　１９４０

月の磯に友と別れて戻り来ぬ義足を脱げば砂のこぼるる　太田井敏夫　１９４０

青き踏む竹の義足のはきよくて　喜田正秋　１９４３

日向ぼこぬぎし義足に猫遊ぶ　森さかえ　１９５１

踏みしむる義足野分《のわき》の地《つち》固し　市川峯一　１９５５

足断《た》ちて五十日目に義足履《は》くああ歩ける立つて歩ける　田河春之　１９５６

義足をいたわる

穿《は》き古《ふ》りし吾の義足はねもごろに紙に包みて海に流しぬ　太田井敏夫　1940

湯に入《い》ると解《と》きし義足を脱衣籠の底に隠しぬいたわるごとく　小見山和夫　1959

寝る前に脱ぎし義足に礼したる事なくすぎぬ長き年月　久保田明聖　1970

筍《たけのこ》寝かす友が義足を脱ぐやうに　須並一衛　1983

危篤《きとく》

刻々にけしきを変ふる死魔《しま》の眼と咳《せ》き喘《あえ》ぎつつひた向ひをり　明石海人　1939

非常口の灯《ひ》にあつまりて夏蛾くるふ一人のいのち危《あや》ふき夜半を　朝滋夫　1973

面会謝絶戻りて刻《きざ》む葱《ねぎ》の白　上山茂子　1988

希望

初夢や鳥人《ちょうじん》となりしばし飛ぶ　佐久間司　1936

亥の子餅《いのこもち》癒《い》ゆる希望をなほ捨てず　松原雀人　1940

浜砂に座して写生をする児等《こら》は皆沖を行く船を描《か》き居《お》り　笠居誠一　1940

汽車の窓しっかと希望抱きしめる　為田北星　1945没

巣立燕《すだちつばめ》無門無柵《むもんむさく》の空があり　増葦雄　1985

希望は捨てない

濃き闇の向《むこ》ふになにか在《あ》る思ひ心に持ちて歩みつづける　赤沢正美　1965

弱き者貧しき者の救はるる世を願ひつつ耐へて生《い》くべし　久保田明聖　1970

白杖《はくじょう》に夢の火種は絶《た》やすまい　五津正人　1988

嗅覚《きゅうかく》が戻る

嗅覚のにぶりはてつつかすかにも味噌汁の匂ふ朝はうれしも　羽生能秋　1951

ひらめきの如く香《か》の匂ふときありて癒《い》ゆると思ふ癒ゆると思ふ　津田治子　1961

生臭《なまぐさ》きまでに緑の香にたてり嗅覚われに戻りきたれば　東條康江　1997

給水車

下地区に給水車来し放送に馬穴《バケツ》整ふ音しきりにす　上村真治　1956

給水に並ぶバケツのしゃべりあい　堀内都々美　1972

牛乳

搾《しぼ》りたての牛乳うましと云いながら咽喉《のど》痛む友はむせつつ飲みぬ　古川時夫　1975

生温《なまぬる》き牛乳ひと口づつふくみ今の失意を噛《か》む如く飲む　山岡響　1995

境界壕《きょうかいごう》

赤埴《あかはに》の壕を隔てて松のまに院長殿の住まふ家見ゆ　金森契月　1930

ここよりは壮健者《そうけんしゃ》地区月見草　飯塚飛兎子　1953

無菌地帯に咲く花花にとびゆける蝶の世界は吾等《われら》より広し　比木登志夫　1956

ふるへふるへ境界壕を越えし夢妻子を恋《こ》ひてい寝《ね》たる夜に　松永稔　1960

捨て大根《だいこ》花擡《もた》ぐここより患者地区　山本肇　1982

行商《ぎょうしょう》

山坂を乾魚《ひうお》行商する妻の手を今日われはとるあれしその手を　青木伸一　1959

行商の帰り仕度《かえりじたく》や花の下　大川あきら　1962

行商の妻帰る頃炭をつぎ　高橋昇　1965

行水《ぎょうずい》

水はりし桶《おけ》や盥《たらい》や日の盛《さかり》　山形武山　1932

行水や籬《まがき》に寄せし松葉杖《まつばづえ》　大橋巴章　1936

提灯《ちょうちん》をつるべにつるし行水す　太田井敏夫　1936

行水や垣根越《かきねごし》しなる笑声《わらいごえ》　北海薫風　1959

きょうだいで病む

弟と影踏みをする夏の夕　T・Y子［高等小（中学）2年］1941

幼《おさ》な子を背にして通る萩の道　山口みどり［中学3年］1950

朝な朝な咲く朝顔の数姉に聞きつつ記憶している　笹川佐之 1951（自死35歳 1958）

青蚊帳《あおがや》の中に眠れる妹ら蚊帳の色にそまりて青し　福枝君子 1956

弟も癩《らい》に侵《おか》されて死にしこと八年を経て吾は知りたり　近間治 1957

すこやかに背丈のびゆく妹は保育児にして九年すぎたり　S・T［歩］1958

杖をつき見舞いに行けばベッドより音聞きつけて兄の呼ぶ声　小林熊吉 1989

いち早くわれを見つけて妹はここだここだとはや涙声　小林熊吉 1989

今日もまた

堤防に並ぶ柩《ひつぎ》や今日の月　三木寂花 1935

静かなる歌会《かかい》の最中臨終を告げきし一所ざわめきてをり　T・Y子［高等小（中学）1年］1941

風花《かざはな》や野積《のづみ》の死者の紅布団《べにぶとん》　山本肇 1970

野晒《のざらし》の骨ことごとく起《た》ち上《あが》れ青葉の闇はきみ達のもの　赤沢正美 1979

霜《しも》の原に命絶《た》ちしをあはれとも思ふいとまなく今日もまた死ぬ　内海俊夫 1982

朝に一人夕べに一人知らされし病友《とも》の死を思《も》ふ寒き日続く　根岸章 1983

金魚を飼う

大き鉢に母の金魚は子供らをつれて水面に浮いてくるなり　二宮重子〔尋常小6年〕1939

泉水《せんすい》の浮草おして金魚かな　千恵子〔少女〕1958

冬越した金魚よく食べよく泳ぎ　太田千秋　1970

金魚玉《きんぎょだま》一句を得つつ吊りにけり　金田靖子　1980没

金婚《きんこん》・銀婚《ぎんこん》

貧しき刻《きざ》みキャベツの漬物にて我と妻との銀婚の今日　武内慎之助　1966

医学にも見放されしは幾度かそのたびに生き還《かえ》り生き還り今日在《あ》り　井上真佐夫　1988

電話、来客ほぎごと相次げば慶《よろこ》びの実感身ぬちに醸《かも》す素直に　井上真佐夫　1988

悲喜《ひき》こもごも寮で銀婚式迎え　山下紫春　1990

禁《きん》ず

『草刈るな』標《しめ》立つ畦《あぜ》に果《はて》しなくげんのしようこの花咲きゐたり　深川徹　1955

柿の実をとるなと札《ふだ》の立ててあり　U・M〔少〕1958

洗濯物禁ずと貼りある風呂場の隅にてさるまた洗う六十歳《ろくじゅう》のわれ　大友宗十　1959

送り来し人形なれど許可ならず手にも触れず領置す獄《ごく》の悲しさ　藤本松夫　1962刑死（享年40）

句会に集《つど》う

相寄《あいよ》りて句座《くざ》はじまらず花の宵　玉木愛子　1969没

七夕や病人かこみホ句作る　吉田香春　1990

桜前線狂わず逢えた花句会　岡生門　1994

釘を打つ

療園《りょうえん》で終える気《き》柱に釘を打ち　茅部ゆきを　1976

妻の手の届くところに釘を打ち　茅部ゆきを　1976

草をしるべに

遅れくる人に芒《すすき》を結びけり　平原さうび　1940

杖先にふれてそこより道曲《まが》るこの草株も道しるべなり　細田辰彦　1959

句集を編《あ》む

四十路《よそじ》句集出さんと励み獺祭忌《だっさいき》　辻長風　1954

句集出る前に逝《ゆ》きにし友悔《くや》む　武内慎之助　1972

句集の題字《だいじ》手ざわり紅《あか》し雲の峯《みね》　氏原孝　1992

鯨尺《くじらじゃく》

マーちゃんはものさしの読みかた習ったらなんでも計って喜んでいる　上田しげ子［少女］1958

妻逝《ゆ》きて遺品となりし鯨差《くじらざし》今も使ひぬ二十年《はたとせ》を経《へ》て　北一水　1959

少年の我が手作りの鯨尺母は喜び長く用《もち》ひき　神山南星　1979

薬が遅すぎた

プロミン剤僕の鼻には遅かった　野田ポン太郎　1963

無菌証明書今にしてもらふ指断《たち》て生姜《しょうが》のごとくなりしわが手に　林みち子　1967

萎《な》え果てし吾《わ》が手と足を米軍医はまばたきもせず見つめいるなり　山村春夫　1980

愚痴《ぐち》

省《かえり》みて日頃思へば眼の見えぬ妻より我は愚痴多からむ　薄井一洋　1946没

妻の愚痴猫も味方のように寄り　山下紫春　1990

口に針をくわえて縫う

口に針くわへ引きつつ縫ひいそぐ夜《よ》なべの妻に甘藷《かんしょ》焼きけり　長瀬実津緒　1953

亡き妻が口もて縫ひし肌着かもまさぐり見つつ思ひ深かり　陸奥保介　1966没

唇で花に触れる

桜の枝麻痺《まひ》の手に撓《たわ》め蕾《つぼみ》と花を口にふくみぬ盲《めしい》の我は　笹川佐之　1951

唇に探りて楽し朝な朝な活《い》けたる菊の蕾《つぼみ》ほぐるる　村松香梅　1956

唇でさぐればタンポポ咲いていた　青葉香歩　1970

唇にさぐる花弁のみなやさしまだ蕾なるいくつにもあふ　谷川秋夫　1979

白妙《しろたえ》のジャスミンの花盲《めし》いわが唇《くち》に触るれば花弁の甘し　福島まさ子　1993

背をかがめ双手《もろて》によせし菜の花のふれたる唇《くち》に花粉のつきぬ　飯川春乃　1996

口をつけて飲む

口つけて飲めば冷たし山の背の青葉がくりに湧くる真清水《ましみず》　黒川眸　1932

岩清水受くる指なし口づけのむ　林すみれ　1970

沢蟹《さわがに》の残せし濁りしずまればこの真清水に口つけて飲む　野村呆人　1980

栗拾い

くりの実をぼうしにいれて山くだる　三郎［少年］　1958

童等《わらべら》の垣もぐりつつ栗拾ふ　佐藤一祥　1962

栗拾ふ若い谺《こだま》が森にみつ　不動信夫　1982

厨《くりや》

こおろぎの鳴く炊事場《すいじば》や雨のもる　K・H［少］1958

厨かざる野菜の中の緋《ひ》のトマト　石浦洋　1961

夫《つま》に委《ゆだ》ねてありし厨よ今日よりは眼《まなこ》癒《い》えたるわがものとせむ　北田由貴子　1977

向日葵《ひまわり》の影まわり来し厨かな　中村花芙蓉　1989

狂うほどに

あまりにも淋しき夜を子等《こら》のこと狂ふまでにも思ひ出されつ　みどり　1933

監房に罵《ののし》りわらふもの狂ひ夜深く醒《さ》めてその声を聴く　明石海人　1939

狂ひたる友を想ひて寝らえぬに夜更《よふ》けてひびく潮ざゐの音　西原とよ志　1944没

子の名呼ぶ狂ひ女《め》あはれ木々芽吹《めぶ》く　中里和夫　1957

これまでを狂わず生きている狂い　中山秋夫　1989

苦しきことは親に言わず

なつかしき故郷に送る手紙には何時《いつ》も元気と書きて送れり　A・K一［少年］1943

わが胸の悲しみ知らぬ父母《ちちはは》に悲しみ知らせず書くたよりかな　重夫［少年］1958

癩《らい》を病む父にはついに告げざりき登校の道にてさげすまれしは　佐藤つや子　1988

毛糸を編む

秋日和《あきびより》縁《えん》に坐りて毛糸編む　T・Y子［高等小（中学）2年］1941

残りゐる左脚だけの股引《ももひき》に変へてあたたかし妻の編みしもの　隅広 1956

冠《かぶ》らせてみては編みたす毛糸帽　岩満千鳥 1961

病閑《びょうかん》のやはらかにまく毛糸玉《けいとだま》　小野寺花子 1976

暗い過去秘めて女患者の毛糸玉　茅部ゆきを 1977

働ける事の嬉しも老い四人看取《みと》りつつ夜はセーターを編む　高山章子 1984没

明日なきが如く毛糸を編みつづく　桂自然坊 1988

ふるき毛糸つなぎて夫《つま》の帽子編む部屋に明るき日ざしある間《ま》を　林みち子 1999

帽子編む一目一目《ひとめひとめ》に愛を込め　影山セツ子 2003

化粧

常《つね》よりも眉濃くひけり初鏡《はつかがみ》　清川八郎 1935

年久しく手にふれざりし白粉《おしろい》のかはきて瓶《びん》にかさと音たつ　瀬戸千秋 1939

菊活《い》けて合《あ》わせ鏡や今朝の妻　森城月 1952

床上《とこあ》げしよろこびにしばしひたりつつやつれし面《おも》に紅《べに》さしてみぬ　竹下道子 1953

粧《よそ》おえることのうとまし友の死を送りて部屋におとす口紅　原仁子 1965

下駄を履《は》く

不潔などと言ひても今は術《すべ》もなし唇《くち》に探りて下駄《げた》はく吾は　村松香梅　1956

春の夜《よ》を口もて探るおのが下駄　増葦雄　1960

新しき下駄の鼻緒《はなお》の日じるしに結びし小布手探りてみる　今野新子　1988

結婚

妻娶《めと》る新しき足袋《たび》はきにけり　松本明星　1952

愛情は性慾ならず諸共《もろとも》に病《やみ》経《ふ》る命かけて結べる　鈴木靖比古　1953

沖縄の磯の貝持ちて入園せし少女の汝《なれ》も今夜は嫁《とつ》ぎぬ　内海俊夫　1964

わが妻となりたる君が瓜《うり》きざむ音をしづかに今朝はききをり　萩原澄　1966

待ちわびし春とも遅すぎた相聞《そうもん》とも淡淡と麻痺の手重《かさ》ねあう　沢田五郎　1972

補《おぎな》ひ合ひ末長く添はむわが妻となる君の手の指も曲《まが》れる　松浦篤男　1975

今日よりは妻となる身や冬さうび［冬薔薇］　原田美千代　1979

結婚祝い

訪ね来し友らにいちぢく缶あけぬ妻とわれとの結婚祝い　松岡和夫　1955

療院の隠れ婚儀《こんぎ》や年の暮《くれ》　渡辺城山　1983

結婚せず

妻娶《めと》る日もあらなくて老いそめし兄を思へば心泣かゆも　島田尺草　1938没

吾故《ゆえ》に嫁《とつ》がぬ姉と墓詣《はかまいり》　水野竹声　1939

この兄のやまいの癒《い》ゆるその日まで娶らじと言ふかなしき弟よ　井上真佐夫　1940

月蝕《げっしょく》

月蝕の如何《いか》になるかと見つめつつ友らと浜に話のはずむ　安里秀男　1980

月蝕や夜干《よぼ》しの梅の香のただよひ　上山茂子　1988

検温

冷たき手を詫《わ》びながらシヤツのボタン外《はず》して体温計挟《はさ》みてくれぬ　壱岐耕人　1955

汗ばみし額《ぬか》に口づけ熱を見る療友《とも》の仕草に瞼《まぶた》うるみぬ　小島住男　1988

検温の看護婦花の窓ひらく　児島宗子　1989

原爆忌

手の中に蟬を啼《な》かせて少年が見ておりテレビの原爆ドームを　朝滋夫　1972

原爆忌軍服を着た日を恥じる　高野金剛　1972

原爆の犠牲者をおもう

七夕に原爆禁止と書く乙女《おとめ》　牧ひろし　1960

八時十五分鐘を聞きつつ原爆症に今も死ぬ生《い》くる命に祈る　浅井あい　1979

鯉幟《こいのぼり》

園にきてはや六年やこいのぼり　幸男[少年]　1958

こいのぼりおよげよおよげ青空に　信義[少年]　1958

声の便《たよ》り

童謡を歌ふ幼子《おさなご》よ父われの面《おも》も忘れて育ちつつあらむ　木谷花夫　1959

録音機やさしい声を巻き戻し　島洋介　1973

祖国復帰後初めて迎う正月の声の賀状を集《つど》いて聞きぬ　里山るつ　1980

カセットの声から老母《はは》の元気知り　山田春水　1980

声を失う

物言へど声とはならず鋳掛屋《いかけや》の鞴《ふいご》のごとくわが咽喉《のど》の鳴る　山川酔夢　1944没

なきながら部屋に入《い》りきし野良猫を声失《う》せしわれ舌鳴らし呼ぶ　古川時夫　1964

声をかけてくれる

やあと言ふだけなる友の温《あたた》か味《み》　山川酔夢　1940

わが庭を近道してゆく隣の子行《ゆ》きに戻りにわれに声かく　富永友弘　1976

コーラス

澄み果てし空にむかひて歌うたふ処女《おとめ》の一群あり枯原のなか　吉村章子　1951

少女寮コーラスも出るひな祭り　松山清治　1959

こおろぎの声

大根をまびく我が手のかたへにてころばす如きこおろぎの声　森みさ子［少女］　1950

裏庭に啼くこおろぎの声細く母につらなる思い出をさそう　伊藤とし子［少女］　1952

こおろぎがくさった無花果《いちじく》の上におり折々小《ち》さき鳴き声をして　M・S［少］　1952

子があれば

断種《だんしゅ》してちぎりし友も年老いて子が欲しと言ふ心諾《うべな》ふ　笠居誠一　1953

唐突《とうとつ》に妻が聞きたり産みもせぬ子の名考えたることのあるかと　滝田十和男　1985

子のあらば一つ求めむにとんとことん太鼓を打てる玩具の猿公《えてこ》　永井静夫　1997

子が生まれる

らいの子と蔑《さげす》むことなくわが妻の出産を看《み》とりてくれし人びと　横山石鳥　1959

ふるさとに老いたる母が綿《わた》のもの縫ひて賜《たま》ひぬわがみどり児《ご》に　横山石鳥　1959

一心《いっしん》にわれの瞳を見詰めゐる吾《わ》がみどり児《ご》は物見えそめし　横山石鳥　1959

親と子の生活《たつき》許さぬ癩園《らいえん》の規則の中に子を生《う》まむとす　木谷花夫　1959

颱風《たいふう》の過ぎにし月の光る道ひた走るわれに子の生《あ》れむとす　木谷花夫　1959

生《あ》れし子を連れて移りし病棟の個室を飾るもの何もなし　木谷花夫　1959

子が逝《ゆ》く

羽子板《はごいた》を抱きたるまゝの仏《ほとけ》かな　上田翠月　1935

木の実手にこころ亡き子の似顔《にがお》描《か》く　中江灯子　1963

清香《せいこう》無邪気とぞ花ことばのフリージア供え幼く逝きし子の年を数《かぞ》う　斎藤アキ代　1992

子が逝くを知らず

あが児《こ》はもむなしかりけり明けさるや紫雲英《げんげ》花野に声は充《み》つるを　明石海人　1939

世の常の父子《おやこ》なりせばこころゆく歎きはあらむかかる際《きわ》にも　明石海人　1939

已《すで》にして葬《はふ》りのことも済めりとか父なる我にかかはりもなく　明石海人　1939

午後四時の夕食

午後四時に夕食を摂《と》りゐる我《わ》が部屋を屋根屋ら屋根より見下《みおろ》してゐる　斎藤雅夫　１９５９

午後四時の夕餉《ゆうげ》終りし時刻より何せむか長き夏の日ぐれを　林みち子　１９７０

大夕焼《おおゆやけ》最中療院食事時　原田一身　１９７９

心すがし

張替《はりかえ》の障子の中に何《なん》となく心もすがし友とかたるも　三宅清泉　１９３５

おのづから交《まじ》はり狭く生きゆくに病めばいよいよ狭く清《すが》しき　津田治子　１９５０

野に出《い》でて病み古《ふ》る五体を草に伏す青き空気に自浄す思ひ　高崎あつし　１９５６

心たかぶる

生き死にの苦しき中ゆのがれ来て何か雄々《おお》しく沸《わ》く思ひあり　飯崎吐詩朗　１９３９

感情のたかぶる朝よ色彩の暗き花のみ採《と》り来しを識《し》る　青山歌子　１９６３

父母《ふぼ》の訃《ふ》や震《ふる》ふ手炭《すみ》つぐ外《ほか》はなし　山本よ志朗　１９６５

二十幾年相見《あいみ》ぬ父が文《ふみ》くれぬ悲しきまでに心昂《たかぶ》る　城郁子　１９６５

四十年過ぎて尚《なお》心しづかに語り得ず強制収容されし日のこと　荒木末子　１９７８

生かされて生《い》くるといへどをりをりの喜怒哀楽に心は震《ふる》ふ　政石蒙　１９８９

心づかい

復習の子供に火鉢《ひばち》押しやりぬ　池尻慎一郎　1934

猫の子に障子一《ひと》マス開《あ》けてやる　金田靖子　1980没

老いの妻の心配りの柚子風呂《ゆずぶろ》に弾丸傷《たまきず》の足の痛み忘れる　島田秋夫　1982

ひとつづつ笹に包みて家族らが心をこめしぬくもり味わう　水田由利　1992

心和《なご》む

夕しばし土いぢりせしなごやかさ心かろらに箸《はし》とりにけり　白石天羽子　1934

我《わ》が心やわらぐ如しかそかにも歌てふものの分《わか》り来る時　水原隆　1934没

不自由なる手をもちつつもものの縫へばをみな心《こころ》の和み来にけり　岩井静枝　1940

隣室にたれか持《も》て来《き》しカナリヤに病臥《やみこや》る身のこころなごめり　神田慶雨　1940

水仙の香にふと心和みゆく生《い》くる限りは花なり人も　吉田美枝子　1988

心安《やす》らぐ

妻の辺《へ》にねそべりて本を読みもらふかかる安けき刻《とき》の過ぐるな　萩原澄　1974

故里《ふるさと》のどこよりも墓地の安らぐと老いづく妹《いも》がしみじみと言ふ　鈴木和夫　1977没

移りゆく四季を詠《よ》みつつ口を送るこの安らぎは思ひみざりき　板垣和香子　1978

心を痛める

かぎりなき嘆き聞こゆるごとくにて尋《たず》ね人放送夜更けてつづく　光岡良二　1951

死の灰を被《かぶ》りし漁夫の容態《ようだい》のつまびらかならず限りなくさびし　松島朝子　1955

中国のらい者の暮しいかならむ引揚《ひきあ》げてくる人等《ひとら》つたえず　横山石鳥　1955

軍需品作るとふ夫《つま》の工場の給料上るを喜べぬ現実　美園千里　1956

青年寮にまだ灯《ひ》のともりゐて水爆といふ語しきりに聞《きこ》ゆ　相良明彦　1957

幼子《おさなご》は小さき胸をいたませてビキニの灰をわれにきくなり　A・A[少]　1958

星遠く凍《い》てつく夜を南極に残れる犬を吾は思へり　村山義朗　1960

傷つきしベトナムの子らよ生きのびてこの戦ひを裁《さば》かねばならぬ　政石蒙　1968

「死の灰」といふもたやすき語彙《ごい》となりいかなる無慚《むざん》にも人は馴れてゆく　光岡良二　1968

患者三百人露軍《ろぐん》進攻に自決せしとふ旧満州の療園の秘話《ひわ》　山本吉徳　1998

個室に移る

知る限りの友の写真を額《がく》にして今日より個室に病みゆかむとす　太田三重夫　1956

待ちわびし個室に移りはやばやと盥《たらい》に妻の背を流しやる　森岡康行　1964

長き希《ねが》いかないしひとりの部屋にしてまぶしきまでに冬陽《ふゆひ》さし入《い》る　江崎深雪　1970

待ち侘《わ》びし個室に移り藺《い》の匂う畳の上に大の字に寝る　藤井昭人　1988

コスモス

コスモスがきれいに咲いてる畠には風が吹く時蝶がとびたつ　梅津里野［小学6年］　1949

コスモスは庭いちめんに咲きみちて明るいながめとなりにけるかな　川島光夫［少年］　1958

映画みて夜のコスモスうつくしく　幸男［少年］　1958

戸籍謄本で知る母の死

身内うすく誰にみとられ逝《ゆ》きまししし抄本《しょうほん》の母に亡《ぼう》の文字あり　永井静夫　1973

母そはの母の逝きしを謄本《とうほん》取り寄せて知り泣き崩れたり　谷川秋夫　1991

骨壺《こつつぼ》

甕《かめ》の中に入れられし骨は少なかりかくも儚《はか》なくなりてしまひし　島田尺草　1938没

妻の骨納めてあした雁《かり》渡る　中江灯子　1976没

わが呼びしことなき元の名にかへり骨堂《こつどう》に妻の骨壺はある　鏡功　1992

骨壺を白布《はくふ》で包む

わが死なば骨を包まむ白き布病室に入る所持品の一つ　近間治　1957

万緑《ばんりょく》や白布の中の母を抱く　原田一身　1979

小包が届く

母からの小包好きなものばかり　城市城雪　1940

小包のかたき結びの細ひもに母の情《なさけ》の深くこもれり　西広みどり　1953

縄太く父より届く牛蒡《ごぼう》の荷　上山茂子　1955

子と遊ぶ

人の世のなやみなきがに吾はもよ子が云ふままに馬となりたり　木村美村　1935

梨の実の青き野径《のみち》にあそびてしその翌《あけ》の日を別れ来にけり　明石海人　1939

幼《おさ》な子の己《おの》が病苦も知らぬげに遊べるさまのなほあはれなり　浅野日出男　1953

夜が来れば妻は勤めにいでてゆきわれは子のため積木はじめる　横山石鳥　1959

子と離れ住む　（同じ療養所内で親子は別々の舎屋に住む）

癩《らい》病みて少年寮にはなれ住む吾子《あこ》の足袋等裁《た》ちて夜更けぬ　五月早苗　1953

初咲きのゆりの花きり母見舞う　T・M子［少女］　1958

別寮に住み居る母にくれなゐの枕カバーを縫ひつつたのし　板垣和香子　1960

支給されし手花火十《とお》ほど見せに吾子《あこ》　山下春水　1961

離れ住む子の癒《い》えゆくをよろこびとして暑き七月の日日《ひび》過ぎむとす　城郁子　1976

子供の遊び声　（1＝竹皮草履《たけかわぞうり》。）

遠方《えんぽう》に蛍《ほたる》を呼べる児等《こら》の声聞きつつ我は床《とこ》のべにけり　島田尺草　1929

拾ひ来し茶の実ころがし遊ぶ子の声にぎやかに昼たけにけり　岡静江　1935

子に合《あわ》す癩《らい》の細声手毬唄《てまりうた》　小林たかし　1955

国道に遊べる子等の声きけば里に残せし子等をし思ふ　鎌田とみゑ　1957

[1]竹皮を脱ぐ子らの声ちらばりて　金子晃典　1984

子供の声

凧上《たこあ》げをする子供等《ら》のかん声《せい》が風にとぎれて時々きこゆ　本田勝昌［少年］　1947

療院の徒然《つれづれ》の夜を見古しの幻灯《げんとう》写す児等《こら》のさざめき　北村樵夫　1957

療園に子等の声あり夏休み　京みやこ　1982

面会の童《わらわ》がこゑのきらめきて瀬戸の小島の春あらたまる　金沢真吾　1994

子供の声が聞こえない

島の寮《りょう》子供のいないひなまつり　小島一帆　1957

買物にそへてもらひしヨーヨーを与ふる子もなく手にもて遊ぶ　林みち子　1967

癩《らい》病めば優生手術をうけて住む夫婦舎地区に子らの声なし　北田由貴子　1973

子供の澄んだ声

野を焼いてゐる少年の声透《とお》る　児島宗子　１９８９

山の子の声透《す》き通る蕗《ふき》のたう［臺］　室岡喜久男　１９８９

子等《こら》の声みんなきれいな鈴を持ち　園井敬一郎　１９９５没

子供寮

雲雀《ひばり》の子そだてゐるなり子供寮　水野民子　１９３５

親しめる灯《ひ》のあかあかと吾子《あこ》の寮　量雨江　１９７０

小鳥を飼う

目白飼ひ山雀《やまがら》かふて餌《え》つけ説《と》く手なえし人のおもてかがやく　猪飼敬民　１９５６

つぐみの子をとらえし猫より取り返し可愛くなりて籠《かご》に飼いおり　安里秀男　１９８０

子に会いたい　（1＝親に連れられて入園した子［健康児］の保育寮。）

立田寮[1]より吾子《あこ》が来たるとききしかばたかぶりしわが今宵ねむれず　八代てるみ　１９５１

病む父を忘れよといひ忘るなと言ひて醒《さ》めたり子に会へる夢　田井吟二楼　１９５５

十年を耐へ来てのちの十年を耐へらるべきや吾子に会ひたし　北林正秋　１９５６

子に送る

故郷より来た小包の裁縫箱ふたをあけたりしめたりするも　北島兼子［高等小（中学）1年］　1941

倖《しあわせ》を遠くにもちて子供らに五月五日の小包を送る　永井鉄山　1956

年一度の冬物衣料費千円は黄なる毛糸にして子に送りたり　高原出　1956

クリスマス又回《めぐ》り来る夜夜《よるよる》を遠くあづけある子の服縫ひ急ぐ　碧海以都子　1956

病める身にたやすからねど子に送る幼年倶楽部《くらぶ》今日は買ひたり　陸奥保介　1957

妻の手に貧しく育つ子ら想い支給の品を荷造りていし　鈴木あずま　1959

子に手紙を書く

進学の励みに金も添へてやりて子にたよりせし朝のさやけさ　北林正秋　1953

二年生の子に出す文《ふみ》は楷書《かいしょ》にて一字一字を骨折りて書く　陸奥保介　1957

少女寮夫婦療舎と相へだて住《すま》へる吾子《あこ》に年賀状書く　谷加津男　1959

右手なきことにも馴れぬ毛筆を口に咥《くわ》えて子に手紙書く　村瀬三嘉　1965

子にやれぬ乳を捨てる

乳欲《ほ》りて膝に寄る子を幾度《いくたび》か振り放ちたり生《う》みの親吾《わ》れは　長谷川と志　1953

子に感染《うつ》す病《やま》ひを怖れ断《た》たしめし母乳を夜半に妻しぼり捨つ　木谷花夫　1959

子に別れを告げる

台湾に父は行くぞとだまされて別れし父を吾子《あこ》は待つらむ　古賀法山　1929

子供等に父の行方をねだられて偽《いつわ》り教へ妻泣きしてふ　須川松煙　1937

別るるを泣かじと湛《た》ふる吾子の手のこまかく震《ふる》へ顔をそむけぬ　二宮美穂　1956

療園に行くなと泣きし子供たちも今はそれぞれ親になりたり　松本茂子　1988

子の笑顔

幸福は乳房《ちぶさ》へ埋める子の笑顔　栗原春月　1940

貧弱な生活と別な子の笑顔　山川酔夢　1940

学校に始めて作りしスベリ台幼子《こら》等列をなしにことせり　井上敏雄［高校生］　1952

或る夜ふと恐《おそろ》しきおもひわれに湧きみつめ居たるに子の笑《え》みにけり　木谷花夫　1959

子の面影《おもかげ》を追う

まじまじとこの眼に吾子《あこ》を見たりけり薬に眠る朝のひととき　明石海人　1939

故郷《ふるさと》にいとし子《ご》のこし来つる我《われ》幼子《おさなご》呼びて蜜柑にぎらす　八代てるみ　1951

伸び早き寮児に吾子を見つつをり会ひ難《がた》きままに三年《みとせ》を過ぎて　田井吟二楼　1955

去りゆきし子に面影の似るを恋《こ》ひ夫《つま》はしげしげとゆくそのま処女《おとめ》に　畑野むめ　1961

子の幸《さち》を祈る

三人の児等《こら》の幸《さき》くば吾此院《ここ》にうもれ果《は》つとも何か悔《く》ゆらむ　石川化石　１９３０

不満云はず離婚うべなひしは子の幸を念ずる故《ゆえ》と夫《つま》は知りしや　栄正子　１９６３

幸福をはるかに祈る子の写真　猪狩子面坊　１９７０

子の成長を喜ぶ

吾病めば妻一人にて育て来し吾《わ》が子健康優良の表彰受けたり　加藤三郎　１９５６

離れゐて遠きわが子がさやかにぞもの言ひ初《そ》めしと今日の便《たより》りや　木谷花夫　１９５９

紅白の誕生餅《たんじょうもち》をおわされて邦生は二足《ふたあし》歩みしときく　野口久子　１９６５

子の便り

遠くそだつ吾子《あこ》のたよりのありければ病《やまい》養《やしな》ふ心うごくも　荒谷軟波　１９２６

「お母さん僕を忘《わすれ》ないで下さい」と書く童《こ》の手紙見つつかなしゐ　綾井譲　１９４３

消しゴムで消しては書きし子の賀状稚《おさな》き文字のいぢらしくして　信原翠陽　１９５３

押花《おしばな》を添えて明るい娘《こ》の便り　鎌田十三五　１９５５没

母《かあ》ちゃんお元気ですかと吾子の便りの幼き文字に今日泣かされる　山崎たづ子　１９５６

吾を恋《こ》ひ家出せし後に書きしとふ幼き文《ふみ》をくりかへし読む　栄正子　１９６３

子の無きが救い

残し来し子を嘆きいふ友見れば病みて子のなきもわが倖《しあわ》せか　壱岐耕人　1955

子の無きが一つの吾の救ひにて日暮れの部屋に電灯ともす　高橋寛　1981

子の名を呼ぶ

鉄橋へかかる車室のとどろきに憚《はば》からず呼ぶ妻子がその名は　明石海人　1939

ふるさとの空や何処《いずこ》ぞ人居らぬ山に登りて吾子《あこ》の名を呼ぶ　野村徳二　1955

あけがたの夢よりさめて離れ住む三人子《みたりご》ひそかに吾《わ》が呼んでみる　田井吟二楼　1955

わが名呼ぶ彼《か》の夜《よ》の母が声かとも霧笛《むてき》の音は真夜《まよ》を貫く　金沢真吾　1994

子の墓

童《わらわ》わが茅花《つばな》ぬきてし墓どころそのかの丘にねむる汝《いまし》か　明石海人　1939

吾子《あこ》の墓訪《と》ふやげんげ田《だ》通りぬけ　不動信夫　1982

子守唄

子守娘《こもりこ》の唄が聞《きこ》える夕蛙《ゆうかわず》　橋本なみき　1959

草笛のいつも五木《いつき》の子守唄　原田一身　1979

殺せない

畠《はた》をうつ鍬《くゎ》にかゝりし冬みゝず　増井良成［少年］　1947

力なき羽音《はおと》たてさる秋蚊《あきか》かな　千恵子［少女］　1958

ネズミ取りにかかりしネズミ小さくて憎みておりしおのれのかなし　斎藤雅夫　1959

風つのる獄《ごく》の夕窓ひたすらに巣をいとなめる蜘蛛《くも》は殺さず　藤本松夫　1962刑死（享年40）

数珠《じゅず》をもむ私に虫は殺せない　八木法日　1977

病みふせるわれに迫《せま》りてくる蚊あり生きむとするなるものの愛《いと》しく　山口初穂　1980

碁を打つ

夏至の午后碁盤に硬き石の音　牧野牛歩　1965

行動の限られ手足不自由なる碁を打つ夫《つま》の健《すこ》やかなる生　飯川春乃　1996

子をおもう

黙黙《もくもく》と机に倚《よ》りて故郷《ふるさと》の我がひとり子《ご》に思ひ馳《は》するも　松本のぶ　1929

菓子一包クリスマスにと送り来し吾子《あこ》の心を思へばかなし　今津いづみ　1956

吾子病むか便《たより》待つ身も病める秋　高杉美智子　1970

西瓜《すいか》丸く丸くまさぐり吾子遠し　不動信夫　1982

子を抱く

別れゆく事も知らざるをさな児《ご》は母にいだかれ歌唄ひゐし　岡静江　1951

かあさんザルにだかれてのぞく小ザルさん黒いお目目でわたしを見ます　T・M美［少女］　1958

お人形を抱いて寝る子を抱いて寝る　渡辺白虎　1960

馴付きくる童《わらべ》抱《いだ》けば子もなくて老いる腕《かいな》に温《ぬく》もり透《とお》る　松永不二子　1975

おばちゃんとふいに抱きつかれ吾《わ》が頰にふれたる頰のなんとやわらか　菅野美代　1980

再会の日なし（1＝長島愛生園。）

父に会ふも最後なるべし我がために父はえごの木にて杖つくり給ふ　笹川佐之　1956（自死35歳　1958）

再会を云はず夏帽《なつぼう》大きく振る　天野武雄　1976

逢へる日の二度となきかも長島[1]に父と二夜《ふたよ》を並びて寝《い》ぬる　山本吉德　1988

再審を（1962年9月、第三次再審請求棄却の翌日、死刑が執行された。享年40。）

藤本松夫の死刑は止《や》めよと大臣に打電し止《と》めどなく涙こぼれつ　田村史朗　1957

澄み渡る空の青さよ真実の再審を寄せよ我は祈る　藤本松夫　1962没

潔白とあるところより墨が塗られてあり死刑囚藤本より来し手紙　加藤三郎　1966

共に病みし藤本松夫の命むなしかりき死刑囚の再審開かれむとして思ふ　山本吉德　1980

性《さが》

忘れずに急なる性をつつしめと門出《かどで》の吾《われ》にのたまひし母　古屋花冷　1930

病《やまい》故《ゆえ》に荒《すさ》みがちなる我心《わがこころ》性ともならば悲しかりけり　高見ひふみ　1930

こと問《と》へば多くは云はぬこの友のその性故に心ひかるる　山根ナナ子　1939

針もてぬ手となりながら布切《ぬのきれ》を見ればば縫ひたしをみな［女］の吾は　林みち子　1973

左官《さかん》**われ**

左官吾を園内ラヂオ呼びて居《おり》セメント倉庫に自転車走らす　島田秋夫　1956

病める手の痛み耐へつつ漸《ようや》くに塗り上げし壁に秋の日の照る　島田秋夫　1959

病む胸の癒《い》えざるままに左官吾の鏝胼胝《こてだこ》なくなりて白き掌《て》　島田秋夫　1981

先立つ

わが歌集世に出《い》でたるを喜びて呉《く》れむ友さへみな冥路《よみ》に在《あ》り　島田尺草　1938没

看護《みと》られてさきに逝《ゆ》き得るをかたみにも祈りて契《ちぎ》る病む吾と妻　伊藤保　1943

久しぶりにわが傍《かたわ》らに眠りをる妻よ吾より先に死ぬなかれ　青木伸一　1965

われのみの名の表札の墨の匂ひ妻が何時《いつ》の日書き遺《のこ》しけむ　鏡功　1980

わしよりも先に逝くなと口向ぼこ　園井敬一郎　1995没

作業

病《やま》ひ悪くなりたくはなし髪結《ゆ》ひて廻る作業にわが働けり　碧海以都子　1956

寒ければ人ら嫌がりて今日よりは吾は臨時不自由舎附添夫　竹島春夫　1956

外科治療補助婦となりて働ける妻よ収入日は菓子など買ひ来る　木谷花夫　1959

療園の火葬作業に励み来し翁《おきな》を我ら交《こも》ごも看取《みと》る　松岡和夫　1960

作業は休めない

病人の雑用多く成《な》し終へし少年がベッドに疲れて眠る　永井鉄山　1956

僅《わず》かなる頭痛などでは休まれぬ附添夫《つきそいふ》われに朝鳥のこえ　山崎進志郎　1985

作業賃

園内作業に得し一日の拾円《じゅうえん》にて買ひ求めたる鉛筆二本　笠居誠一　1953

作業賃の僅《わず》かを貯《た》めて購《あがな》ひし服地を裁《た》つとはづめる妻よ　鈴木靖比古　1953

一年間努《つと》めし附添慰労金子の進学の受験料に足《た》らず　中村五十路　1959

大掃除の人夫《にんぷ》に行《ゆ》きてもらひたる十円硬貨手に握り居り　中村五十路　1959

常低く評価されいる病者らの労賃日額百四十四円の土工《どこう》　井上真佐夫　1975

いささかの賃金得むと病友の義足をひきずり除雪してをり　田原浩　1979

柵《さく》

柵ぬけてさすらひにゆく病友の心思へば淋しかりけり　阿比留虚偽児　1926

監視なき身を羨《とも》しみて帰り行く妹を柵の内に見送る　椎林葉子　1988

作品を作る　(1＝「おかあさん」は寮母で、同じく病者。)

梅の花かべにうつれる影をみて我は短歌をつくってみるなり　U・M子［尋常小6年］　1941

友達は短歌作りつ指折りて出来た出来たと喜びにけり　重子［高等小(中学)2年］　1941

[1]おかあさんをまるくかこんでみんなして短歌を書くのはとってもうれしい　匿名［少女］　1958

昨夜は電灯けして月をながめ月の光で童話をかいた　D・S子［少女］　1958

夕すずみことば集めて詩を作る　真砂子［少女］　1958

作品をつくる友らはねむそうに夜をねむらず作っているなり　馨［少年］　1958

秋の夜作品かきつつ眠りりり　礼子［少女］　1958

詩をつくり俳句をつくり春おしむ　A・A［少］　1958

さくらんぼ

風吹きし葉かげにゆれるさくらんぼ　Y・S美［少女］　1952

幼子《おさなご》は高き桜を登りゆき赤き桜んぼやっと取りたり　梅津里野［中学3年］　1952

さげすまれる

恋人をも殺す冷たき眼といへり永き虐《しい》たげに堪へ生きて来にしを　横山石鳥　1955

川一つ隔てて町の子供らが病める我らを蔑《さげす》みて呼ぶ　志村清月　1956

父病むが科《とが》あるごとく罵《のの》しられ川べりに独《ひと》り笹舟ながす　滝田十和男　1956

幼《おさな》らの清き未来など言ふも酷《むご》し背負《せお》はされゐる癩家族の名　小見山和夫　1956

さげすみたる人の名記《しる》しおき何時《いつ》の日か仇《かたき》打たんと誓いき幼き兄と　沢田五郎　1967

帰りなば疎《うと》み嫌はるるは必定のその故郷《ふるさと》をただに恋《こ》ほしむ　小山蛙村　1972

らいを患《や》むことよりも癩《らい》による差別われも家族《うから》も耐へがたく生《い》く　朝滋夫　1980

幸《さち》うすく

編物の上手なりし姉よ亡き妻よ幸うすく笑顔見せざりき　神山南星　1979

幸うすく妻は老いたる盲《めし》ひたりわれの看《み》とりにあはれ三十年　山口初穂　1980

雑居夫婦部屋

三組の夫婦共に暮《くら》せば声あげて争ふ日あり妻は妻どち　山岡響　1950

四畳半に二つ敷かれし夜の床《とこ》に湧くかなしみは誰にも言へず　山岡響　1950

やすらぎのなき生活とだしぬけに妻の言ひたる言葉身にしむ　鈴木楽光　1957

雑居部屋

三十六畳に十七人の男住み病む吾が枕辺《まくらべ》を荒荒《あらあら》しく通る　山口義郎　1955

人も居ぬラジオも鳴らぬ時ほしく松葉杖《つえ》つきて来ぬ大松の下　田中一郎　1956

胸三寸《むねさんずん》に納めて和を保つ雑居寮就寝前にすべてを忘れむ　三村辰夫　1988

淋しさに堪えられぬ日は

身に余る憂《うれ》ひおこらば骨堂《こつどう》にゆきて語らむ君を偲《しの》びて　板倉星光　1930

淋しさに堪へ難《がた》き日は手文庫《てぶんこ》の古き写真を出してもの言ふ　静森鵑子郎　1940

淋しければ吾《われ》一人来し築山《つきやま》にこらへこらへし大声をあぐ　中村たかし　1951

つきつめて悲しくなれば点字器《てんじき》にわれは対《むか》い居ぬ肩の凝《こ》るまで　浅井あい　1960

花ふぶく路《みち》にさびしさいやませば帰りて夫《つま》の遺影見てをり　板垣和香子　1970

淋しさに堪える

さびしさに堪へて活《い》くべき生命《いのち》なり月夜に立てる裸木《はだかぎ》のごと　小出愛山　1930（自死　1932）

悲しみに勝《かつ》ほど故郷が遠くなり　泉鷺太　1959

ふるさとがあると自分に言い聞かせ　和田智恵　1972

蟇《ひき》黙《もだ》す物云へばさびしさに耐へじ　金子晃典　1984

寒さがこたえる

火の気《け》なき面会室に父上と今日の寒さを語らひにけり　上村正雄　1935

停電のろうそくの灯《ひ》のほの暗く冬の歌会《かかい》の寒さ身にしむ　金藤公一［高等小（中学）2年］　1941

耐寒設備のなき病棟を高原に建てたる為政者を思ふ　笹川佐之　1951（自死35歳　1958）

友逝《ゆ》きぬ冷えしたんぽを抱きしまま　里見一風　1953

此の膝に吾子《あこ》の甘えし記憶あり獄《ごく》の寒さにひたに堪えいて　藤本松夫　1962刑死（享年40）

隙間より洩れくる風の冷えしるく頬冠《ほおかむ》りして吾臥《ふ》しにけり　高瀬那須夫　1959

参観者

参観の人多き日は淋しもよ檻《おり》の獣《けもの》の心持《こころもち》して　山本一夫　1953

こんなにもきれいな空気の山にいてと励ましの声は詰《なじ》るにも似る　沢田五郎　1978

散歩する

散歩して牧場見れば四頭の牛は並びてこちら見て居り　深津健次［少年］　1943

散歩する吾《わ》が杖先に触るるものみな懐《なつか》しく春の道行《ゆ》く　村松香梅　1953

草もえてさんぽする人ふえにけり　光夫［少年］　1958

葉桜《はざくら》の影感じつつ杖運ぶ　原田美千代　1979

サンマを焼く

六百の秋刀魚《さんま》を焼きて癩者《らいしゃ》生《い》く　青木湖舟　1956

夕配膳《ゆうはいぜん》ひと時にざはふ病廊《びょうろう》にさんまの匂ひ深き秋知る　島田秋夫　1985

盲者《めしい》にも心やわらぐ初ものの秋刀魚の夕餉《ゆうげ》口笛の出る　日刈政利　1988

残留孤児

満蒙開拓青少年義勇軍たりし夫《つま》が残留の孤児の白髪をわびしみて見る　入江章子　1983

骨肉《こつにく》を一途に恋《こ》ひて中国残留孤児ら一人だに恨みを言はず　政石蒙　1989

来日の孤児に時間の長い壁　桜井学　1993

幸せ

鼻ありて鼻より呼吸《いき》のかよふこそこよなき幸《さち》の一つなるらし　明石海人　1939

明日の炭《すみ》箱に満ちをり夕茜《ゆうあかね》　白井米子　1955

癒《い》えがたき病《やま》ひなれども古里に母健《すこ》やけき幸《さいわ》ひがあり　北林正秋　1956

しあわせを少ない視力から見つけ　前川とき子　1972

幸せは三度の食《しょく》にのぼる湯気《ゆげ》　高野明子　1999

触《さわ》る幸《さち》指一本にある知覚　影山晴美　2003

しいたげられる

患者自治会の役員はせぬ職員の批判はせぬこれが我《わが》再入所誓約書　田村史朗　1954

手渡されし二十五項目の心得にしひたげらるるや癩者《らいしゃ》一万　平辰巳　1956

入園せし順に与へられし番号が雨傘受くる時に呼ばるる　須田洋二　1956

友園《ゆうえん》の声の便《たより》りを検閲する園の機構に心はくもる　広岡一夫　1956

「発言の時は名を云へ」と言はれれば警官の前に誰も黙《もだ》しゆく　宇佐美章　1956

癩者を罪人《つみびと》の如く扱ひし昔の警察ああ吾《あ》が母も命失ひし一人なり　深川徹　1960

たかが癩患者がとふ官吏らの意図を知りしとき逡巡《ためらい》居りしストを決議す　新谿生雄　1988

死をえらぶまで追ひつめしものは何《なに》病苦のゆゑと言ふな安易に　林みち子　1999

仕送り

そこばくの菜《な》を売りためし金なりと老います母ゆ送り来しかも　金丸幽逸　1929

病み重き我を慰《なぐさ》む術《すべ》なければ歌集をあめと金送り来し　島田尺草　1938没

打瀬舟《うたせぶね》漁《りょう》少なきに銭《ぜに》たまふ父の掌《て》ふとく汐あれてゐし　合田とくを　1942没

老い母の細き腕《かいな》にスコップ持ちて得し金なればおしいただきぬ　山口秀男　1955

老い母が仕立仕事に得たる銭盲《めし》ひ夫婦の吾らいただく　森岡康行　1971

病む妻を笑顔にさせた子の為替《かわせ》　山下紫春　1990

支給される

日に三枚越えぬ消費を限度とし塵紙《ちりがみ》が癩者《らいしゃ》に支給されたり　坂田泡光　1958

支給さるる月二百枚のちり紙は気管切開《きり》おるわれには足《た》らず　古川時夫　1964

縫ひもらう支給の絣《かすり》年の暮　石垣美智　1971

死刑囚を悼《いた》む（1962年9月、第三次再審請求棄却の翌日、死刑が執行された。享年40。）

噫《ああ》つひに療友《とも》の死刑確定す吾等一万五千の癩者《らいしゃ》にとりて悲しき日なり　深川徹　1960

この夜更け鳴きつつ過ぐるごゐさぎの声に思ほゆ獄中の君が十年　青木伸一　1962

カナリヤの死にて残りし餌《えさ》さへも包み遺《のこ》して死刑を受けぬ　青木伸一　1962

病友の誰もが今日は食を断《た》ち処刑されし藤本松夫を悼む　金夏日　1962

藤本松夫処刑されしを告ぐラジオに向かいて我は怒りの声あぐ　松岡和夫　1962

明日処刑告げられて詠《よ》みし君が歌読みすすむ時《とき》時間停止す　沢田五郎　1972

辞書を引く

仰臥《ぎょうが》してけふも歌詠《よ》み麦踏みより妻が帰れば辞書引きもらふ　伊藤保　1950

灯下《とうか》親し母の賜《たま》ひし字引《じびき》ひく　伊達志乃夫　1957

繕《つくろ》いのきかなきまでにぼろぼろになりし辞典より字を拾いいる　田河春之　1984没

視線を浴びる

傷いえしプロミン治療の例として裸のからだ人に見らるる　壱岐耕人　1955

動物を眺むるごとき視線浴び面《おも》伏せ居《お》れり癩《らい》病むわれら　山崎富美子　1956

手押車に押されてゆけばさす如く集《よ》る視線ありて面《おもて》ふせをり　近江敏也　1958

舌読《ぜつどく》の吾《わ》が態《たい》照らすテレビライト幾万の視線にさらす気がする　落合幸雄　1963

姪《めい》の葬儀に来しうからと並ぶときわれの後遺症隠すすべなき　川島多一　1978

健常者の視線かなしく受け止めてデッキに青き海を見てゐき　岩本妙子　1989

死線を越える

命ひろひ晩夏《ばんか》の障子切り貼りす　横田埼西　1957

あばら骨見せて死線を越えた笑《え》み　田畑夏泉　1980

自尊心

点字歌集読むかたはらに人の来て憐《あわ》れみ言へど悲しくはなし　東一平　1956

舌読《ぜつどく》の点字へ誰が泣くものか　青葉香歩　1970

卯《う》の花や指読《しどく》舌読財《ざい》とせり　天野武雄　1989

血まみれてまだそびえ立つ自尊心　辻村みつ子　1992

舌で探《さぐ》る

今朝活《い》けし牡丹の花に面《おも》よせて舌に探れば露ふくみをり　松崎水星　1963

舌先に探ってもらう指のとげ　松下峯夫　1972

失意

傷病年金却下通知書を渡さるるああ吾《わ》がのぞみつひに断《た》たれし　加藤三郎　1966

貧しくて倖《さち》もなく働ける妻子には年金却下の書類見せ得ず　加藤三郎　1966

実験動物をおもう

研究室の前許されて通るとき動物供養の塔婆《とうば》が痛し　太田井敏夫　1951

研究されて死にたる犬をうめしと云ふ盛《も》られし土にかげろふのたつ　望月子　1959

角膜移植試験されてゐるこの兎《うさぎ》に林檎《りんご》の半片くれてやりたり　長沼春潮　1959

失明

くるはしきまで瞳《ひとみ》欲し菊日和《きくびより》　原田美千代　1979

大声で泣くだけ泣けて目が見えず　辻村みつ子　1992

失明で泣くだけ泣いて今笑顔　高野明子　1999

失明して心おだやか

盲《めし》いてより心和《なご》めりと言う友の坂下《くだ》りゆく夕映《ゆうばえ》の径《みち》　滝見康夫　1953

見らるるとすくむ思ひもなくなりて杖ふりて行く葉桜《はざくら》の道　大津哲緒　1976

全盲《ぜんもう》となり果《は》ててより平《たい》らなる心となりてひとり茶を汲《く》む　橋本辰夫　1978

失明して心足《た》る

盲《めし》ひてより常に通りし道の辺《へ》に芹《せり》の匂ふを初めて知りぬ　村瀬広志　1956

寝ながらに虫の音《ね》を聞く楽しさもわれは盲ひてより知りにける　市里武雄　1970

見えし時のしぐさのままに包丁を磨《みが》きつつおれば心足《た》らえり　今野新子　1988

盲ひとなりささいなことのひとつにもわがなしたれば心足る日よ　飯川春乃　1996

妻も居る歩ける聞《きこ》える声も出る己《おのれ》の幸せおのれ祝福す　山本吉徳　1998

失恋

裏がえす枕は愛の冷えた音　松岡あきら　1989

あんなに優しかった人あれは凪　辻村みつ子　1992

いつからか愛の化石が棚にある　辻村みつ子　1992

振り向いたばかりに傷が深くなり　辻村みつ子　1992

死に遅れる

夏炉《なつろ》焚《た》き死に遅れしや癩《らい》われは　村越化石　1965
いくばくかの時差にすぎぬと菊匂ふ柩《ひつぎ》にいひて離れがたしも　赤沢正美　1977
これからの冬にわれ置き君逝《ゆ》きぬ　金子晃典　1984

死顔《しにがお》

み仏《ほとけ》に顔すり寄せていい処へ行きなさいよと姉はやさしく　山田寛　1953
憐れみをかけらるること拒《こば》みゐし君の死顔にガーゼを覆《おお》ふ　赤沢正美　1965
泣く吾を撫《な》でつつ女医は安らかに眠りし母に白布《はくふ》かけをり　板垣和香子　1970
鼻梁《びりょう》高き少女の頃のうつしゑの顔にかへりて息ひきとりぬ　鏡功　1980
化粧妻《けわいづま》死者とは見えず足袋《たび》はかす　鈴木ひさし　1994

死神《しにがみ》を払う

干布団《ほしぶとん》たたき死神払ふかな　富田ゆたか　1965
死の影に癩《らい》の一喝《いっかつ》初笑《はつわらい》　玉木愛子　1969没
ものうげにあした声啼《な》く鴉《からす》らよことのたやすく俺は死なぬぞ　鈴木楽光　1979
死神に負けじと豆を撒《ま》きにけり　秩父雄峰　1992

死に支度

みづからの骨壺《こつぼ》包むと白布を君は行李《こうり》にしまひてありき　松崎水星　1963

旅立ちのときの装束《しょうぞく》のおきどころ眠りの際にふと妻がいふ　朝滋夫　1984

お迎えに備え白足袋《しろたび》買ってある　桜井学　1990

白梅やつねに浄衣《じょうえ》の一ト行李《ひとこうり》　後藤房枝　1992

死に慣れる

棺桶《かんおけ》の予備うづ高く積みてある倉庫の中へどやどやと入《い》る　谷脇徹　1954

友の死を告ぐるスピーカーを無感動にききつつ穢《けが》れし包帯を巻く　池上哲夫　1957

自殺者の続きし話題も大凡《おおよそ》は日のうちに消えてゆく癩園《らいえん》よ　木谷花夫　1959

水死に至るひとりの辛苦《しんく》すらひと日ふた日の口伝《くでん》に消えつ　永井静夫　1973

相つづく友の訃《ふ》にすら慣れゆくか心寒寒と寝《い》ねがたくをり　中野加代子　1988

人の死に長く拘《こだわ》ることなしの療園《えん》に狂はず生きつがむ知恵か　政石蒙　1989

死目《しにめ》に会わず

父母《ちちはは》の死目に逢はぬそれのみがわれが親への孝《こう》なりとおもふ　原田樫子　1930

隠れ病む納屋《なや》より我は出《い》でざりき母の亡骸《むくろ》の帰り来し日も　松浦篤男　1975

死のうとした日は遠く

療院に吾《わ》が病み古《ふ》りて子のもとにゆかむ思ひも今はうすらぐ　長谷川と志　1953

命死なむ思ひは今はなくなりて心すがしく点字書を読む　東一平　1956

遺書かいた遠い記憶へ梅が咲き　島洋介　1973

わが命断《た》ちそこねたる口も遠く安らぎ歩む桜並木路　板垣和香子　1978

生ききたる不思議に触れて散るさくら死に損じたる日にも散りゐき　政石蒙　1989

死の衝動

陸橋《りっきょう》を揺り過ぐる夜《よる》の汽車幾つ死したくもなく我の佇《たたず》む　明石海人　1939

崖淵に身を投げ死なむ衝動も我が子の愛に曳《ひ》かされて断《た》ちき　村山義朗　1953

シンガポールにて癩《らい》の宣告受けし夜をナイフ研《と》ぎたることもありにき　加藤三郎　1957

死の安らぎ

苦も楽もなく骨箱《こつばこ》の中の妻　早川三四郎　1960

人の死を妻が羨《うらや》む雁《かり》の秋　中江灯子　1963

癩《らい》予防法の厳しき掟《おきて》解《と》かれたり灰となりたる君の白骨《しらほね》　汲田冬峰　1987

ようやくに痛み無くした荼毘《だび》の煙《けむ》　中山秋夫　1998

死の予感

何がなし吾の生命《いのち》の迫りたる予感を覚《おぼ》ゆ暑きこの頃　古賀法山　1951

石蕗《つわ》の黄の一瞬暗し母逝《ゆ》きしか　中江灯子　1963

自縛《じばく》

杭《くい》をめぐりつつ自縛さるる山羊《やぎ》の智恵おろかしくわれにつながる　玉島道夫　1957

鳥の誇り捨てたる如く籠《かご》を出ても直《す》ぐ物かげへかくれる病《や》み鳥《どり》　沢田五郎　1978

尿瓶《しびん》

起き出《い》でて探る溲瓶《しびん》の前後《まえうしろ》かかるしぐさに年を重ねし　明石海人　1939

生きているしるし尿器へ朝の音　中山秋夫　1989

試歩《しほ》

右下もも断《た》ちたる友が義足《ぎそく》をはき試歩するよ試歩するよ吾もうれしき　南条朗人　1953

稲の穂のかおりに朝の試歩たのし　与市［少年］　1958

脚《あし》断ちて初の試歩なり逝《ゆ》く秋の土を踏めりと妻はよろこぶ　鈴木磐井　1959

妻の肩借りて義足の試歩うれし　山下紫春　1990

死亡退所

退園は煙突からと言いをりし友の棺《ひつぎ》を火屋《ひや》に見送る　佐藤忠治　1959

骨となりて出《い》づるほかなき石の門海に入《い》る日に赤赤と映《は》ゆ　林みち子　1970

入所より死亡退所の数増へて空室の目立つ療養所となりぬ　内海俊夫　1982

死亡通知

もしもの時に知らす人はと問《と》ふ女医に無しと答へて平静にをりぬ　石川欣司　1958

死亡通知すべきうからの無きこともわれは記入す今日の調査に　松島朝子　1980

うからを恃《たの》まずいのち終るべし木犀《もくせい》の花こぼるるかたへ　入江章子　1983

島に病む

夫《つま》とわれ劬《いたわ》りあひてこれの世の死角《しかく》の如き島に存《なが》らふ　北田由貴子　1975

若きよりすべてをかけてこの島に生きたり四十八年の仮名《かめい》　山口初穂　1980

三十余年島の療養所にひとり生きし盲《めしい》の父の遂《つい》に逝《ゆ》きたり　山本吉徳　1984

うからのために自ら除籍して島に逝きたる父あはれなり　山本吉徳　1984

眉植えて島に居坐《いすわ》る雪だるま　岡生門　1994

椰子《やし》の実は流れてこない島に病む　中山秋夫　1998

島の朝

朝焼《あさやけ》に染《そ》まりし棉《わた》を摘《つ》みにけり　西尾西山　1940

静かなる海に飛びゆく浜千鳥の影うつりをり島の浅瀬に　増井良成［少年］　1947

櫓《ろ》の音に始まる島や明け易《やす》し　夢野勇　1960

春の海一波毎《ひとなみごと》に暁《あ》けてゆく　玉木愛子　1969

明け易しサバニのエンジンけたたまし　石垣美智　1971

島の子

島の子ら春めく月に出遊《であそ》べる　太田あさし　1940

島の子は星を数《かぞ》えて母を呼び　田中明　1970

島の冬

訪《おとず》れる人無き島の冬の夜は一入《ひとしお》寒きはまの松かぜ　笠居誠一　1935

冬熟れる島のトマトの紅《べに》濃《こ》ゆく　青木恵哉　1969没

逢ひに来し人を対岸におし止《と》どめ孤立せる島に寒波《かんぱ》の荒《あ》るる　林みち子　1973

波の音松風の音をわがものとなさねば島の冬堪へがたし　赤沢正美　1986

棲《す》み慣れてなお身に応《こた》う島の寒《かん》　辻村みつ子　1992

島の水

塩分の無き水が欲し結晶するやかんの口の塩落しつつ　笠居誠一　1963

この島の水にも馴れて肌の艶《つや》　東静人　1963

赤潮の帯なす島の渇水期《かっすいき》　桂自然坊　1988

島の夜

夜は島をつつむ凩《こがらし》死者に会ふ　山本肇　1968

夕暮の桟橋《さんばし》に帰りきし船を繋《つな》ぎて島の夜になりたり　赤沢正美　1973

清水ごくと

岩の上に茶わん置きあり山しみず　明彦［少年］　1958

清水ごくと喉管《こうかん》除《と》れて十年や　金子晃典　1984

死滅《しめつ》を願われて

死滅希《ねが》はるるうつつこの身のかなしみを犠牲と人らの言ひて足《た》るらし　洲間新吾　1952

小部屋への希望容《い》れられずに火葬場と解剖棟が建ち改《か》わるなり　斎木創　1956

迫害に傷つき保護にも傷つきたるらいの歴史の終末近し　政石蒙　1978

霜柱を踏む

霜柱踏みて喜ぶ幼子《おさなご》をふり返り待つ朝の道かも　市里武雄　1930

霜柱ザクザクふんで足かるく　D子［少女］　1958

新クツでざくざく霜をふみ走るけさのマラソン足疲れもなし　中田義彦［少年］　1958

指紋《しもん》が消えて

やはらかき渦の流れてゐたりける指紋を消して麻痺《まひ》ふかく入《い》る　津田治子　1955

指紋なき拇印の一つは吾《わ》れのもの　野田ポン太郎　1955

冬の蠅《はえ》指紋崩《くず》れし指なめる　翁長求　1973

社会復帰した友

ニコヨンと自嘲《じちょう》はすれど君が文《ふみ》生きむ意慾のあふれて羨《とも》し　石井敦子　1956

社会復帰の友に握手の力が入るおいらの分も働いてくれ　笠居誠一　1963

復帰者として行商《ぎょうしょう》す蕗《ふき》のとう［薹］　秦野のぼる　1976

社会復帰してより生まれし子だと言ひ盲《めし》ひの吾《わ》れに抱かせて呉《く》れぬ　大峰則夫　1988

盲《めし》い我名乗られてなお耳疑う逞《たくま》しき社会人となりし友の名　沢田五郎　1991

牧師あり医師作家あり教授あり癩園《らいえん》高校にかつて学びて　金沢真吾　1994

社会復帰調査表

包帯を巻く手をとめて見つめをり社会復帰のその調査表　板垣和香子　1960

希《ねが》ひても我には叶《かな》はぬ希ひなり退所希望はなしと記《しる》さす　山本吉徳　1998

社会復帰の壁

軽快証明を受けても職に就《つ》けぬと云ふハンゼン氏病者の嘆きを聞け　大味栄　1956

社会復帰の職業補導所に来て思ふ両手曲りし者に出来る仕事はないか　深川徹　1960

社会復帰の夢

一度《ひとたび》は世に出《い》づることのあらむかもわれ商《あきない》の書《ふみ》手放さず　伊藤保　1943

後遺症ありて出られぬ療園《えん》の外《そと》社会と呼びて憧れやまず　阿南一弘　1966

働きて生きるくらしに戻りたし西風《にし》吹けば思《も》う甘藷切干《きりぼし》のこと　大石桂司　1972没

社会復帰の見込みなけれど夢を語るひととき楽し心弾《はず》みて　宿里礼子　1998

写真を撮る

手と足に入園番号の札貼られ年金診察のカメラに向《むか》ふ　北村久子　1968

わが死後にこれか遺《のこ》らん釦《ぼたん》みなはめてもらいてカメラに向《むか》う　太田正一　1975

写真を見る

雨の日に押入掃除してゐると母の写真のいでてなつかし　照子［少女］1947

アルバムを開きモンペの母に逢い　岡生門　1968

シャボン玉

猫の子の鼻に消えたり石鹼玉《シャボンだま》　小阪一松　1935

シャボン玉みどりをうつし黄をうつす　広志［少年］1958

シャボン玉とばしている友見るたびに幼《おさな》き妹思いだすなり　川畑トミエ［少女］1958

じゃんけん

息つめてぢやんけんぽんを争ひき何かは知らぬ爪もなき手と　明石海人　1939

ジャンケンへ麻痺《まひ》の拳《こぶし》は口を借り　田中美佐夫　1994

終生《しゅうせい》の地と定め

御浄土《おじょうど》をここと定めて菊に住む　藤田薫水　1952

鷹《たか》渡る島永住の地と定め　青木恵哉　1969没

山菜の青を豊かに終《つい》の地ぞ　上山茂子　1988

収容桟橋

（1・3・4＝岡山県、長島愛生園。2・5＝香川県、大島青松園。）

逢える日を誓《ちか》う[1]桟橋《さんばし》雨にぬれ　東一歩　1975

[2]〈大島丸〉に乗《の》して叱られ曳航《ひか》れたる伝馬船にて着きし入所日忘れず　井上真佐夫　1985

昭和十五年艀《はしけ》にて渡りし夜の灯《ひ》の輝く[3]関門海峡美しかりき　宿里礼子　1988

癒《い》ゆる日を固く信じて踏みしめしこの[4]桟橋よ四十年経《へ》し　峰沢八重子　1988

[5]入所するわれに付添い来し祖母の帰りゆく船ははや遠ざかる　東條康江　1997

収容の荷

（1＝療養所へ入ることを「旅」と表現している。）

枕辺《まくらべ》に母と妻とはなげきつつ単衣《ひとえ》縫ひけりたび[1]立つ前の夜　池田時雨　1930

眉毛なき眉を哀《あわ》れみ島へ発《た》つわれに眉墨《まゆずみ》賜《たま》ひし叔母は　北田由貴子　1980

幼子《おさなご》の寝顔を見つつ療園に明日行く仕度のわが手にぶりぬ　長谷川と志　1985

父の袴《はかま》を縫ひてまもなく病みしわれ紅《あか》き針箱もちて島に来ぬ　松島朝子　1988

入所する荷物に母は紅《べに》おしろい姫鏡台《ひめきょうだい》もおさめくれたり　水田由利　1992

収容の日

骨《ほね》埋めむ島とは覚悟定《さだ》め来て涙落ちたりベッドの上に　小川一男　1939

かさなれる屋根屋根寒き月に照る夜の癩園《らいえん》に入園をせし　双葉志伸　1955

収容の日は遠く

（1＝療養所へ入ることを「入院」とか「入園」と表現する。）

美しきまなこに涙ひからせて来たりし新患《しんかん》の少女なりしが　双葉志伸　1962

父の撒《ま》く追儺《ついな》の豆を年の数十三まではひろひて食《は》みき　鏡功　1980

セーラー服着て入院[1]せし吾なれどはや五十路《いそじ》の半《なか》ばを過ぎて　原仁子　1980

収容列車・お召《めし》列車

療養所につれ行《ゆ》かるとも知らずして弟は汽車の旅をよろこぶ　深川徹　1955

ボーッという汽車の音をきけば思いだす父母と別れし悲しみの日を　東春子〔少女〕1958

遠方の汽車の煙を見るたびにかあさんと来たことを思い出す　K・H〔少〕1958

綱《つな》はりて作られし駅の通路あゆみき癩《らい》病めるわれの収容の日に　山本吉徳　1975

病む吾とみまもる母の乗りたれば客車の扉《とびら》に錠下《お》ろされつ　山本吉徳　1975

次次に駅の名見つつ療養所に辿《たど》りつきしより五十幾年経《へ》つ　竹田高義　1985没

収容を拒む

病むわれをせめてわが家に死なせむと療園《えん》に入《はい》るを父母はこばみぬ　大仏正人　1953

食《く》ふ為に仕事なき日はくづ拾《ひろ》ひしつつも院にもどるを嫌《きら》ふ　田村史朗　1956

療養所に入るを最後まで反対せし高野《こうや》に眠る父に詣《もう》でむ　内海俊夫　1988

郵便はがき

料金受取人払郵便

神田局
承認

7014

差出有効期間
2023年4月7日
まで

1 0 1-8 7 9 6

5 0 9

(受取人)
東京都千代田区神田
神保町3-10 宝栄ビル601

皓星社 編集部 御中

住所(〒　　—　　)

氏名	年齢	男・女
電　話　　—　　— FAX　　—　　—	職業	
メールアドレス		

本のタイトル

訴歌　あなたはきっと橋を渡って来てくれる

本書を何でお知りになりましたか？

お買い上げの書店

書店　　　　　　　　店

ご購入の目的、ご意見、ご感想などご自由にお書きください。

ご協力ありがとうございました。

ご意見などを弊社ホームページ等で紹介させていただくことがございます。　諾・否

収容を共にした

収容列車で共に送られし日を想ひ君がはふり［葬］の列に加はる　笹川佐之　1950

六人で送られて来しは九年前か君逝《ゆ》きて我と姉と残るのみ　笹川佐之　1950（自死35歳　1958）

十年前強制の如く送られこし十二人のうち我一人残る　歌川澄夫　1956

相《あい》ともに少年たりきこの道に肩ふれ合えば涙出《い》で来ぬ　太田正一　1970

手術

青白きはだ［肌］せる人はたれる毛をかき上げつつも手術室に入《い》る　H・T［高校1年］　1952

手術終へ担車《たんしゃ》に仰《あお》ぐ寒茜《かんあかね》　蓮井三佐男　1984

春泥《しゅんでい》に悩む

つきなれて軽《か》ろけき杖も春泥に重たくなりて道迷ひけり　河崎文川　1937

我が義足《ぎそく》春泥を蹴りて歩みつつ力はひとり内より発《はっ》す　小見山和夫　1970

傷痍軍人《しょういぐんじん》

永病《ながや》みの傷痍のわれに脚《あし》断《た》ちし中隊長のやさしき便《たより》　島田秋夫　1981

膿盆《のうぼん》に弾片黒く抜き取りて吾を見据《みす》える医師の眼うるむ　片山桃里　1989没

将棋

臥《ふ》したれど負けし将棋の駒の位置目に浮かび来ていねがたく居《お》り　島田正夫　1958

勝《か》ち見えた将棋へ煙草深く喫《す》い　田沢忠　1970

乗車拒否・乗船拒否（1＝栗生楽泉園がある。）

危篤《きとく》とふ夫《つま》にひと目と帰省許可とりし女は乗船拒《こば》まれしとぞ　白川清　1956

警官にバスを拒否され海沿いのこの道歩《あゆ》みし三十五年前の君　内海俊夫　1978

草津[1]へ通づる線路をただ歩き我は来《きた》りぬ父と兄と三人は　越一人　1988

少女

癩傷の多き少女は木によりて羽根つき競《きそ》ふをただみて居るも　水野象二　1938

少女等《ら》は教師にたより事足《ことた》るか夕べを嬉嬉《きき》と汽車ごつこせる　高木小羊　1940

乙女《おとめ》唄《うた》ふ五月や牛の乳房《ちぶさ》透《す》く　青山蓮月　1959

親しみて吾《わ》が部屋に来る少女なれば愛《いと》しみたりき共に病みつつ　城郁子　1965

乙女《おとめ》来て吾をくすぐる猫じゃらし　蓮井三佐男　1984

親に遠く離れて病むもさりげなしわれら夫婦に慕《した》い寄る少女　滝田十和男　1985

犬の子をひしと抱《いだ》ける癩少女眼《まなこ》を上げることなく行けり　牧野静也　1988

少女の死

みまかりし乙女子《おとめご》葬《はふ》る小夜更《さよふ》けのこの細道は月おぼろなり　光枝　1930

亡骸《なきがら》に縋《すが》りて訴へ給ふ母責めらるるごと吾は聞きをり　藤井清　1951

少女子《おとめご》の骸《むくろ》浄《きよ》むる水の音《おと》外の聴《き》きゐつつ堪《た》えられなくに　浅野繁　1957

少女寮

虫籠《むしかご》を高く吊《つる》して少女寮　植田空如　1936

雛《ひな》の日の少女寮舎の出入《でいり》かな　上島一葉　1936

女医さんが読み手カルタの少女寮　小野高美　1961

少女舎の雛壇《ひなだん》を見に父と母　量雨江　1970

三十名が狭く住みゐし少女寮癒《い》ゆるもの多く馬酔木《あしび》の残る　内海俊夫　1973

梟《ふくろう》や戸じまり固き少女寮　渡辺城山　1983

障子を貼る

女子寮の切り貼り障子梅の花　鈴木芳月　1953

麻痺《まひ》の手の伸びる日を撰《え》り障子張る　岡生門　1968

手萎《てなえ》吾が貼替ふ障子は秋の陽《ひ》にぴりぴり乾く吾を満《みた》しつつ　福地幸健　1972

消毒されて

梅雨《つゆ》湿る畳に白きＤＤＴ厚く撒《ま》かれて立ち居《い》に惑《まど》ふ　大津哲緒　１９５２

かなしみは何時《いつ》に終らむ故郷《ふるさと》へ還《かえ》る遺骨も消毒されて　小見山和夫　１９６４

宣誓文を書き終《おわ》れば声冷やかに消毒と言ふ裁判官憎し　内海俊夫　１９６４

少年

看護婦の手くぼひそかにみつめゐて稚《おさな》き羞恥ふとよぎりたり　斎木創　１９５４

カニューレを入れしわが声とおらねば退園する少年に杖高くふる　猪股耕衛　１９５９

癒《い》ゆることただに信じて疑はぬ少年達の澄《す》めるまなざし　鈴木楽光　１９７９

吠える犬なだめてくれし少年の細き脛《すね》見ゆ垣根の奥に　入江章子　１９９１

鬼灯《ほおずき》をくれた少年遥《はる》かはるか　辻村みつ子　１９９２

少年が遊ぶ

毬栗《いがぐり》のまだ青き棘《とげ》踏みつけ踏みつけらいの少年夕日に遊ぶ　横山石鳥　１９５０

いちじくの赤くうれたるうら庭で友らたのしくコマまわしおり　中山弥弘［少年］　１９５８

池さらひ手づかむ鮒《ふな》の躍動に幼《おさな》き頃のよみがへり来る　安藤広　１９６３

火薬の類をもてあそびきて焦《こ》げくさき少年の手がまわす地球儀　朝滋夫　１９７２

少年が働かされる

あくせくと一年働き古参者の十分の一が我が貰《もら》ふ金　麻野登美也　1963

きびしくも監視されつつ働くに身弱き友はあはれ死にたり　麻野登美也　1963

故郷《ふるさと》をむごく追はれて来し園に罰担《にな》ふがに働く吾等《われら》　麻野登美也　1963

少年の日の思い出

医局台帳より少年の日には［剝］がしきて今に秘めもつわが顔写真　鏡功　1959

種痘《しゅとう》植《う》う少年の日の肩怒らし　中村安朗　1961

相寄《あいより》し兄弟と母の蕎麦《そば》を食《く》う育ちたる日の団欒《だんらん》のまま　滝田十和男　1985

祖父の背に負《お》はれて見しとハレー彗星を君は語れり病みて盲《めし》ひて　福岡武　1987

つる引けば実れる零余子《むかご》少年の我が足元にこぼれたまりき　山岡響　1990

浮かび来る故郷は常に田と小川手拭にて目高《めだか》掬《すく》いし春の日　沢田五郎　1995

少年の夢

若き日よ癩《らい》の癒《い》えなば陶工として世に出《い》でむ希《ねが》ひもちゐし　辻瀬則世　1954没

少年の夢一筋《ひとすじ》に靴磨《みが》く　松井泉流　1965

あこがれを問《と》へば直《ただ》ちに自活と言ふ幼《おさな》き日より病める青年　菅野美代　1980

少年寮　（1＝寮母も病者。）

少年寮の寮母[1]となりて働きつつ故郷《ふるさと》の子は忘れてゐたり　巻源愛　1956

少年舎庭いちめんの落花かな　武夫［少年］　1958

この年は豊作だというけれど少年舎の裏の柿はならない　K・M［少年］　1958

食卓

ここここと卓をたたきて友呼べば手探《てさぐ》りて寄る朝の食卓　橋本夜声　1926

葱汁《ねぎじる》や卓に馴《な》れたる盲妻《めしいづま》　太田花桜　1926

病みつつも飯《めし》食《く》ふ時は心せはし職人吾の気質かはらず　坂口伯石　1959

わが椀に菜《さい》を箸もて乗せくるる夫《つま》と夕餉《ゆうげ》の卓をたのしむ　北田由貴子　1973

食を補う

今日行きて麦の落穂を拾ひくれば三合《さんごう》に余るおろそかならず　畑野むめ　1944

手造りの味噌ありて寒きこの頃を夫《つま》とふたりの食をささふる　津田治子　1950

包帯の手に間引菜《まびきな》のひと握り　浜田秋津　1953

からたちの白き花咲くわが園に豚飼ひて乏しき食費を補ふ　内海俊夫　1964

癩夫婦《らいふうふ》頭寄せ土筆《つくし》の袴《はかま》むく　和公梵字　1970

職を追われる　（１９３１年「癩予防法」制定で病者の就労が制限され就労の自由を失った。）

職を罷《や》め籠《こも》る日ごとを幼等《おさなら》はおのもおのもに我に親しむ　明石海人　１９３９

退職金受けるに印鑑証明書送れと云ふ偽名の印鑑のみ持ちをり吾は　北邦夫　１９５６

癩《らい》故《ゆえ》に職を追はれて無免許で人力車夫せし頃を偲《しの》びつ　小島住男　１９８８

除籍する

除籍すれど汝《なれ》は吾《わ》が子ぞこの我を忘るなゆめと母の文《ふみ》来ぬ　北千鶴雄　１９３７

籍を除《ぬ》く手続終へし兄上の文《ふみ》のこころにふれて泣きつも　青木丈草　１９５３

うからの倖《しあわ》せ希《ねが》ひ癩園《らいえん》に戸籍うつして今は悔《くい》なし　菊浦光代　１９５６

父亡《な》しと隠し勤《つと》むる娘《こ》のもとに吾《わ》が名消されぬ戸籍抄本送る　加藤三郎　１９６６

炎昼《えんちゅう》の煙のごとし除籍さる　陸奥亀太郎　１９７４

除夜

年《とし》の夜《よ》の小雪舞ひこむ湯にひたる　天竜清　１９５３

除夜の鐘死線を超えし耳底に　上野青翠　１９５３

除夜の鐘友に起《おこ》されききにけり　Ｙ・Ｍ［少］　１９５８

声あわせ数《かぞ》えおわりぬ除夜の鐘　豊子［少女］　１９５８

死霊《しりょう》

らい園の重監房《じゅうかんぼう》にて罪なしに果てし幾人《いくたり》よ我等守りくれよ　横山石鳥　1955

病《や》みすじと幼時いたぶられ早死にし弟妹《ていまい》化《ば》けこよ逢魔《おうま》が時ぞ　斎木創　1956

冬天《とうてん》に死者の声満《み》つ墓域なり　山口斗象　1960

墓の頭に彼岸の水を注ぎたれば生者よりも生《なま》ぐさくたちかへる死者　朝滋夫　1973

仏《ほとけ》らも墓でて遊べ返り花　須並一衛　1974

走馬灯《そうまとう》死霊も出《い》でてあそぶらん　桂自然坊　1988

視力が衰える

蔦わか葉陽《ひ》に透《す》く朝は窓ぎはの試視力表はほのかに青む　明石海人　1939

視力日日衰へゆけばただ白き光の中に身はありにけり　鈴木楽光　1957

うすれゆく視力へ母の写真出《だ》し　荒尾苔華　1970

白飯《しろめし》　（ふだんの食事は麦食。）

白飯を渡さるるとの前ぶれに子供の如く待つ身淋しも　荒谷哲六　1943没

配給のともしき米を持ちよりて祭の夜は白き飯炊《た》く　鈴木楽光　1957

白飯の白く見えだす退院日　東一歩　1975

新患《しんかん》が来る

ブランコに新患らしい人がゆれ　阿部四郎　1957

結節《けっせつ》ライ重きおとめの新患者人目はばかれり化粧などして　金道まさる　1959

配食を待ち居る人らにへだたりて独《ひと》り立てるは新患者らし　中村五十路　1959

新患者火鉢《ひばち》に遠くかしこまり　中村花芙容　1989

新患が乳に濡れて来る

乳濡れに硬《こわ》ばる衣《きぬ》は収容所の小暗《おぐら》き部屋に脱ぎすてがたし　千本直子　1939

新患や乳の沁《し》みたる秋袷《あきあわせ》　上山茂子　1988

新患の子

今日も又病友一人来ませしとつぶやく如く姉は言ひたり　M・K子［高等小（中学）2年］　1941

小学を卒《お》へしばかりの弟が癩《らい》に堕《お》ちて吾《わ》がもとに来ぬ　鈴木靖比古　1953

あたらしき友を迎えて星まつり　安光［少年］　1958

お節句のゆかしきときに友だちをひとりむかえてみなうれしそう　鈴子［少女］　1958

新しい友をむかえるうれしさにいねむりしつつ待っているなり　松山くに［少］　1958

負《お》はれ来る収容の子に雁《かり》高く　中江灯子　1963

新患《しんかん》の子が泣きじゃくる

泣きじゃくる手をいたはりぬ蚊帳《かや》の中　早川兎月　1940没
（1＝園に来客がある時に着るボーイスカウト・ガールスカウトの制服。）

叔父甥《おじおい》の同じ病《やまい》の蚊帳かな　早川兎月　1940没

だぶだぶの団服[1]着せられし収容の子はひたすらに母を恋《こ》ひ泣く　T・H洋［高等小（中学）2年］　1941

荒地野菊《あれちのぎく》薙《な》ぎて鳴咽《おえつ》す新患の少年夕焼も言葉も容《い》れず　新井節子　1965

入園日涙もかんだ飯《めし》の味　高野明子　1999

新患の子を確かめにゆく

乙女娘《おとめご》の入院あると聞く毎《ごと》に妹《いも》もつ吾はおののき覚《おぼ》ゆ　岩本孤児　1930

スピーカーにて吾子《あこ》と同じ名呼びをれば新患の子を我は見にゆきぬ　平田政道　1966

新患の話を聞く

新患の話我が身へ突き当《あた》り　小野みつる　1940

土佐なまり新患妻子《さいし》あるという　羽山明　1972

盲目の女新患訪《と》ひ行けば嬉し気に語る盲《めし》ひ我らに　小島住男　1980

新患へ医官《いかん》刑事のように聞く　山下紫春　1990

夢ばかりみると新患弱音《よわね》吐く　山下紫春　1990

新患を励《はげ》ます

新患を励ます嘘が見あたらず　宮田竹坊　1957

退院をせる人人の名も挙《あ》げて新入患者をいたはる君は　三浦一滴　1957

新患者に早く故郷を忘れよと励ます吾は母を忘れず　松浦扇風　1958

神経痛

神経痛の痛み続きて夜のながく雨だれの音いたく身に沁《し》む　Y・S〔中学2年〕　1950

歌読みて貰《もら》ふ間は神経痛訴へぬ我を看護婦あやしむ　松崎水星　1963

死んでくれ　（1＝療養所のこと。）

癩《らい》を病む我を見給ふ父の眼は死ねよと如し生みの子我に　瀬戸愛子　1953

姉は死ねと妻は生きよと云ひて来る便《たより》を置きてただに切《せつ》なし　富永友弘　1956

嫌《きら》はれる病《やまひ》にあれば自殺せよと吾に迫れる母を憎まず　村上北秀　1957

病院[1]がいやなら死ねと父らしく　浜口志賀夫　1961

冬鴉《ふゆがらす》咳《せ》き骨肉《こつにく》に死を待たれ　新井節子　1965

吾の癩告げられし日に死んで呉《く》れといひたりし父の涙も悲し　館寿樹　1973

襖越《ふすまごし》しに死んでくれよと長兄《ちょうけい》の言いいし声の耳を離れず　入江章子　1998

新年

朝寝して初夢もなく起きにけり　かおる［少女］　1958

若水を汲《く》みに集まる患者井戸　今野きよし　1959

見えぬ目の眼鏡を拭いてお元日　原田美千代　1979

白杖《はくじょう》の鈴を取り替へ年新《あら》た　山川静水　1994

新年の歌会《うたかい》

書記一人盲《めしい》十人初句会《はつくかい》　宇佐美要　1961

足のみが一つ取柄《とりえ》の吾にして盲友《とも》と連れ立つ新年歌会《かかい》に　麻野登美也　1972

日の当る縁《えん》へひろがる初句会　岡村春草　1979

心配してくれる

熱病《や》みて味はなけれど我が友の情《なさけ》の粥《かゆ》に涙こぼしつ　小田辰雄　1929

我の眼に顔の見えねば病《や》み妻《づま》の息づく息が気にかかるなり　長野節雄　1937

老いふたり病む日つづけば雪の日に頬《ほ》赤き少年が粥炊《た》きくるる　津田治子　1952

昼寝せば猫は案《あん》じて吾《わ》が顔へ冷たき鼻よせ息たしかめに来る　秋山みどり　1973

みずからを死にそこないと思う日に隣の猫が覗《のぞ》きて行けり　入江章子　1991

素足で踏みたい

死ぬまでに故郷《こきょう》の土をもう一度素足のままにふみたしと思ふ　室町史朗　1953

今一度癒《い》えたし跣足《はだし》で歩きたし　増葦雄　1985

西瓜《すいか》

引き上げる冷《ひや》し西瓜の重き哉《かな》　塩田寿美子　1934

西瓜畑に花一つつけたと誰か云へば友ら喜び見にゆきにけり　M・K子［高等小（中学）2年］　1941

西瓜の芽虫がたかつて可哀想《かわいそう》はつぱは網になつてゆくなり　O・T枝［尋常小6年］　1941

水道

幻に見たる本土のこの真水《まみず》蛇口ひねればほとばしり出《い》づ　萩原澄　1966

水道の凍《い》てをふせぐと滴《したた》らす水の音千金《せんきん》の重みをもてる　久保田明聖　1970

明日へまたしつかと閉《し》める不凍栓《ふとうせん》　五津正人　1988

水蜜桃《すいみつとう》

病みやめば子等《こら》の如くによろこびぬたつた一つの水蜜桃に　岩本孤児　1930

貧《ひん》の手を濡《ぬ》らし水蜜桃すする　辻長風　1959

清《すが》しき暮らし

冬着二三《にさん》行李《こうり》一つの吾《わ》が生活《くらし》　辻長風　1954

病めるゆゑ清しき生活《くらし》にゐる吾と思ふ時ありかへりみすれば　田井吟二楼　1959

あり余ることなき生活《くらし》幼《おさな》きより馴《な》れ来て足《た》るを知る有難さ　久保田明聖　1970

隙間風《すきまかぜ》

人の死はやがてわがこと隙間風　田畑馬邑　1957

母の通夜痩身《そうしん》に凍《し》む隙間風　湧川新一　1987

健《すこ》やかさを羨《とも》しむ

水道の口に口あて健やかに水呑みてゐる人のともしも　金丸幽逸　1935

炎天に立ちて石運ぶ軽症の友が裸身《らしん》に汗の光れる　島田正夫　1958

友のむくリンゴの皮のつながりを手萎《てなえ》の吾《わ》れはひたに羨《とも》しむ　江崎深雪　1970

鮓《すし》

たらちねの貧しきを我が思ひつつ折詰《おりづめ》のすしいただきにけり　水原隆　1934没

海苔巻きのすしはもうまし現身《うつしみ》の眼《まなこ》見えなば尚《なお》うまからむ　木原隆　1939

鈴付けて

下駄《げた》の緒《お》に鈴つけたれば友等《ともら》皆猫のあだ名を我れにつけたり　水原隆　1934没

靴の鈴鳴らして来る子クリスマス　玉木愛子　1969没

友は沓《くつ》に吾はズボンに小鈴鳴る信号の如く行《ゆ》き交《か》ふ廊下に　小山蛙村　1981没

雀が遊ぶ

雨降ればひねもす籠《こも》る雀らの巣藁《すわら》かきつつ遊ぶ音すも　T・H洋［高等小（中学）2年］　1941

朝風に家を遊場《あそびば》寒雀《かんすずめ》　増井良成［少年］　1944

しも柱ようやくとけし庭先に朝日を浴びて雀遊べり　伊藤とし子［少女］　1951

さるすべりの冬木の枝にむらがりて雀遊べり撓《たわ》むその枝《え》に　入江章子　1991

白杖《はくじょう》にはずんでみせる寒雀　氏原孝　1992

雀の親子

親雀子雀たちと楽しさうに餌《えさ》を食べ終へ飛んでゆきけり　長浜伸子［尋常小4年］　1939

不治《ふじ》の眼に母子雀《おやこすずめ》の呼び合へる　陸奥亀太郎　1974

庭の樹に鳴くは雀の親子らしそのむつまじき声冴《さ》ゆる朝　谷川秋夫　1984

子雀《こすずめ》の親を呼ぶ声よくとほり路地《ろじ》に吹き込む風の明るさ　朝滋夫　1988

捨子《すてご》

癩園《らいえん》に捨て行《ゆ》かれたる女童《めわらわ》が無情なる父の行為かばふ　笹川佐之　1953

園境に捨てられ居《お》りしをよそごとに嬰児《えいじ》は笑《え》みしときけば切《せつ》なし　春日牧夫　1959没

捨てられた犬

子なき吾《わ》が子の如く愛《め》で来し飼犬を捨てろと強く迫り来る声　苅田省三　1957

捨てられた小犬太郎の名をもらい　阿部寒流　1959

姥捨《うばすて》の昔のごとも癩《らい》の島にひそかに犬を捨てに来るあり　小見山和夫　1970

捨てられた猫

捨てられし己《おの》れと知らず子猫二匹箱よりいでて遊ぶ可愛《かわ》ゆし　久保田明聖　1962

人間に仔を捨てられし猫が啼《な》くなきつげる声けふは嗄《か》れたり　森岡康行　1985

捨てて来し仔猫が先に戻りゐし　中村花芙蓉　1989

捨てられた花

摘みあいて遊びし後《あと》のまんじゅしゃげ　谷哲秀［少年］　1950

棄《す》てられし磯にところを得て群れて泡立草《あわだちそう》はいま花の季《とき》　千葉修　1983

捨てられたもの

畑隈《はたくま》に抜き捨てられし大根は雨に濡れつつ花ひらきたり　石川孝　1929

捨てられしものら漂ひ寄りきたり島の灯《ともし》の波に揉《も》まるる　政石蒙　1990

ズボン

夜なべして母の送りしズボン着る　弥弘［少年］　1958

心地よきリズムを刻むミシンの上古《ふ》りたる夫《つま》のズボンを繕《つくろ》ふ　岩本妙子　1989

住み馴れて

侘《わ》びしさに住み馴れてをり冬さうび［冬薔薇］　水野民子　1938

病室名背に大きく印《しる》しある白衣に馴れてためらはず着る　大野晃詩　1956

炭焼き

炭小屋の育ちが今に及ぶらし山に入《い》り来て心安まる　笹川佐之　1951（自死35歳　1958）

年老いて炭焼く父より金を受け働き盛りを島に養《やしな》ふ　相良明彦　1957

炭札に故郷の名あり薪《たきぎ》背負《せお》い山路急ぎし亡父《なきちち》思ほゆ　厳里美　1959

山替《か》えてまた炭焼や年暮《く》るる　松原雀人　1977

すみれ

すみれ花《ばな》故郷の父の好きな花花瓶《かびん》にさしてかわゆがりけり　N・T子［尋常小5年］　1941

やまみづに生き生かされてすみれ濃《こ》し　白井春星子　1989

炭をつぐ

炭ついで夜を長々と歌留多会《かるたかい》　武田牧水　1933没（自死28歳）

故郷《さと》の子を語る女患《じょかん》に炭を注《つ》ぎ　原七星　1975

スモンを病む友

北陸のスモン訴訟の判決に大臣のいらへは思ひやりなし　谷川秋夫　1979

スモン病む君と交《か》はしし声の便《たよ》りのテープは百本以上と思ふ　谷川秋夫　1991

弱視にて足立たぬ君がはろばろと島に病むわれを訪《と》ひましぬ二度　谷川秋夫　1991

座り込み

座り込みする天幕《テント》の中に姉がうつ点筆《てんぴつ》の紙きる音がするどし　笹川佐之　1953

おのずから友の温《ぬく》みにまどろみぬ坐り込みする夜半の天幕に　浅井あい　1955

座り込む国会の上の天の川《あまのがわ》　吉田香春　1990

座る場所

古机据《す》えて独《ひと》りの居《きょ》をつくり　島洋介　1973

四畳半の一隅《いちぐ》がわたしの坐る場所ルーテルアワーにダイヤル合わす　石本暢子　1988

巣を見守る

巣ごもりて幾日《いくか》経《へ》にけむ十姉妹《じゅうしまつ》今朝籠《かご》ぬちに雛《ひな》の声すも　堀川イサム　1930

乙鳥《つばくら》の巣はそのままに大掃除　山ノ井ますみ　1934

盲《めし》い吾等《われら》が金集め掛けし巣箱らに小鳥巣籠《すごも》る若葉となりぬ　秩父明水　1956

戸袋《とぶくろ》に雀のひなのかえりおれば朝戸《あさど》くるごとに心を配る　平良一成　1970

巣燕《すつばめ》に休診の札《ふだ》さげてあり　岡村春草　1979

巣づくりをゆるして樅《もみ》の木も老いぬ　村越化石　2007

生家《せいか》をかいまみる

夕暮れの峠をこせば我が家《いえ》のあかり見えおり小さきあかり　石田正男［中学生］　1952

夜を待ちて生家の跡にきて立てば地より聞《きこ》ゆる父母《ちちはは》のこゑ　林みち子　1970

訪《と》ひがたき生家を車窓《しゃそう》秋の暮　後藤房枝　1992

里帰り過ぎた生家を振り返り　天地聖一　2000

清拭《せいしき》

臥《ふ》ししまま今朝も清拭してもらう台風の風肌にすがしく　村本学　1956

附添い婦吾《わ》が身囲みて拭《ぬぐ》い居るみどり児《ご》の如く屍《かばね》のごとく　甲斐八郎　1970

背負《せお》**われて**

診察にゆくにも友に背負はれて小猿のごとく我はなりたり　隅青鳥　1936没

背負はれて治療に通《かよ》ふ道すがら病み古《ふ》りし身の果《はて》を思ひき　瀬戸千秋　1939

おんぶされ雨のしとしと降る中を医局帰りのわれのつらさよ　匿名［少年］　1958

石鹼が逃げる

石鹼が逃げる一節《ひとふし》だけの指　荒尾苔華　1970

石鹼に知覚ない掌《て》をからかわれ　高野明子　1999

せつない

生きてゐることの切ない月の夜　栗原春月　1940

目窪《くぼ》み鼻骨《びこつ》落ちいるこの我に寄り来る妻に心せつなし　一柳鈴吉　1965

人形を背負《せお》へる媼《おうな》に胸熱しうからに遠く島に病めれば　金沢真吾　1994

背に文字を書く

盲目で耳の聞こえぬ翁《おきな》の背に文字を書きてしばし語らう　松岡和夫　1979

わが耳の廃《し》ふればわが背に字を書きて言葉交《かわ》すとわが妻のいふ　山本吉徳　1988

銭《ぜに》を稼《かせ》ぐ

耐《た》へ難《がた》く座を離れきぬ乞食《かたい》して銭を儲《もう》けたる話の中に　森光丸　1938没

癩園《らいえん》にわが果《は》てゆかむ日思ひつつ卵売りし銭は箱にためおく　沼尾神四郎　1957

蟇《ひき》を売り銭にかふるを口口《くちぐち》に目をかがやかし子供ら語る　猪飼敬民　1963

奥山に入《い》りゆきて採れる茸《たけ》の代《しろ》歌誌費に当《あ》つと君は洩らし　松永不二子　1975

蟬《せみ》

家裏のしげみの中ゆいでて来し童《わらわ》手に手にせみにぎりをり　打越はじめ　1935

雀の子蟬をおつかけてとんで行く蟬はなきなき逃げて行つたよ　O・M子［高等小(中学)2年］　1941

せみとりにゆこうゆこうとせがむ子ら　広志［少年］　1958

弟がせみ鳴かせくるおやつどき　O・J［少］　1958

ポケットに蟬鳴かせつつ子等《こら》帰る　志村満　1962

少年が糸につなぎて飛ばせゆく蟬よ光りつつきわまる晩夏《ばんか》　朝滋夫　1972

背を流す

手の萎《なえ》し妻の背中を洗ひをり老いたる吾の義足《ぎそく》ぬらしつ　山本豊繁　1960

保育所に明日は別れてゆくといふ子と病む父と背を流し合ふ　根岸章　1983

病む妻の背を流しつつおもふかな男をみな「女」を超えて久しき　千葉修　1983

戦死者をおもう

きほひつつ百首の歌を詠《よ》む夜《よ》さも戦《いくさ》に死ぬる兵をおもひぬ　小見山和夫　1940

戦ひより還《かえ》り来《こ》ざりし二百万誰《た》が為《ため》に死ににゆきしかと思ふ　横山石鳥　1950

海に征《ゆ》きて遺骨すらだに還らざる墓標に青くひらめく稲妻《いなずま》　朝滋夫　1973

沖縄戦熄《や》みたる日ぞと今年また六月二十三日の日記を満たす　千葉修　1983

戦死のきょうだいをおもう

空中戦闘に弟は死すとの公報を母は無言に手渡しゆきぬ　山本敏子　1951

わが病《やまい》悲しむ父より戦争は更に二人の弟奪ひき　壱岐耕人　1955

天皇はなぜに腹切らぬと憤《いきどお》りき砂入りの白木の箱母は受けとりて　沢田五郎　1967

読みくるる比島《ひとう》戦史に胸ふたぐ草食《は》みてわが弟も逝《ゆ》きしか　萩原澄　1968

マラリアの癒《い》えきらぬまま引かれ征《ゆ》き戦死したりしわが兄憶《おも》う　金夏日　1991

全身で聴く

全身の知能を耳に盲《めし》ひらは聴《き》く文楽《ぶんらく》の人形浄瑠璃　笠居誠一　1953

蟋蟀《こおろぎ》の声がするよと立ちどまる全盲の友は吾より鋭《する》どし　永井鉄山　1956

全身耳音嚙《か》みわけて歩く道　岩谷いずみ　1982

盲《めし》いにも音に季節の色彩《いろ》があり　岩谷いずみ　1982

洗濯する

濯《すす》ぎをるたらひに桜落葉かな　三浦天浪子　1936

夜濯《よすすぎ》や長患《ながわずら》ひの妻のもの　山野うしほ　1940

物干の竿《さお》より腕にかかへこむ着物のにほひしるき夕暮　M・K香［少女］　1944

日曜日洗濯するや五月晴《さつきばれ》　井上敏雄［少年］　1952

来し母の濯ぎてくれし吾《わ》が肌着朝《あした》の風にはためきてゐる　菅野美代　1988

郭公《かっこう》の森を近くに濯ぎ干す　田辺トシ江　1989

全治《ぜんち》と言えど

癩《らい》全治一号となりたる人は未《いま》だ島に住むこの海越へて帰る日はいつ　二宮重子　1952

断《き》れし指ふたたび生《は》えるはずもなく全治といふも悲しき病《やまひ》　壱岐耕人　1955

洗面器

水捨てに行く洗面器に満月の映《うつ》れる影を暫《しばら》く見入《みい》る　敬心学道　1954

洗面器にゆれる吾《わ》が顔定《さだ》まらず　上毛三山　1959

洗面器今日の心を整える　荒尾苔華　1960

春雷《しゅんらい》や掛けつらねある洗面器　平良一洋　1963

川柳

カセットの柳誌《りゅうし》が老いへ油差《さ》す　五津正人　1988

自句をよむ自分の骨をひろう如《ごと》　中山秋夫　1989

患者減る園に川柳燃えつづけ　田中美佐夫　1994

川柳三昧《ざんまい》幸せだった亡き夫《おっと》　影山セツ子　2003

雑煮

勿体《もたい》なやベッドの上の雑煮餅　澤井知花　1935

長病《ながや》みて畳恋《こ》ひしき雑煮かな　水野竹声　1939

神棚に雑煮の湯気のすなほなる　鳥海暁風子　1957

生涯を夫婦二人の雑煮かな　金田靖子　1980没

葬列

葬列の日には見えねどきしみ鳴る柩《ひつぎ》の音の胸にせまるも　長田一声　1937

春の雨そぼ降る路《みち》に濡れながら葬儀の列は短かかりけり　綾井譲　1943

癩《らい》病みし不遇は常のこととしてうからの添はぬ葬列に従《つ》く　隅広　1978

卒業

中学を卒《お》はりて返す教科書のわが落書をじつと見つむる　中村政子［少女］　1956

病室でうける終業試験かな　光夫［少年］　1958

卒業のうたのさびしくきこえくる　豊子［少女］　1958

癩《らい》病める少年少女等《ら》の卒業式オルガン弾くは癒《い》えて去りゆく少女　城郁子　1970

卒業の答辞《とうじ》読む子の松葉杖《まつばづえ》　量雨江　1970

外島保養院《そとじまほようゐん》　（昭和九年の室戸台風で水没。病者は各地の療養所へ離散。）

腰胸と刻刻《こくこく》増し来《く》濁流に倒れじと歩む足もつれんとする　有吉比登志　1953

暴風雨《あらし》狂ふ屋根に抱《いだ》かる幼《おさ》な児《ご》のそのなく声のはらわたに沁《し》む　有吉比登志　1953

ローソクの灯《あかり》りかこみて別れゆく運命《さだめ》すべなくなぐさめあへり　有吉比登志　1953

外島の海に呑《の》まれて伯父は果《は》て逃《のが》れし君は五十年生《い》きき　浅井あい　1987

祖母の慈愛《じあい》

見送るに又も見返りゆく祖母の磯路にし見えず鳴るは夕潮《ゆうしお》　松丘映二　1937

母となり父となりつつ育てくれし祖母の慈愛をしみじみ思ふ　長浜しん子［尋常小6年］　1941

手の指の伸びしを祖母の喜びて速達便にて手袋届く　東條康江　1992

空の青

蒼空《あおぞら》のこんなにあをい倖《しあわせ》をみんな跣足《はだし》で跳びだせ跳びだせ　明石海人　1939

病みつつも緑に澄める空見ればこよなく生きのよろこびの湧く　丘とみ子　1953

思いきりよんでみたいな秋の空　三郎［少年］　1958

どこ見るも信濃は青しつばくらめ　後藤一朗　1988

対岸

月あげて海の向《むこ》ふの祭笛　松本明星　1952

対岸の鯉《こい》のぼり見て船の旅　小坂茂［少年］　1952

年に一度癩院《らいいん》の外ゆく船の旅みなぎる照りの何《なん》ぞ現《うつ》しき　斎木創　1952

健《すこ》やかな人ら住みゐる街のさま船よせて吾《われ》らひそかに見つむ　斎木創　1952

対岸の冬菜《ふゆな》日に映《は》え牛の声　青山蓮月　1959

大工われ

男の子は家を建ててゐる大工さんに小板をくれとせがみゐるなり　北島兼子［高等小（中学）1年］　１９４１

病み古《ふ》りたる大工の我《わ》れに釘もすね　浜口志賀夫　１９６１

大工われ健《すこや》けき日に造りたる故郷の母屋《おもや》思へば恋し　松崎水星　１９６３

左手に残る二本の指に打つ金槌《かなづち》はたびたび釘をはずれる　田河春之　１９８４没

大根引《だいこひき》

大根引く子等《こら》の力をかりにけり　長谷川大海　１９３５

久遠寺《くおんじ》の鐘に刻《とき》知る大根引　鈴木芳月　１９５３

患者どち大根《だいこん》引くや嶺《みね》晴るる　四の宮竹馬　１９６２

大根を干す

切干《きりぼし》の皺《しわ》つくりたる天気かな　太田花桜　１９２６

大根《だいこ》干す松の上なる出征旗《しゅっせいき》　喜田正秋　１９４３

大根は軒にずらりと干されゐて弱々と朝の光受けをり　本田勝昌［少年］　１９４７

日和《ひより》日日《ひび》どの夫婦舎も干大根《ほしだいこ》　渡辺東山　１９６１

掛大根《かけだいこ》日々細りゆく窓に病む　中村花芙蓉　１９８９

大事に手入れする

日向ぼこしつつ義足《ぎそく》の手入れかな　岩本孤児　1932

おさならが大切にせしさぼてんの鉢破《や》れてゐる春のたそがれ　田村敦子［高等小（中学）2年］1941

明日もまた点字読む指胼《たこ》手入《ていれ》　児島宗子　1989

大切な手紙

わが歌集《ふみ》に涙せしとふ人の手紙ねもごろに包みしまはせにけり　島田尺草　1938没

兄よりの慈愛のこもるこの文《ふみ》を我は何度もよみかへすなり　N・K江［高等小（中学）2年］1941

おとうさん元気ですかと云う手紙吾《わ》がポケットに今日も入れおく　三浦伸一　1965

与へたる手紙幾通今になほ持つ子よ共に住むことのなく　城郁子　1975

いつかまた読みてもらはむ君よりの手紙束《たば》ねて箱に仕納《しま》ひぬ　宮田正夫　1992

ポケットに温《あたた》めているいい手紙　園井敬一郎　1995没

大切に着る

身につけて誇らしきもの老母《おいはは》の送りくれたる半纏《はんてん》ひとつ　杉野かほる　1960

母が織り兄が縫いくれしシャツなれば黄ばめるままに長く持ちきぬ　野崎一幸　1978

入園時に母が縫いくれしチャンチャンコ老いたる今も直し着る　田中美佐夫　1980

代読《だいどく》

友の手紙わが読みやれば膝の上に涙落《おと》せりその見えぬ眼より　高橋掬郎　1930

月月に来たる雑誌を読みくるる友一人ありて吾は足《た》るらし　島田尺草　1938没

茂吉先生の人麿論《ひとまろろん》を読みくれる友に朝ごと都合聞きにゆく　笹川佐之　1951（自死35歳　1958）

亡き友に吾《わ》が悔《くい》多しせがまれて歌誌読むを煩《わずら》わしと思ひしことも　福岡武　1955

義肢《ぎし》の友はるばる山を越えてきて今日はわがために日もすがら読む　北田由貴子　1973

代読も一緒に笑う子の便《たより》　遠藤芳富　1980

代筆《だいひつ》

涙ぐみ母の病《やまい》の返事侍つ友の三通目の代筆終る　佐藤一祥　1965

代書機と思えと友の有難《ありがた》し　島洋介　1973

目あき我れ言葉を挟《はさ》む隙《ひま》もなし唯《ただ》ひたすらに代筆をする　田河春之　1984没

田植

苗代《なわしろ》に種まく頃となりたれば蛙の声のさわがしきかな　井上米子［中学3年］　1952

入梅《にゅうばい》となりてにぎわう田植えかな　A・A［少］　1958

雨降るといううてはみんな野稲《のいね》植う　栄照［少年］　1958

タオルを絞《しぼ》る

洗面場に来る誰彼《だれかれ》をわかつなくタオル絞らす手萎《てなえ》の我か　小山蛙村　1956

手の悪《わろ》き友のタオルを絞りたるただそれだけがかくも楽しき　北村一春　1960

倒れたままに咲く

たほされてそのまま咲けるコスモスに何をか学《まな》ぶ吾《わ》が病む故《ゆえ》に　石川化石　1930

人間の運命ににて草花もふまるるがあり伸びゆくもあり　吉田明［少年］　1958

名無し草倒れたままに花を付け　青葉香歩　1972没

抱きかかえてみる

家郷《かきょう》よりとどきし西瓜抱《だ》いてみる　清水澄　1953

抱《かか》へみる明日は見頃《みごろ》と言う桜　矢作隆一　1959

焚火の輪

羊歯《しだ》焚《た》けば子等《こら》が集《あつま》る凍《い》てた朝　Y・Y［尋常小6年］　1941

火をかこむ顔赤々と冬の朝　重夫［少年］　1958

焚火の輪笑はせてゐる盲《めしい》かな　原田美千代　1979

託《たく》す

母のこと妹《いもうと》に頼み妹を母に頼むと文《ふみ》二通書く　上丸春生子　1953

早きより父は後後《のちのち》のわれのこと兄に託して逝《ゆ》き給ひたり　飯川春乃　1996

竹馬《たけうま》

下駄《げた》さげて竹馬の子のつきにけり　山形武山　1932

竹馬の堂縁《どうえん》たかく憩《いこ》ひをり　喜田正秋　1943

凧揚《たこあげ》

青空に色様々の凧うなる　川島保［少年］　1947

うなり凧《だこ》強く持つ手にひゞきけり　松岡英樹［少年］　1947

高々ととびゐし凧は糸きれて遠く遠くに消えていつたよ　Y・H［高校1年］　1947

この空はおれのものだとやっこだこ　三郎［少年］　1958

尋《たず》ね人の時間

兄《え》も弟《おと》も戦死したると知りながら帰国者名をなほも注意す　原鈴子　1958

引揚者を告ぐるラジオに弟の子の名あるかと耳すまし聞く　中村大邑　1959

畳替《たたみがえ》

癩《らい》に住む島に盲《めし》ひて秋一日《ひとひ》替へしたたみをあたらしと嗅《か》ぐ　明石海人　1939

表替《おもてが》へしたる畳のすがしさを幾度も言ひて喜ぶ妻は　壱岐耕人　1942

足すりて歩《あゆ》む畳の新表《にいおもて》わが足裏にさらさらと鳴る　山岡響　1975

達観する

子を育てし過去もつ妻がをりをりに吾《わ》がはかりえぬ平静にゐつ　深田烈　1957

布団の中《なか》極楽往生するもよし嵐の夜を脚《あし》伸ばし寝る　松浦扇風　1958

その時はその時ですと妻笑い　園井敬一郎　1995没

楽しみ

活花《いけばな》の会菊見の会に妻をやると朝よりたのし盲《めしい》の吾も　秩父明水　1956

指曲《まが》る手に鎌《かま》しばり草を刈る此の頃覚へし吾のたのしみ　北野実　1980

田畑を失う

家も田畑も人に渡さむ署名して地《っち》うつ雨の音きてをり　深田洌　1968

田を売りて独逸《ドイツ》製治《ち》らい薬《やく》を射《う》ちくれし父の消息絶《た》えて久しき　松島朝子　1988

頼られる

身寄りなき重病の友は室長我を頼るのみぞと涙流し言ふ　蒔苗芙蓉　1950没
頼られる視力大事に早寝する　山野辺昇月　1980

便《たよ》りが無い

縁涼《えんすず》み母のたよりの今日も来《こ》ず　寿男［少年］　1936
便りなき姉の心よ春の海　S・M子［中学3年］　1952
故郷《ふるさと》に便りをやりていく日《か》経《へ》む庭先の柿色づきにけり　M・S［少］　1952
母病むと便りそれきり虎落笛《もがりぶえ》　白井米子　1955

便りに傷つく

父よりの便り開けば切手めり戦地の兄を励《はげま》しやれと　東桂水　1940
古里の友らは戦地へ行ったよと苦しき便りを母はたまいぬ　松岡和夫　1946

盥《たらい》

湯あみすとたらひに汲《く》みし湯はにほひたぬしく小夜《さよ》の庭に帯とく　石川孝　1929
朝あさに先をあらそひ洗濯する五十名の病棟に三つの盥　鈴木誠　1956

短歌のテープを聴《き》く

春の夜を短歌のテープ聴きて過ごす急須《きゅうす》に入れし濃き茶を横に　浅井あい　1985

短歌入れしテープの中より碁打てる夫《つま》のをる如《ごと》石音立つる　飯川春乃　1996

炭鉱夫われ

鶴嘴《つるはし》を握りて炭坑《やま》に働きし頃のわが身を臥《ふ》しつつ思ふ　山口秀男　1960

健《すこ》やかに父と石炭掘りし日の手の胼胝《たこ》消えて病みつぐ吾は　山口秀男　1975

断種《だんしゅ》

断種手術の通知書を中に妻と我が顔合せ坐《ざ》し言葉出《い》でざり　村井葦己　1959

プロミンの効果讃《たた》へる癩園《らいえん》に今にして尚《なお》断種が続く　原田道雄　1965

逃走を防ぐと我らに断種して所内結婚を奨励したり　山本吉徳　1998

誕生日

手紙にてテープにて友ら祝ひくれぬ療養三十五年のわが誕生日　谷川秋夫　1979

父母《ちちはは》の眠ります郷里《くに》の方に向き深く頭垂《た》る誕生日今日　谷川秋夫　1991

療園に老いて今年も誕生日　園井敬一郎　1995没

断水

癒《い》ゆるのぞみはかなく生《い》くるこの島も物資節約断水の声　室町史朗　1953

断水となりし蛇口《じゃぐち》より吸われゆく空気の音をわがききており　上村真治　1965

段々畑《だんだんばたけ》

日曜の子等《こら》が麦踏む段畠《だんばたけ》　若竹一郎　1960

喘《あえ》ぎ喘ぎ段畑《だんばた》へ水を運ぶ吾に米軍演習が雷鳴に聞《きこ》ゆ　春山行夫　1971没

歎異鈔《たんにしょう》を読む

歎異鈔読みつつ春を待ちにけり　平良一洋　1940

長き夜《よ》へまたひらきたる歎異鈔　白井春星子　1985

雪明《ゆきあか》り兄の手擦《てず》れの歎異鈔　後藤房枝　1992

小さな怒り

指させば指に逆らふささ蟹のふりたてる鋏《はさみ》幼《おさ》なかりけり　鈴木蜻蛉　1933

濡れた猫小さい怒りを持つてくる　栗原春月　1940

腹に抱く卵をかばふ蟷螂《とうろう》が鎌あげて吾にきびしく挑《いど》む　芝山輝夫　1957

小さな幸《さち》

盲《めしい》なる友の衣《ころも》をひたむきに縫ふ日よ吾のかそかなる幸　池田文子　1951

写生大会の賞品を手に持帰る今日も小さき喜びとして　木原弘明［中学3年］　1954

キャラメルが素直にむけて嬉しい日　泉木太八　1955

七夕竹《たなばただけ》立てて小さき幸なりき　服部三象　1960

あつあつの鯛焼《たいやき》一尾《いちび》食べ終えて妻の充足のまことささやか　井上真佐夫　1985

小さな庭

探《さぐ》り杖《づえ》つくに用なく馴れし庭形あるごとく沈丁花匂ふ　深田冽　1957

庭の菊ほめつつ誰か訪《と》ふ気配《けはい》　志村満　1962

移り来し庭に新種の百日草育ててわれのゆめはふくらむ　高見みゆき　1980

知覚なき淋しさ

裁縫をしながら針でためしみる知覚なき手を淋しみにけり　西坂松恵［少女］　1939

ゆげ立てるミルクなれどもコップ持つ手に知覚なき我のかなしき　井上敏雄［少年］　1952

陽溜《ひだまり》の芝生のぬくみ伝はらぬ吾《わ》が掌《てのひら》に静かな怒り　信原翠陽　1953

ほとばしる水の冷たき感触もああ吾が麻痺《まひ》の手に伝はらず　宿里礼子　1988

父が逝《ゆ》く

病む我の嘆きを恐れ父逝きて八十九日目に告げ来しにけり　新開玉水　1936没

いきいきと手を差しのべて受取りぬ父の死を告ぐ便《たよ》りと知らず　斎藤雅夫　1959

現世《うつしよ》にひとりの親と縋《すが》り来し父死にたもふ便り手に持つ　池田文子　1970

父との別れ

幼《おさな》くて父に別れき生《お》ひ立ちて母と離《さか》りぬ病めるがゆえに　飯崎吐詩朗　1936

お別れのことばをのべ給う父の声とぎれとぎれに細くかすれぬ　重夫［少年］　1958

別れをば短くのべし父《とう》さまは春雨しぶく庭を見つめぬ　重夫［少年］　1958

もう行くかと力なき言葉ありありと甦《よみが》へりくる父との別れ　山口秀男　1960

チチホシーとしきりに鳴ける鳥がありわれは幼くて父と別れし　高見みゆき　1980

父の形見《かたみ》

僧なりし父の遺品《かたみ》と送り来し数珠《じゅず》にかすかに香《こう》の匂ひす　丘孝道　1957

父とわれ二人となりゐし謄本《とうほん》をとりよせたるが形見となりぬ　鏡功　1959

荷包《にづつみ》の上書《うわが》きなれど父の書体捨てがたければ切りとりて置く　松永不二子　1988

鰯雲《いわしぐも》父の遺品の笛しめらす　後藤房枝　1992

父の悲しみ

吾《わ》が病《やまい》癩《らい》なりと聞きしたまゆらは怒りにも似し父の眸《め》なりき　山口義郎　1937

兄の住む島にゆけよと父上に諭《さと》されながらすすりなきたり　松本トキ枝　1939

癩院《らいいん》にいってくれと吾に言ひし父の涙を今も思ひいづ　瀬口あけみ　1956

病む吾を県病院に連れてゆきし寂しき父の顔を今も忘れず　竹島春夫　1956

父の便《たより》

皆様に憎まるるなと父のみの父の便りに涙ぐまるる　鈴木ベル　1934

療院に命しづかに終れよと父の便りは身にしむものを　綾井譲　1943

歌添へて送れば父も近況を知らす句詠《よ》みて返事給《たま》ひぬ　中野加代子　1968

父を恋《こ》う

国訛《くになまり》語る人声きく時は故郷の父の恋しかりけり　岡静江　1926

お父様《とうさま》元気ですかと手紙かけば父の微笑む顔浮かぶなり　N・T子［尋常小5年］　1941

故郷《ふるさと》の父思つてゐたらラジオより聞《きこ》える声が父に似てゐる　近藤良子［尋常小6年］　1941

幼《おさな》き日幼きままに恋《こ》ひたりき若き日の父の写真古びぬ　城郁子　1965

父の日に亡き父想う十二歳のわれを残して逝《ゆ》きまし し父　東條康江　1997

父を知らぬ子

顔も知らぬ父を思ひて愛《いと》し児《ご》は写真に添へて仮名文字《かなもじ》の手紙　松本道庵　1938

父と知らぬ吾子《あこ》は寄り来て客の如《ごと》吾と話しす吾《わ》が家《や》に帰れば　香取梢月　1956

冷奴《ひややっこ》吾を叔父と書く吾子の文《ふみ》　佐野涼泉　1957

招かれて叔父と呼ばるる初節句　渡辺ひろし　1959

乳飲児《ちのみご》に生き別れる

産声《うぶごえ》をあげて即ち別れたる吾が生みし子を我はしらずも　有明良子　1951

乳呑児《ちのみご》に生き別れ来しこと云ひ出《い》で女まさしく酔ひみだれをり　斎木創　1952

笛付の乳首《ちくび》吸ひつつ眠る児《こ》を置き去り来し遠き日の夜半《よわ》　美園千里　1956

笑ふ児《こ》を抱《いだ》かで別る花八つ手《はなやつで》　宇田川涙光　1974

束《つか》の間を乳ふくませて別れにき侘《わび》しくも吾の乳房《ちぶさ》老いたり　山下初子　1981没

くすくすの鼻吸いやればふと笑《え》みて乳首《ちくび》含みし吾子《あこ》を忘れず　福島まさ子　1993

乳飲児《ちのみご》を抱く

片言《かたこと》のこゑの清《すず》しさかたゐ我抱きねと言はれて児《ちご》をおそれぬ　明石海人　1939

輪になりて友のみどり児《ご》抱きまわす産むことのなきわれら幾《いく》たり　椎林葉子　1988

茶を飲む

大掃除の縁《えん》に汲《く》むなる茶のはしら家なりし日の斯《かか》るもありき　明石海人　1939

不機嫌《ふきげん》へ妻はしずかにお茶を入れ　伊藤松洞　1960

手探りにわが淹《い》れし茶をすすむるにしばらくにして茶をすする音　森岡康行　1964

弱りきし視力を父に知られじと装《よそお》ひて注《つ》ぐ茶の手元危《あや》ふき　北村久子　1968

校正を終へてくつろぐ春の夜誰も居《お》らねばひとり茶をのむ　政石蒙　1989

赤き面《めん》とりたる鬼と福茶飲む　上山茂子　1989

中絶《ちゅうぜつ》

水潜《くぐ》る童《こ》のあなうらが白白《しらじら》とただにあはれに水を蹴りつつ　浅野繁　1940

病める身を諾《うべな》ひて神に縋《すが》るわが妻に身ごもる子をおろさせぬ　伊藤保　1950

その母が癩《らい》病む故に六月子《むつきご》は生かされむとせず膿盤《のうばん》で運ばれてゆく　白川清　1956

つはぶきの花咲き盛《さか》る丘隅にああ堕胎児《だたいじ》の墓並びあり　深山一夫　1956

傷つきし心の癒《い》ゆる時の無し中絶の子が夢に生きゐて　笠居誠一　1967没

堕《おろ》したる吾子《あこ》は七つになるべしと妻と語らふ癩の病舎に　山本吉徳　1974

その名さへ付けざるままに死なしめし嬰児《みどりご》を恋《こ》ふ立春《りっしゅん》いまは　朝滋夫　1988

産むことは許されぬ園と知りながらクリスチャンの君堕胎をこばむ　北村愛子　1988

血を喀《は》く

風邪の咳二三日つのり血を喀けり　太田あさし　1940

枯菊《かれぎく》を折り喀血《かっけつ》を埋めつくす　飯塚飛兎子　1953

ナースの眼盗みて歌を書きとめる血を喀きて臥《ふ》すその日その日を　林みち子　1961

陳情

ストライキはせぬとふ誓約書取り所長は陳情バス出す　田村史朗　1953

陳情団帰所の挨拶終りたり盲《めしい》の君は吾よりもながき拍手す　神村正史　1954

陳情の葉書一枚こころこめて看護婦増員の訴へを書く　鈴木楽光　1979

衝立《ついたて》が立てられる

母も子も屏風《びょうぶ》がくれに癒《い》ゆるなき　田村蛍子　1940

病み重《おも》りかくされ誰も死にゆきし白き衝立われに立てられぬ　須田洋二　1958没

痛覚がない

麻薬注射ささずに手術出来るなりかくまでライにおかされたるか　大石桂司　1954

剃刀《かみそり》にふれて吾《わ》が手の甲の血をふけど麻痺《まひ》したる手の痛みなかりし　田原浩　1979

通学

生活のちがいかなしく制服の友らと別れ来し村かどに　T・M子〔少女〕 1958

桑の実に唇《くちびる》染めて登校す　橋本なみき 1959

癩《らい》兆《きざ》せし身を通学し学童の蔑《さげす》みの眼に苦悶したりき　田原浩 1960

山桜通学姉妹ふたりきり　青木柏葉子 1989

通学拒否

入学を拒《こば》むPTAの声きけばみじめなり癩《らい》病む親の子は　畑野むめ 1955

「学校は好き」とアナウンサーに答へる新入児童へ通学拒否など知らせたくない　北村愛子 1956

通学を拒まれゐるのも知らぬらしランドセル背おひゆく新入生四人　北村愛子 1956

健《すこ》やかに育つ幼《おさな》き子供らを未感染児童と名づけしは誰　前川良輔 1957

癩癒《い》えて帰りし少年の入学を拒否せし記事がでかでかと出る　原田道雄 1965

杖の音を聞き当てる

わが杖の音を覚えしと目の見えぬ姪《めい》は寝台《ねだい》に坐り待ち居つ　川島多一 1978

連れ立ちて治療に通《かよ》ふ杖の友それぞれの性《さが》音に出しつつ　金城忠正 1980

杖にさぐる人それぞれに癖《くせ》ありて夫《つま》の帰りもその音に知る　林みち子 1982

月と歩《あゆ》む

春の夜にさびしくさんぽしていると月があとからおってくるかな　白根九州男［少年］1958

働いて帰りは月に送られる　高橋孝道 1960

僕が行く通りに歩くお月様　猪狩子面坊 1960

満月がわたしについて来る夜道　高野明子 1970

月見

鉄瓶《てつびん》に水さしにつつよき月と看護《みとり》の人のつぶやくきこゆ　木原隆 1939

腰かけに足をたらして月見する　木原弘明［中学2年］1952

とりどりに野の花活《い》けて月を待つ　安斎福美 1959

月見草

あふれ来る想《い》いを心におさえつつ出《い》で来し浜に月見草咲く　伊藤とし子［少女］1950

夕涼み海岸べりの月見草　N・M代［小学5年］1950

月見草どこへもゆかぬ妻に咲く　野口虹児 1951

黄昏《たそがれ》の浜辺に開く月見草　匿名［少］1952

姉《あね》さま人形並びゐるごと月見草　北村すなほ 1989

月夜を歩《あゆ》む

みるからに吾《わ》が影さみし吾が影を追ふて月夜を一人歩めり　鈴木蜻蛉　1930

息せきて辷《すべ》る雪路を歩む吾に背負《せお》はれて妻が讃《ほ》める凍《い》て月　新谿生雄　1974没

月見えぬ月見楽しいつえ仲間　田中美佐夫　1994

作り笑い

さらばとてむづかる吾子《あこ》をあやしつつつくる笑顔に妻を泣かしむ　明石海人　1939

病室の友を見舞へば今日も又作り笑ひをするが淋しき　山岸文子［少女］　1939

繕《つくろ》う

足袋《たび》つぎをひとりぽつちでしてゐたら針がポキンと折れにけるかな　太田富江［少女］　1939

作業服つくろいあげし初夏のよい　真砂子［少女］　1958

手さぐりに足袋つくろひも馴《な》れてきし　原田美千代　1979

漬物

味噌漬《みそづけ》は母の香《か》春を惜《おし》みけり　不動信夫　1982

糠《ぬか》炒《い》りりし身の匂ひけり夕端居《ゆうはしい》　白井米子　1989

漬物石

茎漬《くきづけ》の石かたむきて水上《あが》る　松岡風伸子　1951

退院して行きたる友の遺《のこ》したる漬物石を貰《もら》ひ受けたり　三枝真咲　1959

漬菜石《つけないし》一夜に沈み山据《す》わる　崎原賀子　1986没

土の匂い

盛《も》り上げる春の耕土のはの匂ふ　清水澄　1953

うち水や地面をはいゆく土ぼこり　久夫［少年］　1958

足と手に靴を穿《は》かせて這《は》ひいでぬ真日《まひ》照る土の匂ひこほしく　松崎水星　1963

ツバメが来る

病室に燕《つばめ》入《い》り来ぬ老人はよきことあると喜べるかも　市里武雄　1930

夏つばめ雨のなかよりいでにけり　H男［少年］　1958

学校にかよう坂道つばめくる　九州男［少年］　1958

砂利採《じゃりとり》りの背《せな》をかすめて燕来る　辻長風　1959

海に向く百戸の療舎つばめ来る　小坂さつき　1970

子育てに勤《いそ》しむ燕の賑やかさ朝の食堂に聞きつつ楽し　福島まさ子　1993

妻が逝《ゆ》く

春暁《しゅんぎょう》やぬくさ残れる水枕《みずまくら》　太田花桜　1926

縫ひかけし秋の袷《あわせ》もそのままに　杉本初霜　1940

別れ来て独《ひと》り対《むか》はむ食卓に病妻《つま》の湯呑《ゆのみ》の無造作にあり　村山義朗　1958

妻の座に妻がからっぽ唐火鉢　古屋転　1960

夫《つま》が逝く

咽喉《のど》せまき呼吸にむせび熱にあへぎ長かりし夫よ二月十五日今朝よ　津田治子　1950

夫を焼く火は燃えをらむ帰り来て畳に眠る沈むごとくに　津田治子　1950

雨の中に夫の柩《ひつぎ》の見えずなり傘さして誰か吾を支《ささ》へつ　畑野むめ　1976

夫逝《い》って女が一人身がまえる　高野明子　1999

夫《つま》恋し

亡き夫を恋《こ》ひて泣きゐる吾の背を幼き姪《めい》はさすりくれたり　高田文子　1956

ありの儘《まま》に暮《く》らせと言ひし亡き夫のこゑ一周忌の夜再びきこゆ　池田文子　1960

足を病むわれを背負《せお》ひて寒き日に医局に通ひし遠き日の夫　北内市子　1988

春彼岸おはぎを食べに来《こ》い夫《おっと》　影山セツ子　2003

妻恋し

たはやすく死はある故に生きるべし離れ住む妻よ相逢《あいあ》はむ妻よ　横山石鳥　1959

亡き妻の息がこもれる火吹竹《ひふきだけ》　浜口志賀夫　1961

今にして淋しと思ふ連れ立ちて妻と歩きし記憶少なし　陸奥保介　1966没

手を触れに来る妻の墓四囲《しい》枯るる　陸奥亀太郎　1974

蕨《わらび》煮て妻亡きあとの庭掃かず　中江灯子　1976没

妻に頼りきる

からびたる口をひらきて待つ夫《つま》にリンゴをしぼる夜明となりぬ　津田治子　1950

野菜配給なき療園に病む吾の看護《みとり》と農事に妻は倒れぬ　松岡一路　1956

夫《つま》の歌集編《あ》まん一途《いちず》にうすき目を寄せよせて書く昼を灯《とも》して　林みち子　1987

わが言《こと》を聞き取りくるるは妻ひとり聞きかへしつつ歌書きくるる　山本吉徳　1998

夫《つま》に頼りきる

手の自由奪われし妻のボタンはめ髪を梳《す》くのも馴れしこの頃　島立神　1956

書く時の夫《つま》が字引《じびき》になってくれ　南条ますみ　1972

灯《ひ》の下《もと》に机持ちきてわが歌稿《かこう》夫《つま》書きくるる鉢巻きしめて　北田由貴子　1974

妻の形見《かたみ》

亡き妻を一年あまり養ひし匙《さじ》に食器を捨て難く持つ　太田三重夫　1953
別れ来し妻の手鏡持ち続く崩るる面《おも》は映《うつ》しみぬまま　永井鉄山　1956
星光《せいこう》の冴《さ》ゆる霜夜を着てねむる綿入《わたいれ》も亡き妻の縫ひしもの　藤井清　1956没
死後のためこれも一つと老妻《おいづま》は小《ち》さき布団をふつくらと縫ふ　甲斐駒雄　1959
鉄瓶《てつびん》に艶《つや》を残して妻は逝《ゆ》き　浜口志賀夫　1961
抽出《ひきだ》しの底ゆ出《い》で来し亡き妻の牡丹刷毛《ぼたんはけ》一つ甘く匂へり　陸奥保介　1966没
紐通し・爪切り・耳掻き亡き妻の手に馴染《なじ》みしを思い手触れつ　井上真佐夫　1991

妻の忌《き》

妻の忌や雀に布施《ふせ》す洗ひ飯《あらいめし》　熊倉双葉　1932
妻の忌や暑《しょ》に耐うること供養とし　陸奥亀太郎　1974
亡妻《つま》の忌へ冬の苺《いちご》の赤すぎる　中山秋夫　1998

妻の骨《こつ》拾う

立春の吹雪に妻の骨拾ふ　佐々木三玉　1959
妻の骨二つの壺に納《おさ》むるに箸《はし》持てぬ我は手にて拾いぬ　臣木至　1976没

妻の便《たより》

癒《い》ゆる日を幾歳《いくとせ》経《ふ》るも待つといふ妻の便りのかなしかりけり　平野春雄　1956

癩《らい》を病むこの身のゆゑか手紙みれば妻は職場をまた変へてゐる　吉岡晴雄　1988

妻の沈黙

いのち迫る日の如《ごと》今日のさびしくて夫《つま》に背中を向けて語らず　畑野むめ　1961

ちちろの夜《よ》妻の寡黙《かもく》のつづきけり　片山桃里　1989没

物言わぬ妻抵抗を背《せな》に見せ　園井敬一郎　1995没

妻の反発

何故となく妻が臥《ふ》す吾を責めやまねば寝台《ねだい》に震《ふる》ふ体支へゐつ　伊藤保　1950

荒荒しく病みの苛立《いらだ》ちをいふ吾にこのごろ妻が反発して来る　木谷花夫　1959

妻のほがらか

旅ゆきて海の渚《なぎさ》にあそびたる素足《すあし》の妻の若かりしかな　滝田十和男　1985

面映《おもは》ゆき心隠すか我の押す車椅子に乗る妻ほがらなり　山本吉徳　1988

たたみいる我の服より転《ころ》がりし木の実に妻は幼顔《おさながお》見す　森山栄三　2001

妻の笑い声

人にさそはれ妻が笑へり東風《こち》の中　青山蓮月　1959

豆を撒《ま》くわがだみごえを妻笑ふ　量雨江　1970

面会の姉に手を引かれゐる妻のはればれと笑ふその声きこゆ　森岡康行　1971

ひとかけら程の倖《しあわ》せ妻笑う　原七星　1975

妻をいたわる

衰へし妻を抱《いだ》きてねもごろに牛乳《ちち》のみし唇《くち》を拭《ぬぐ》ひやりけり　太田花桜　1926

暑《しょ》にやせて食欲のなき老妻《おいづま》に白桃《はくとう》を買《こ》うて夜道を帰る　笠居誠一　1953

味噌汁を膝にこぼししわれの手を上げしめて夫《つま》は丹念に拭く　北田由貴子　1973

腕によりかけて風邪寝《かぜね》の妻に炊《た》く　茅部ゆきを　1976

自らも神経痛に苦しみつつ夫《つま》はわが手をさすりてくるる　岩本妙子　1992

夫《つま》をいたわる

二枚づつ塵紙《ちりし》をたたみ小箱におく目《め》しいの夫《つま》の取り安《やす》きように　石井加代子　1965

腰痛に起《た》ち居《い》苦しめばわが立つによいしょと傍《そば》に妻が声掛く　井上真佐夫　1985

口利《き》けず見えぬ夫《おっと》が揺すり居る拳《こぶし》の上に手を置きたりし　飯川春乃　1996

妻をおもう

あらぬ世に生《うま》れあはせてをみな子《ご》の一生《ひとよ》の命をくたし棄《す》てしむ　明石海人　1939

幼児《おさなご》を思ふ一途に夢みしか病み臥《ふ》す妻はうわ言《ごと》を言ふ　長瀬実津緒　1953

吾を看《み》とり疲れゐるらむ点字読む妻の眉根のわびしき今夜《こよい》　近江敏也　1958没

病む膝を抱《かか》へて妻は眠りをり胎児標本の如くせつなく　赤沢正美　1965

諦《あきら》めて娘《こ》のこと言はぬ年月に老いて小《ちい》さしかたはらの妻　鈴木楽光　1979没

稲を刈る手をとめ妻はだしぬけに離れて暮らす寂しさを言ふ　吉岡春雄　1988

妻を看護《みと》る

極《きわ》まりしかなしみに手もおののきて臨終《いまわ》の妻に水を与へぬ　藤井清　1951

三昼夜《さんちゅうや》妻をみとりて眠らねば昼の明りが乳色《ちちいろ》に視《み》ゆ　佐藤一祥　1954

青柿《あおがき》に二度の満月妻看護る　須並一衛　1974

夫《つま》を看護《みと》る

ひたすらに夫《つま》をみとりて年暮《く》るる　水野民子　1938

寝台《ねだい》の下に莫蓙《ござ》敷きて寝入《ねい》る妻の稚《いとけな》ければ限りなく思ふ　伊藤保　1943

看《み》とり妻《づま》足袋《たび》脱がず寝る吾に向き　青山蓮月　1959

通夜

亡き友が蒔《ま》きて育てしもろこしを双手《もろて》にささえ食べおり通夜に　浅井あい　1971

友の通夜雪もちらちら泣いてくれ　田中美佐夫　1972

生き残るわれらは酒を酌《く》みあへり酒好きでありしなきがらの前に　朝滋夫　1984

露がきらきら

朝露にきらきら光る柿落葉　N・M代［小学5年］　1950

朝朝に菜園《さいえん》は露しとどにて青頸《あおくび》あげし大根の列　猪飼敬民　1953

コスモスの露重《おも》たげにかたむけり　西原三光　1958没

朝日出て芝生の上の玉の露きらきらひかりて土におちたり　藤香［少女］　1958

病み病めば露七彩《しちさい》の光かな　青山蓮月　1959

一面の白露《しらつゆ》浄土《じょうど》貝割菜《かいわりな》　平良一洋　1963

手負猪《ておいじし》

逃《のが》れ来て手負《ておひ》し獣《けもの》己《おの》が傷を舐《な》むるにも似しこの一年や　光岡良二　1951

あけがたの傷のうずきを耐えがたく時計の音を数《かぞ》うひととき　S・T［少］　1958

さまざまな思ひに悶《もだ》え一日《ひとひ》暮れぬ手負猪の如くなりて吾《わ》が寝る　春日牧夫　1959没

手押車《ておしぐるま》（1＝回春病院のシスター、リデル母上。）

花の下手押車に母[1]のせて　隅青鳥　1934

乗らんとす手押車に猫昼寝　玉木愛子　1969没

手が荒れる（1＝保姆・保母。同じ病者。）

お保姆[1]《かあ》さんにワゼリン貰つて手のひびにすり込みたれば手はひかるなり　U・M子［尋常小6年］　1941

しもやけがかゆくてかけば赤くなり　Y・M［少］　1958

手のひびのときどき痛みボールなげ　明［少年］　1958

手風《てかぜ》

枕辺《まくらべ》に誰か来てゐる団扇《うちわ》かな　阿部花月　1935

渋団扇《しぶうちわ》渡してかわる看護《みとり》かな　石田秋芳　1951

波のようにうちわのうごく映画会　広志［少年］　1958

出稼《でかせ》**ぎ**

出稼ぎにゆくと偽《いつわ》りて療園に命終りし人もありたり　伊藤輝文　1975

応召兵《おうしょうへい》に似て出稼ぎの骨還《かえ》り　茅部ゆきを　1976

手が萎《な》える

蠅《はえ》を打つ手首《てくび》空《むな》しく裏がへり　山口綾女　1959

萎《なえ》し手をかさねいただく草の餅《もち》　玉木愛子　1969没

かつてわがバイオリンひきし双《そう》の手は箸《はし》も使えぬまでに萎えたり　生駒一弘　1978

ピンポンの玉ほどの柚子《ゆず》麻痺《まひ》の手より麻痺の友の手渡すは難《かた》し　飯川春乃　1996

溺死《できし》

骸《むくろ》には菰《こも》をかぶせて検死《けんし》待つ渚《なぎさ》に冬の波が光れり　笠居誠一　1963

鳶口《とびぐち》にかけて引上げし老いの死体ころがすごとくして担架に乗せつ　青木伸一　1965

海峡を泳ぎそこねし患者の屍《し》うちあげられし磯とも想ふ　永井静夫　1973

掟《おきて》破り今際《いまわ》の母へ馳《は》せゆかん足はやる友拒《こば》みし海ぞ　沢田五郎　1991

予防法解《と》け潮にのまれし幾百の友のみたまを慰《い》ぶす記念碑　永井静夫　1997

手錠をかける

戦後九年園の民主化なるといへど守衛の壁に手錠掛けてある　横山石鳥　1955

患者らは手錠はめてでも連れて来《こ》よといふ園長を憎しみやまず　甲斐八郎　1956

園外に出《い》づれば法は容赦なく君に手錠をがつしりとかく　甲斐駒雄　1959

手内職《てないしょく》

小春日《こはるび》の障子を開《あ》けて手内職　小野隆女　1935

夕食も心せはしい手内職　川合白亭　1940

歌声のもれる寮舎の手内職　羽山明　1972

食卓が工場にかわる手内職　中尾一哉　1972

手に掬《すく》う

両の手にすくひ上げたる日高《めだか》かな　長谷みのる　1938

病み臥《こや》る枕辺ちかく移り来し春の陽光《ひざし》を掌《て》に受けて見つ　合田とくを　1939

てのひらに月の光をすくいあげ　武内慎之助　1972

五指《ごし》曲《まが》る両手に春の陽《ひ》を掬い　山野辺昇月　1975

掬ひたる蝌蚪《かと》手のひらに尚《なお》泳ぐ　児島宗子　1989

手に載《の》せてもらう

掌《てのひら》に載せてもらひし枇杷《びわ》の実のそのつぶら実を唇に触《ふ》るる　岡静江　1939没

剝《む》いて手にのせて下《くだ》さる夏蜜柑　岡村春草　1961

子無きは言はじ林檎を割りて妻の手に　和公梵字　1970

手の傷が癒《い》える

両の手を水に浸《ひた》せり包帯のまつたく除《と》れし今日しみじみと　小見山和夫　1959

やうやくに包帯とれし両手にてほとばしる水を受くる清《すが》しさ　谷川秋夫　1979

手の冷えに驚く

麻痺《まひ》したるわが左手のつめたさを添寝《そいね》せし児《こ》に言はれけるかも　高原邦吉　1943没

胸に触れし痺《しび》れたる手の冷たくて息のとどまる思ひのしたり　伊藤輝文　1965

掌《てのひら》の命

戸に当《あた》り落ちしツバメの羽やさしわが手の内に動悸《どうき》をうてる　林みち子　1961

子雀の羽搏《う》つ重さを掌《て》より掌《て》へ　吉田万　1974

手花火《てはなび》

手花火を焚《た》く少女らの手もとより盆の宵《よい》やみほぐるるらしも　静森鵑子郎　1940

くらやみに銀の輝く花火かな　伊藤とし子［中学3年］　1950

拝堂で花火ともしてあそびおればおとなの人もいつか集まる　八重子［少女］　1958

手花火の闇の奥より亡き子来る　不動信夫　1982

手袋

曲がりたる指癖《ゆびぐせ》脱ざし手袋に　桂玲人　1969

手袋の形ととのへつ指作る　嘉本勝也　1970

落ちやすき手袋の手を握り歩《あゆ》む老いて失ふことにこだはる　大津哲緒　1983

テレビ

会合がプロレスのテレビに左右される我が療養所の自治会のさま　美園千里　1956

チャンネルを奪う子のない老夫婦　岡生門　1968

アンテナが夫婦舎の見栄《みえ》かきたてる　茅部ゆきを　1976

独《ひとり》り暮《ぐら》し笑いをテレビから貰《もら》い　影山セツ子　2003

手を温《あたた》める

寒き夜《よ》を語りつつわれは懐《ふところ》に萎《な》へゐる妻の手を温めぬ　長瀬実津緒　1956

そうじしてかじかむ手をばこすりけり　マスエ［少女］　1958

機織《はたおり》を見習ふ妻の冷えし手が浅きねむりのふところにあり　横山石鳥　1959

感触のない手を秋の陽《ひ》にぬくめ　原七星　1970

長病《ながや》みの妻の静脈細ければ注射待つ間《ま》に腕を温《ぬく》めやる　相川柏舟　1978

手を借りる

秋の夜や手引かれて行く面会所　高橋寅之助　1936

師を悼《いた》む妻の手借りて菊手向《たむ》く　渡辺城山　1965

花あかり眩《まぶ》しい人に手を取られ　辻村みつ子　1992

杖つきて行きなずむわれをおりふしに手をひきくれし人は今朝逝《ゆ》く　福島まさ子　1993

手を触れて見る

あたらしき米に手触れぬ温くふるさとの米みづみづしく白し　青木伸一　1970

手のとどくかぎりの菊に触れて見る　原田美千代　1979

吾が死後も残る小手毬《こでまり》手触れ見る　不動信夫　1982

わが歌集手にまさぐりて一人居りさびさびと紙の匂ひ立ちくる　山岡響　1990

小さなる茂吉の墓の冷たきを手をもて撫《な》ずる弟子の弟子にて　入江章子　1991

天気予報

麦かりやあすの天気に気をくばり　武夫［少年］　1958

麦かりや日よりつづきにくたびれてつゆにいる日をまたも問《と》いけり　Y・M［少］　1958

お天気をうらなう子らは下駄《げた》をなげ　峰やよい　1972

伝言板

入選句張りある月の掲示板　上田翠月　1936

伝言板わたしに何を書けという　辻村みつ子　1992

点字製本に励む　（1＝長島愛生園の機関誌「点字愛生」。）

製本を終へし点字愛生[1]三十部の量感を吾は手に抱《かか》へみつ　村瀬広志　1956

部員らは社会復帰の夢もちて今日も励《はげ》めり点字製本に　村瀬広志　1956

点字の歌を読む

点字の短歌が一句一首と読めて来ぬ読む感動よいくとせ振《ぶ》りか　山岡響　1960

茂吉《もきち》歌集舌読《ぜつどく》しつつ夜の床《とこ》に眠れぬことのひそかにたのし　瀬戸愛子　1978

「点字毎日」に初めて載《の》りし我が短歌風邪熱にかわく舌先に読む　森山栄三　2001

点字を打つ

好きな句を点字に打ちて長き夜を　桂玲人　1969

点筆《てんぴつ》を義手《ぎしゅ》に植えつけ探《さぐ》り書きし手紙よ我も唇で読む　田村史朗　1970

無限なるひかりに対《むか》ふ如くにて点字うつ貌《かお》ひき締《しま》りみゆ　根岸章　1983

点字を唇で読む

吾《わ》が打ちし点字の歌を指に読み唇に読む盲《めしい》友等《ともら》よ　大石桂司　1956

唇が突出《つきで》る思ひするという三年点字読み来し君が　大石桂司　1956

点字を舌で読む

心打つもののみ舌に我が読まむ麻痺《まひ》及ぶ日のさけがたければ　笹川佐之　1957（自死35歳　1958）

昔《むかし》眼で読み今舌読《ぜつどく》に枯野抄《かれのしょう》　金子晃典　1965

自らを燃やして光見出《みいだ》さん舌に点字の粒をま探《さぐ》る　島田しげる　1966

蜩《ひぐらし》や舌読の書に血がにじみ　氏原孝　1992

点字を習う

吾《わ》が顔を知らずに育ちし妹は夜学《やがく》に行きつつ点字覚えぬ　広岡一夫　1955

吾《わ》が点字の手紙を読むと陸奥《みちのく》の妻等《つまら》は点字覚えしと言う　鬼丸一郎　1988

点字を読む

指先に心集めて読む点字　藤田峰石　1982

記憶せる文章なれば指先に潰《つぶ》れし点字もなめらかに読む　今野新子　1988

天水《てんすい》　（1＝ビキニの水爆実験の放射能灰が混じった雨。）

天水を飲料にせる我が島に今日も朝より死の雨[1]がふる　笠居誠一　1963

寺の屋根仰《あお》ぐや初夏の天水桶《てんすいおけ》　上山茂子　1988

電報　（1＝至急電報。例えば、ナチ［ハハ］キトクスグカエレ。濁音も一字と数えて十一字。）

台風の夜つづる「ウナ」[1]電《でん》十一字　秋山亀三　1960

ウナ電を抱いて夜汽車の人となり　日比秀鵬　1965

点訳《てんやく》

万葉秀歌点訳しゆくにこの日頃点字器鈍《にぶ》く光り初《はじ》めつ　鏡太郎　1955

世に遺《のこ》る業は出来ねど癩《らい》われは盲人の為《ため》に点訳学ぶ　池上哲夫　1957

八ヶ年朝日歌壇を点訳し送り下《くだ》されし君も身障者　橋本辰夫　1978

電話

はじめての電話に兄の声を聞くさぬき訛《なまり》のなつかしきこゑ　北田由貴子　1978

病棟の妻と年始を言ひ交《かわ》し受話器置くこころこみあげてくる　千葉修　1983

ダイヤルを廻せばそこに姉のゐてわが幼名《おさな》で呼びかけてくる　政石蒙　1989

トイレの介助

手術して動けぬわれの用足《ようた》しに日に三度くる夫《つま》待ちて臥《ふ》す　池田文子　1951

手術せし友は看護婦に気がねして尿こらへつつ我を待ちゐき　清野勇　1957

仰臥《ぎょうが》の尿かなし母呼ぶ雪の雉子《きじ》　佐藤敬子　1965

尿を取る看護婦さんに真向《まむか》いて平静保《たも》たんと気張るひととき　田中美佐夫　1981

逃走

親子連れ逃走せしは孤児院へ子を送らるる前の夜なりし　木村美村　1935

昭和八年八月一日六人の患者逃走すわれのみ残る　鈴木和夫　1977没

捕《とら》はれしかの竹藪《たけやぶ》はいづこにか吉祥寺の街何事もなし　鈴木和夫　1977没

逃亡防止に患者に使はす所内通貨造幣局にて鋳造せりと言ふ　青木伸一　1975

逃亡を防ぎて有刺線《ゆうしせん》張られいし少女の時より吾は病みきぬ　椎林葉子　1988

逃走して死す

寒風《かんぷう》に荒くゆれゐる波がしら友を沈めて月にきらめく　板垣和香子　1965

患者等《ら》のかつて逃走せし海峡秋の光にあくまで碧《あお》く　松浦篤男　1969

妻に子に逢はむと島抜け試みたる病友《びょうゆう》幾十《いくそ》呑《の》みし海峡　金沢真吾　1994

投票

選挙の日代筆《だいひっ》にゆきつめたき手こすりつぎつぎ書いてゆきけり　大迫栄照［少年］　1958

自らの権利を主張せんと口びるにて探《さぐ》りて投票用紙に記《しる》す　里山るつ　1970

鉛筆を手に結びつけ媼《おりな》懸命に習ひをり投票日迫りて　小島住男　1988

動物のお産《さん》

産気猫《さんけねこ》みとる春夜《しゅんや》の癩夫婦《らいふうふ》　高木暁生　1959

仔犬《こいぬ》生《うま》れ春風小屋を吹き通る　辻長風　1959

死仔《しじ》生みて衰へし猫庭闇に向《むか》ひて茫《ぼう》とうづくまりゐる　光岡良二　1968

初産《ういざん》の赤牛撫《な》で居《お》り青蜜柑《あおみかん》　石垣美智　1971

産褥《さんじょく》の豚に孤灯《ことう》や雪降れり　和公梵字　1976

動物のために

残飯《ざんぱん》を箱に入れ庭に出しおきぬ雀朝朝《あさあさ》来るをねがひて　笹川佐之　1951

夕方まで溶《と》けぬ水槽の氷を捨《す》つ水呑《の》みにくる狸《たぬき》のために　鏡功　1992

霜のあした置きたる餌《えさ》に来し鳩《はと》がつれあいを呼ぶその声の艶《つや》　入江章子　1998

瀬戸火鉢《せとひばち》埋《うず》めて水を湛《たた》えれば鳩が来て呑み猫が来て舐《な》む　入江章子　1998

動物を弔《とむら》う

藁屑《わらくず》にまみれて死ねり雀の子　山田萍花　1938

小雀のかばねうめたる桃の木の根本の土は蟻の巣となれり　T・Y子［高等小(中学)2年］　1941

猫の死にコスモスかざり夕日かな　I・T雄［中学1年］　1950

垣《かき》繕《つくろ》ふ兎《うさぎ》の墓もその中に　内野緑春　1970

花になり生《う》まれて来《こ》よと霜枯《しもが》れの桜草の下にインコを埋《う》ずむ　原仁子　1980

生命《いのち》短し犬を埋《う》づめし樹《こ》もれ日の下に野菊の淡き花咲く　苅田省三　1982

麻痺《まひ》の掌《て》に計《はか》れぬ重さ小鳥の死　中山秋夫　1989

豆腐屋

豆腐屋の湯気《ゆげ》たてて来る冬の朝　石垣美智　1971

豆腐買ふ豆腐の上の秋の風　不動信夫　1982

棘《とげ》

精神病棟の庭いっぱいに棘を飾りてアカシヤは灰色の天を支《ささ》うる　朝滋夫　1972

薔薇《ばら》の棘さ さりてかすかに火照《ほて》り居《い》る指と知りたり唇に当てて　汲田冬峰　1987

麻痺《まひ》の手の棘を抜かむと医師君《きみ》は痛覚の有無を先《ま》づ問《と》ひ給《たま》ふ　宿里礼子　1993

床《とこ》の向きを変えてもらう

月拝む向きを直して貰《もら》ひけり　植田空如　1940

菊を活《い》け常臥《とこぶし》の向きをかへくるる　玉木愛子　1969没

沈丁《じんちょう》に病臥《びょうが》の向きをかへくれし　深山可津代　1970

閉《と》じ込められて

箱庭と知らずコスモス咲き誇り　蘆野蘆舟　1940

土壁《つちかべ》の土の落ちたる竹組の間より見ゆる青き秋空　重夫［少年］　1958

閉じ込めておいて徒食《としょく》の徒《と》と呼ばれ　島洋介　1973

断種《だんしゅ》了《お》ふ天に自由のつばくらめ　須並一衛　1974

武蔵野に残され癩《らい》の森芽吹《めぶ》く　吉田万　1974

癒《い》えてなお許してくれぬ予防法　中山秋夫　1989

飛べなくされて

無菌者は退所さすとふ風評に特技持たねば怯《おび》ゆる吾ら　矢島忠　1970

退園を勧められゐる老い二人後遺症の身に気遣《きづか》ひにけり　島田秋夫　1990

慣らされて飛べなくされて放《はな》たれる　中山秋夫　1998

土木作業

土木作業に疲れし手もとふるへつつ妻のえりあし剃りてやるなり　安藤広　1963

地下足袋《じかたび》の土を落して注射場の列に加はる患者土工夫《どこうふ》　伊藤輝文　1965

台所の窓より晴を確《たしか》めて妻は土方着《どかたぎ》に着替へ始めぬ　加藤三郎　1966

土間《どま》

暗がりの土間に添乳《そえぢ》や麦の秋　柳月　1936

独活《うど》食《は》むや土間の口まで深山《みやま》の香《か》　後藤房枝　1992

トマト

盲《めし》ひてはおのれが手にはつくらねど庭のトマトの伸びをたのしむ　明石海人　1939

つややかに光るトマトをもぎにけり　しめ子〔少女〕　1958

とまどう

将来の人生計画はと婦長問《と》う槍《やり》をつけられし如くたじろぐ　沢田五郎　1980

発病はいつかと問える医師の前とまどうまでに病《やまい》古《ふ》りたり　林みち子　1982

生甲斐《いきがい》は何かと問われしばらくを黙《もだ》しておりぬ長病《ながや》むわれは　今野新子　1988

友が逝《ゆ》く

流れ星今宵《こよい》も友をひとり消し　上毛三山　1959

もがり笛今宵灯《とも》らぬ故友《とも》の部屋　増葦雄　1985

刻《とき》を止め有線友の訃《ふ》を告げる　中山秋夫　1989

どんぐり手に共に入園せし一人　金子晃典　2000

友と語らう

草丘に腹這《はらば》ひにつつわが友と国の話を語りあひたり　高城千代志　1937

語りゐし友の寝息や秋の夜　Y・S［中学3年］　1950

しらじらとかすめる海に輝けるビロウ島の近くなりという友の故郷は　S・T［少］　1958

足断《たち》し君と我れとの義足《ぎそく》二つ芝生の上に並べて坐る　金見勇　1982没

友として

島住みのわがともがらや月の秋　高嶋暁風　1940

隠れ病む身には友なりひきがへる　山田瀬恩　1952

梅雨《つゆ》の蟇《ひき》醜きものの身に親し　蓮井三佐男　1956

忘れて居《い》しことも静かに甦《よみがえ》る石を撫《な》づれば石も友なり　鈴木楽光　1979

友に助けられ

歌作る病友《とも》らはすでに耳疎《うと》き吾と知りゐて労《いたわ》りくるる　田井吟二楼　1955

告げやらむ身寄りの一人なきわれに遠く駈《か》けつけてくるるこの友　津田治子　1961没

ゐざりつつ厠《かわや》にゆくを見つけられその日より友は抱《かか》へて呉《く》れぬ　隅青鳥　1970

共に病《や》む

共に病み共に臥《こや》れる朝あけて寝台《ねだい》並ぶる妻に茶をのます　伊藤保　1950

苦しみし者のみぞ知る哀《かな》しさにふたつのこころ相寄《あいよ》りにけり　川野順　1978

ひとりには生き能《あた》わざる世を共に病みつつ棲《す》みし歳月想う　滝田十和男　1985

モンゴルに共に病みつつ斃《たお》れたる友眠る日本人墓地訪ねたし　政石蒙　1989

欲ばらず羨望をせず七十のくだり坂道妻と行くべし　川野順　1990

友の遺品

命果てし友の遺品を部屋いっぱいに拡《ひろ》げて吾ら籤引《くじびき》にする　谷脇徹　1954

肋骨を切抜きて朝召《め》されたり本のみが残る君が風呂敷　島田秋夫　1959

密閉の梅酒の壜《びん》や死者のもの　山田静考　1969

汝《な》が遺品はがき数葉《すうよう》雪降れり　金子晃典　1984

友の形見《かたみ》

亡き友がかたみにくれし湯呑《ゆのみ》にて吾《わ》れも薬を呑む身となりぬ　古屋花冷　1930

記念《かたみ》とて友の遺《のこ》せしバイブルの金文字の光りわれは偲《しの》ぶも　向井花一路　1930

亡き君の形見の本箱の抽出《ひきだし》に紙の袋の朝顔の種　島田秋夫　1959

古き病友《とも》らの遺せし書冊ひしめきて吐息嗚咽《おえつ》のこゑぞきこゆる　福岡武　1982

友の気づかい

眼の見えぬ我に向《むか》ひて電灯を消すよと言ひて友はいねけり　新開玉水　1936没

箸《はし》をとり食《は》ませてくるるわが友の心づくしに身をまかせつつ　島田尺草　1938没

臥《こや》りゐる慰《なぐさ》めに聞けとわが友は鶯《うぐいす》の籠《かご》かしてくれにけり　壱岐耕人　1942

蕗《ふき》の薹《とう》は咽喉《のど》に効くよとともどもに咽喉痛みし友は摘みきてくれぬ　古川時夫　1975

足萎《あしな》えになりにし友が盲導鈴聞こゆる角《かど》まで伴ひくるる　汲田冬峯　1982

友の骨拾《こつひろう》

蠟燭《ろうそく》を翳《かざ》して友の骨拾ふ焼場の森のえんまこほろぎ　一色かほる　1951

骨《ほね》ぐらひ拾つてやるよと冗談に言ひ居し約束果《はた》しに出《い》でゆく　汲田冬峰　1987

温《ぬく》もりの未《いま》だ残りし君のみ骨《こつ》ひろへば軽《かろ》き音たつ哀《かな》し　宿里礼子　1888

友の便《たより》

別れ来て十《と》とせへぬれど古《ふる》さとの友は今なほ便り寄越しぬ　熊倉双葉　1930

年に一度の賀状なれども有難《ありがた》し竹馬《ちくば》の友は我を忘れず　隅青鳥　1936

倖《しあわ》せに暮《くら》して呉れと幼《おさ》な友の長き手紙に金入れてあり　北海薫風　1956

幼な名のなつかし友の初便《はつだより》　大川あきら　1962

取り残される

復帰する友等《ともら》の船の見えずなりて吾は療舎にもどる外《ほか》なし　相良明彦　1957

頼りゐし夫《つま》は退園してゆきて病み重き身を島にのこさる　林みち子　1961

退園の友と別れの握手する萎《な》えて小さき吾《わ》が手を見たり　松浦扇風　1963

社会復帰をよろこぶ君のかたはらに病《やまい》重き君の妻ぎみうつむきて居《お》り　深川徹　1964

泥舟《どろぶね》と知らず

雪の家方舟《はこぶね》めきて吾・妻・犬　後藤一朗　1988

雨の島方舟めいて黄昏《たそがれ》る　中山秋夫　1989

泥舟に乗るほど命安くない　辻村みつ子　1992

泥舟に乗せられてから聞かされる　中山秋夫　1998

どんぐり（1＝おそらく生家。）

団栗《どんぐり》のころがる坂をのぼりけり　児玉白山　1936

子供等の去りし菊花展《きっかてん》会場にどんぐりの実一つ落ちてゐにけり　高橋寛　1964

椎《しい》一つ拾ひて家[1]は訪《と》はざりき　山本肇　1968

櫟林《くぬぎばやし》を幼日《おさなび》を掌《て》に呼び戻しまろばせて見るつぶらどんぐり　井上真佐夫　1988

すべすべとどんぐりの肌萎《な》えし手に捨てるに惜《お》しく拾ひて帰る　飯川春乃　1996

どん底

雑巾になっても木綿《もめん》にある力　久保信一　1955

蟇《ひき》鳴くや堕《お》ちたる此処《ここ》が生きどころ　増葦雄　1985

どん底の気楽さ点字よく打てる　五津正人　1988

底抜けに明るい人の重い過去　天地聖一　2000

どんど（1＝療養所に入るのを拒んで隠れ病む。）

寒梅《かんばい》にどんどの灰の降りかかる　松浦扇風　1953

隠[1]れゐる部屋の障子を細く開《あ》け遠きどんどの火をかいまみる　山川草木　1958

残月《ざんげつ》を焦《こ》がすどんどの火を囲む　鈴木芳月　1963

トンボ

広き道をまたいでありしくもの巣にかかれるトンボ夕日に赤し　赤松義孝［少年］1949

すいれんの花にとまれるとんぼかな　弥弘［少年］1958

川とんぼ流れの底に影置けり　瀬川鬼水 1959

とんぼ釣る此《こ》のわらべらに父母《ふぼ》遠し　渡辺城山 1983

赤とんぼおまえも墓にぬかずくの　岡生門 1994

ナース

看護婦の白衣《はくい》眩《まぶ》しき日向《ひなた》ぼこ　佐藤涙光 1935

はればれとマスクはづして物を言ふ看護婦とゐて親しさのあり　綾井譲 1943

吾《わ》が院に育ちし看護婦明るくて廊下に会へば挙手の礼する　永井鉄山 1956

ためらはず癩《らい》病む吾らの身のまはり整へくれる若き看護婦　田川健一 1956

代筆《だいひつ》のナースも共に泣いてくれ　浜口志賀夫 1961

真心《まごころ》に看取《みとり》てくれし看護婦は免許なきゆえに解任されぬ　平山壮一 1965

元日はいいなナースの薄化粧《うすげしょう》　高野金剛 1972

そっと来てナースふとんをかけてくれ　垣岡義純 1972

薬よりナースの笑顔待つベッド　高野明子 1999

長生きをせよ

長生きをせよと言ひつつわが髪を梳《くしけ》づる夫《つま》に溢《あふ》れくるもの　北田由貴子　1973

長生きをせよとふ兄の賀状読み元日の今宵心足《た》りをり　島田秋夫　1981

百歳まで生きよと吹くよ春の風　村越化石　2007

長い夜

スイッチをきりて夜長をみなだまる　明彦［少年］　1958

長き夜や母の写真の一枚きり　山本よ志朗　1965

五時の鐘夜の長さを渡される　中山秋夫　1989

長廊下

義足《ぎそく》の型とつてもらふと看護婦さんに背負《せお》はれてゆく長き廊下を　石井かよ子　1956

足萎《あしなえ》えに長き廊下や寒《かん》の月　岡本天馬　1958

亡き跡に

亡きあとの庭の土割る蕗《ふき》の薹《とう》摘む人のなく季《とき》の過ぎゆく　伊藤輝文　1981

友逝《ゆ》きて壁に頭のあとほととぎす　後藤房枝　1992

亡骸《なきがら》

トラックに積まれてゆきぬ癩《らい》病みしこの老人の小《ちい》さき屍《かばね》　神村正史　1956

献体の君の亡骸いま島の園出《い》でむとし海に日は燃ゆ　政石蒙　1989

亡骸を清める

永病《ながや》みにほとほと痩せしそのみ骸《から》拭き清めつつ涙落《おと》しぬ　黒川眸　1930

潰瘍《かいよう》ある屍《かばね》は洗ふ丹念に水道のコック開《あ》け放ち居て　笠居誠一　1963

亡骸を清め終りて看護婦が器具運び去る足音ききをり　松崎水星　1963

泣き叫ぶ

手の冷えて下着の釦《ぼたん》かけなづむこのいらだちよ叫びたくなる　北田由貴子　1974

叫びたき思いに堪えて口つぐむ帰還兵君の長き沈黙　入江章子　1998

泣きたくなる

心臓の弱まりし夫《つま》のプルス診《み》る女医にすがりて泣きたくなりぬ　板垣和香子　1965

佇《たた》ちゐるは夫《つま》かと呼びて寄りゆくに雪柳《ゆきやなぎ》なり泣きたかりけり　北田由貴子　1974

人も灯《ひ》も避けて泣きたくなつた夜　茅部ゆきを　1976

泣く

泣くなと云ふ姉の言葉は泣けと云ふより心に沁《し》みて涙とめがたし　南陽子［少女］1939

とめどなく流れる涙おさえして母を思わす映画に見とれり　H・K夫［中学2年］1950

ふり返りふり返りつつ帰る母我がまぶたのかすみつつ見ゆ　中島住夫［中学2年］1951

厠《かわや》へと深夜さぐりて夫《つま》を負《お》ふこの力あり涙にじみくる　藤本とし　1953

学校の裏に落ちてる鉛筆はひとりでしくしく泣いているなり　S・M江［少女］1958

病みゐるをうべなひつつも移されし重病棟にきて涙落つ　北村愛子　1960

火取虫《ひとりむし》箪笥《たんす》は妻の泣くところ　蓮井三佐男　1984

青葉木菟《あおばずく》胸のすくまで泣く膝欲し　白井米子　1989

山鳩の淋しき声は病む老妻《つま》の嗚咽《おえつ》の声と一つになりぬ　森山栄三　2001

慰《なぐさ》む

めしひ我の慰さめと夫《つま》のはぐくめば雀は馴れて部屋に遊びぬ　真江島あき　1957

咲きにおう梅の木の下にわれひとり姉のたよりをあけるうれしさ　T・M子［少女］1958

産むことも育てることも赦《ゆる》されぬ園の妻女《さいじょ》ら雛《ひな》に慰む　志村清月　1958

峡《かい》の村見下《みおろ》す位置にわが母の奥津城《おくつき》造ると聞けば慰む　沢田五郎　1972

子供らはそれぞれ家庭を持っている唯《ただ》それだけを慰めとせむ　高橋謙治　1988

嘆くまい

歎《なげ》かふはわれにはあらじ一人子《ひとりご》を奪はれし母の上《え》にこそあれ　三輪正己　1934

足痛み歩行《あゆみ》かなはぬ人あるに吾身《わがみ》を嘆かじと思ひ直すも　大越道草　1934

眼の見えぬ嘆きは言はずこの日頃歌おもふ我のひとりたのしも　野村徳二　1952

耳はまだ達者義眼《ぎがん》を嘆くまい　五津正人　1988

すでに眼の見えぬ友等《ともら》と聖歌うたふ光にこだわる思ひ癒《い》えゆく　飯川春乃　1996

茄子《なす》の紺《こん》

老いてなほ美し秋の茄子の艶《つや》　山口綾女　1959

粥《かゆ》の上《え》の茄子の紫《むらさき》今朝の秋　秩父雄峰　1992

初生《はつなり》のなすび二つをわれの手に夫《つま》はのせくれぬ紫匂う　東條康江　1994

夏が来る

詩を作る友の頬《ほ》に初夏《はつなつ》の風　梅津里野［中学3年］　1952

初夏《しょか》の風のせて遠くに帆かけ船　幸男［少年］　1958

遠花火《とおはなび》夏が来ている向こう岸　中山秋夫　1989

笛に息とほすや山に夏来たる　佐藤母杖　1989

なつかしい

ひたむきに怒れた頃がなつかしい　栗原春月　１９４０

ありのままに生きて老いてやうやくに思ひの外《ほか》に人がなつかし　津田治子　１９６１

夏の海に浸《ひた》る

いくらかは夢も残りてゐるごとし真夏の海に身を浸すとき　赤沢正美　１９５５

夏の海人より太き浮き袋　石垣美智　１９７１

夏を病む

文《ふみ》絶《た》へし母恋《こい》夏を病みにけり　崎光年　１９５３

病まぬごとある日病むごと癩《らい》の夏　伊藤朋二郎　１９５９

あばら骨数《かぞ》へて夏よさようなら　島洋介　１９７３

夫《つま》も病み我も病みたる八月は風鈴の音も聞かず過ぎたり　東條康江　１９９７

何もない明日《あす》

何事かなさねばならぬ思ひして心のみせく昨日も今日も　城市城雪　１９５７

何もない明日へ時計の捻子《ねじ》を巻き　島洋介　１９７３

なわとび

なはとびが上手になれば嬉しからむいつも後に残つてとぶなり　北島兼子［高等小（中学）1年］　1941

単調に病《やま》ひ養《やしな》ふ生活《くらし》さへ疑ふとせず縄飛びなどもして　鷹取峯夫　1953

縄跳びの看護婦八方《はっぽう》に春の光　石浦洋　1961

縄を綯《な》う

（1＝療養所に入るのを拒んで隠れ病む。）

藁槌《わらづち》のころがつてゐる夜寒《よさむ》かな　本田立帆　1936

音もなく雪の降る夜《よ》にする仕事縄をなひたる貰《もら》はれし家に　麻野登美也　1963

縄綯ひつつ昼の疲れに居睡《いねむ》ればまたも火鋏《ひばさみ》で吾は打たれし　麻野登美也　1963

夜な夜なを縄なひて売り病む我に銭《ぜに》送りくれし母は逝《ゆ》きしか　陸奥保介　1966没

納屋[1]にかくれ機械を踏みて縄ないしかなしき日日は今も忘れず　川島多一　1978

菜《な》を洗う

洗ひ上げて目籠《めかご》に運ぶ玉葱《たまねぎ》の肌くきくきと音をたつるも　綾井譲　1949

秋光《しゅうこう》をひきよせ療者《りょうしゃ》菜を洗ふ　片山爽水　1970

夢に泣きてをりし昨夜は嘘のごと今朝さばさばと大根洗ふ　北田由貴子　1979

うすらひをこぼしつつ洗ふ峡《かい》の芹《せり》　後藤房枝　1992

名を書いてみる

親の名を砂に書く子に楝《おうち》散る　秋山松籟　1940
落書《らくがき》にわが名父母《ふぼ》の名ちゝろ鳴く　秩父雄峰　1992
秋砂《あきすな》の脆《もろ》さあなたの名が消える　辻村みつ子　1992

二・二六《にいにいろく》事件

人間の終りはなべてさびしけれ死刑執行の記事あつけなく　飯崎吐詩朗　1936
死をもつて行《おこな》ふものを易々《やすやす》と功利《こうり》の輩《やから》があげつらひする　明石海人　1939
叛乱罪《はんらんざい》死刑宣告十五名日出《い》づる国の今朝のニュースだ　明石海人　1939
二、二六事件の号外を雪積もる庭にて見たりき童《わらわ》のわれは　谷川秋夫　1991

臭《にお》いを気にする

うとましき体の臭ひの部屋ごもる床《ゆか》に樟脳《しょうのう》は白く撒《ま》かれぬ　野添美登志　1939没
己《おの》が傷の臭ひ己れにわかる日はひねもす部屋の一隅に座る　笹川佐之　1948（自死35歳　1958）
縁側に友と語るに此の宵を吾《わ》が傷のいたくにほふを気にす　大貝直行　1951
指おちてゆくみじめなる悪臭が吊る三角巾の中よりにほふ　畑野むめ　1961
看護婦の声あらき日は疵臭《きずくさ》き足をば吾はそっと前に出す　松崎水星　1963

二重婚《にじゅうこん》

枕辺に尋《たず》ね来ませし我夫《わがつま》よ子供の母を迎へしと言ふ　八代てるみ　1951

妻も子も在《あ》る人ながら外の世のことと思ひて副《そ》ひたり吾は　津田治子　1955

故郷《ふるさと》の妻と癩園《らいえん》の妻の上《え》にみにくき争ひの幾組かみき　竹島春夫　1956

冬銀河《ふゆぎんが》いただき癩者《らいしゃ》二重婚　山田静考　1965

みとり妻《づま》もらい故郷《こきょう》の妻にわび　佐藤多信　1972

にわたずみ・潦

初虹《はつにじ》やとび越すほどの水溜《みずたまり》　平木花人　1926

潦に縁《ふち》をくまどる落花《らっか》哉《かな》　隅青鳥　1934

蓑虫《みのむし》の吹かれ映れる潦《にわたずみ》　小山黙人　1936

白雲と空を映せる潦《にわたずみ》流浪《るろう》の猫が水を舐《な》めおり　入江章子　1998

にわとりの卵

昏《く》れなづむ鶏舎の砂にひつそりと一つの卵しろくひかれり　山口義郎　1937

癩《らい》を病むわれに飼はるる鶏の今日も美《うま》しき卵生みたり　鈴木靖比古　1953

けふはいくつ卵産みしかと片隅の巣箱見廻る時のたのしさ　芦沢静光　1959

縫い上げる

待針《まちばり》の玉の輝く春着《はるぎ》縫ふ　深山可津代　1951

標準より少し小《ち》さしと聞くのみの吾子《わがこ》の服を縫ひ上げにけり　碧海以都子　1959

子に着せてやるべく妻の縫ひ上げし衣《きぬ》はなやげり冬更《ふ》けし灯《ひ》に　木谷花夫　1959

温《ぬく》もりを感じる

庭すみに忘れし馬鈴薯《ばれいしょ》芽を吹きて生きんいのちのぬくもりをもつ　江崎深雪　1959

大根《だいこ》蒔《ま》く足裏温《ぬく》き大地かな　青山蓮月　1959

北風にまだ温《あたた》かき骨《こつ》拾ふ　金田靖子　1980没

盗人《ぬすっと》

逃げてゆく柿盗人《かきぬすっと》を笑ひみる　広末浩　1936

女等《おなごら》の手先にもなり花盗人《はなぬすと》　早川兎月　1940没

ネオン

視力失《う》せし瞳《ひとみ》にのこる高松のネオンを友は云ふ渚《なぎさ》にたちて　吉田章平　1954

あきらめて見るからネオン美しい　松岡あきら　1988没

ねぎらう

大《おお》いなる妻の手勤労感謝の日　田畑馬邑　1974

一日を生きたることのよろこびにひと言《こと》妻を労《ねぎ》らいて寝る　滝田十和男　1985

猫と暮らす

心せく縫物なれどじやれてくる猫にかかづらひ今日も過ぎつつ　二宮重子　1952

足のなきわれと捨てられし猫の子とたはむれ遊ぶ縁《えん》の日向に　真江島伸　1957

夏の午後友とふたりで散歩するねこもあとからついてくるかも　八重子［少女］　1958

ちっぽけな倖《しあわ》せ猫の子と遊び　佐藤清月　1960

猫の仔《こ》をどうする入院通知手に　古屋転　1960

祝い膳《ぜん》猫も家族の島の膳　林町子　1970

一匹の子猫より得る慰めのおろそかならず癲夫婦《らいふうふ》我ら　光岡芳枝　1972

四畳半《よじょうはん》半畳《はんじょう》だけは猫にやり　滝春夫　1982

猫と話す

帰り来し吾にもの言ふごとく鳴き産《う》み月《づき》近き猫が人恋《こ》ふ　鈴木楽光　1944

白き杖つかねばならぬ悲しみをまつはる猫に言ひ放《はな》ちたり　北田由貴子　1977

猫に支えられ

畳一《いっ》ぱいに射せる冬陽《ふゆび》をよろこびてのびのびと臥《ふ》す猫と吾とが　光岡良二　1968

愛猫《あいびょう》に支えられてる島暮らし　吉田登美子　1970

わが寮にさまよひて来しこの三毛《みけ》と倖せにして年越さむとす　太田井敏夫　1970

猫の仔

猫の子に飯《めし》を冷やしてめたえけり　中野三王子　1926

春近《ち》かき日向に丸き仔猫かな　武田牧水　1933没（自死28歳）

貰《もら》ひ手のきまりし仔猫生れけり　平良一洋　1935

陽炎《かげろう》や障子に映る親子猫　近藤緑春　1944没

肌柔《やわ》き仔猫を日日《ひび》に愛《いと》しめり盲《し》ひゆく今の独《ひと》り静けく　辻瀬則世　1951

庭先の菊の影追う小猫かな　S・M子［中学3年］　1952

猫の鈴

百千《ひゃくせん》の露のかがやく猫の鈴　蓮井三佐男　1956

家猫に付けたる鈴がこの夕べ巡礼が行《ゆ》くごとくに鳴れり　入江章子　1986

月の土間《どま》鈴音さやかに猫通る　湧川新一　1987

寝正月

盲人《もうじん》となりし今年や寝正月　小阪一松　1935

両足の手術を受けて寝正月　藤田薫水　1952

寝たきり

病み就《つ》きてながびく妻が臥床《ふしど》より古き塩壺のありどころ言ふ　朝滋夫　1973

天《あま》の川《がわ》仰ぐかたちに寝てゐたり　村越化石　2007

熱が出る

七年まへ会ひに来ませし母の顔今宵おもはるる熱の高きに　島田尺草　1938没

義肢擦《ぎしすれ》の熱全身に柿熟《う》るる　中江灯子　1963

眠れずに　（1＝1962年9月、第三次再審請求棄却の翌日、死刑執行された藤本松夫氏のこと。）

眠られぬ夜のつれづれに数《かぞ》へ見ぬ知れる限りの冥府《よみじ》の友を　隅青鳥　1936

夕べより降りたる雨の音ききてねむれぬままに本をよみたり　伊藤とし子［少女］　1951

病妻の寝し位置に吾《わ》が身置きて見る別れ来し夜の眠られずして　村山義朗　1958

絞首台へ無実の君[1]が上るさま夜どおし浮《うか》びきて床《とこ》に坐《ざ》し居つ　沢田五郎　1967

納骨堂《のうこつどう》

骨堂の小砂利をふみてぬかづけば香炉《こうろ》の煙りしづかにゆらぐ　伊那芳夫　1937

山の上の納骨堂や露涼し　太田あさし　1940

賑《にぎ》やかに君らゐるなり整然と骨堂の棚に積重《つみかさ》なりて　赤沢正美　1965

骨堂の母兄妹寄り添ひて聞きて居《お》るらむわれの繰《く》り言《ごと》　小林熊吉　1989

納骨堂帰れぬ骨を隠す場所　中山秋夫　1998

過去を捨て苦悩忘れて新しき納骨堂に眠る三千八百余柱　森山栄三　2001

農繁期《のうはんき》

子は畦《あぜ》に残して母の田植かな　春山田鶴子　1934

声だけで泣く子をあやす農繁期　平鹿欣声　1960

残る視力を惜《お》しむ

かすかにものこる視力を喜びて朝光《あさかげ》まぶしき雪に降《お》り立つ　桜戸丈司　1955

病み残るかすかな視力月を愛《め》ず　渡辺城山　1957

来秋まで視力保《たも》つと思はれず展覧会の菊惜しみつつ見る　長門英雄　1957

われの眼のつひ[終]の視力をおもふとき映りくるものみな美しき　北田由貴子　1974

残る知覚を楽しむ

久久《ひさびさ》に吾は米とぐ指先に残る感覚をたのしみながら　高山章子　1956

足裏の知覚僅《わず》かに地のぬくみ　翁長求　1973

聴覚《ちょうかく》と嗅覚《きゅうかく》がまだ残れりとわが身励ます如く呟《つぶや》く　瀬戸愛子　1978

のどが塞《ふさ》がれる

喉管《こうかん》を白き狐《きつね》が夜夜《よよ》覆《おお》ふ　浅香甲陽　1949没

夜《よる》更けて痰《たん》がつまれば喉管ゆ湯を吸ひ込みて生き抜かむとす　竹林正信　1956没

看護婦のはぐくみくるる一匙《ひとさじ》の白粥《しらがゆ》さえも咽喉《のみど》を塞ぐ　入江章子　1991

野風呂《のぶろ》

今宵また月影ゆれる野風呂かな　輿水永山　1953

野仏《のぼとけ》も入れてやりたい露天風呂《ろてんぶろ》　田中美佐夫　1994

野辺送《のべおく》り

縁者《えんじゃ》なき野辺の送りや時雨《しぐれ》降る　横田恵泉　1951

柩《ひつぎ》送る人等《ひとら》冬木にかたまりて　辻長風　1953

野良犬《のらいぬ》

うとまれつ尾を振る犬や夕時雨《ゆうしぐれ》　水野竹声　1939

昼もくらい内心に棲《す》む野良犬がいつも三角の耳をたておる　朝滋夫　1972

四つ辻を従《っ》きて来たりし野良犬が次の辻にて逡巡をせり　入江章子　1991

野良猫《のらねこ》

暮れなづむ草の小道の夕明《ゆうあかり》野良猫の瞳《め》さびしく光る　岩城純子　1931没（自死19歳）

われを見る視線はなさぬ野良猫の顔丸く肥《ふと》りいるに救わる　井上真佐夫　1975

パーマネント　（1＝ハンセン病の治療薬。）

パーマネントかけてより妻は髪を結《ゆ》ふ手萎《てな》えの悩み言はずになりぬ　鈴木靖比古　1953

プロミン[1]で癒《い》えたる妻がパーマかけ切りたる髪を持ちて帰りぬ　松浦新平　1956

結婚の多き五月なり癩園《らいえん》のパーマ部に忙《せわ》しくわれの働く　碧海以都子　1959

配給　（1＝養父。同じ病者。）

配給の餅を寒水《かんすい》に沈めをり夫《つま》癒《い》ゆる迄《まで》保《たも》たせ置かむ　有村露子　1952

病む父[1]も共に配給のミルク飲む今日の野球の事を話しつゝ　井上敏雄［高校生］　1952

俳句帖《はいくちょう》

杖置いて花野に点字句帳おき　水谷新月　1957

麻痺《まひ》の手にペン握りしめ初句稿《はつくこう》　翁長求　1973

俳句帖よごれて愉《たの》し春灯《はるともし》　金田靖子　1980没

俳句を学ぶ

女房に教へるホ句や夜の秋　藤本銭荷　1940

七夕や母を師とせし我が俳句　児島宗子　1957

この道へ一から教わる作句帳　吉田登美子　1970

句を学ぶ盲《めしい》ありがたい録音器　山本良吉　1980

俳句を詠《よ》**む**

病む夫《つま》と励まし合うてホ句の秋　水野民子　1938

武蔵野に深きえにしやホ句の秋　早川兎月　1940没

埋火《うずみび》の如く一句を抱いて寝る　八木法日　1977

病みをれど心は愉《たの》しホ句の秋　金田靖子　1980没

しぐれてはならぬいのちの一行詩　白井春星子　1993

廃校《はいこう》

廃校を祝福す雛《ひな》飾り立てよ　村越化石　1965

癩児《らいじ》絶《た》えし学園は車庫に変貌し二宮金次郎像一つ立つ　北田由貴子　1976

敗戦

思ふだにかなしけれども敗戦は癩園《らいえん》の吾らに人権をあたへぬ　藤井清　1956

侵略されし国の悲しみ忘れねば侵略戦争わが憎みおり　金夏日　1990

配膳

甘藷《いも》二本が今日配膳の夕餉《ゆうげ》にて盗伐の薪《まき》燃《も》しつつ齧《かじ》る　横山石鳥　1950

献立に豚汁《とんじる》が出て冬に入《い》る　金田靖子　1980没

粥食《かゆしょく》に一つ付き来し衣被《きぬかつぎ》　渡辺城山　1983

肺を病む

歌人《うたびと》の多くが肺をわづらへり血吐きし歌を聞けばかなしも　水原隆　1934没

猫抱いて胸を病む娘《こ》や秋の風　栗原春月　1941没

癩《らい》と肺身に病みながら盲《めし》ひ吾《わ》れ死[1]の灰の降る世に生きむとす　近間治　1957

（1＝1954年のビキニの水爆実験の放射能灰。）

墓を掘る

若くして逝《ゆ》きたる娘《こ》なり墓掘れば人形が出るコンパクトが出る　村山義朗　1960

黙黙《もくもく》と墓掘る人らは時折にさびしと言ひて太き息吐く　松浦扇風　1960

爆音

霞《かす》みたる春日《はるひ》の空に飛行機の爆音残し飛び去りにけり　山下道輔［少年］　1943

自衛隊の飛行機の音ききおれば昔の恐怖思いだされる　Y・M［少］　1958

爆音にけされてひばりかわいそう　広志［少年］　1958

ベトナムに危機迫《せま》りしか夕闇の空に激しく飛行機のとぶ　平良栄輝　1965

迫害されて

癩《らい》吾の家族を村より追ひ出しし百姓等《ら》此の雨に田を植ゑてゐむ　野村呆人　1956

竹槍と石もて幾度も迫害されつつ沖縄の癩者《らいしゃ》を救い来し君　里山るつ　1970

白杖《はくじょう》をつく

生きている音コツコツと探《さぐ》り杖《づえ》　高野明子　1980

つき減りし杖比べあい春惜《お》しむ　氏原孝　1992

薄氷《はくひょう》

松葉杖《まつばづえ》薄氷踏みて屍《し》を送る　山本肇　1968

薄氷の底蒼《あお》むほど山の晴《はれ》　上山茂子　1989

バケツ

朝早きばけつの音に厨《くりや》べに宿《やど》せし雀とびたちにけり　金丸思水　1926

新バケツ柄杓《ひしゃく》うかべて水澄めり　夢野勇　1960

干潮《ひきしお》の潟《かた》一面にあおさ生《は》え女《おなご》らいそいそバケツさげゆく　安里秀男　1980

励《はげ》**まされる**

歌詠《よ》むときほ［気負］ひし吾に心よりうなづきくれし人なりしかな　瀬涯比露紀　1937

麦かりやひばりも空からはげまして　Y・M［少］　1958

生きぬけと短き便《たより》牡丹雪《ぼたんゆき》　小野寺花子　1976

盲人の機関紙編集に眼を貸して君らの勁《つよ》き心を窃《ぬす》む　政石蒙　1977

朱《しゅ》の丸の重さ句作に湧くファイト　五津正人　1982

よちよちの義足《ぎそく》励ます揚げ雲雀《あげひばり》　山下紫春　1990

声出して生《い》く身たしかむ寒《かん》𡵅《こだま》　後藤房枝　1992

橋が架《か》かる （1＝長島と本土をつなぐ橋。長島には邑久光明園と長島愛生園がある。）

海に架かる長島橋[1]が朝の日に輝きて見ゆ幻《まぼろし》に見ゆ　谷川秋夫　1984

呼べば届く島なのに何故《なぜ》橋がない少女の詩一篇《いっぺん》力となりき　沢田五郎　1991

橋成《な》りてわが療園の夏祭《なつまつり》人いきれ迷子《まいご》もの焼く匂ひ　金沢真吾　1994

架橋《かきょう》祝《ほ》ぎて揚《あ》ぐる花火のとどろきにわれの裡《うち》なる過去砕けゆく　金沢真吾　1994

橋の渡り初《ぞ》め （長島と本土をつなぐ邑久長島大橋は1988年開通した。）

渡り初めの橋を盲《めし》ひも足萎《あしな》えも皆笑顔にてけふ五月晴れ　北田由貴子　1988

勝鬨《かちどき》の声挙げて橋を渡り来るよ東京の療友《とも》ら沖縄の療友《とも》ら　太田正一　1989

老人を先立て先駆者の遺影《いえい》抱き今ぞ渡り行《ゆ》く人間回復の橋　沢田五郎　1991

人権を叫んで渡る瀬戸の島　天地聖一　2000

畑打《はたうち》

この丘に汽車の汽笛のきこえきて鍬《くわ》ふる我はなつかしくきく　小坂茂［少年］　1951

ゆっくりとおやつをたべて畑《はたけ》うち　I・A子［少女］　1958

萎《な》えし手にやうやく握る鍬《くわ》の柄《え》よこの幸《さち》吾にまだ残れり　双葉志伸　1966

けふもまた昏《く》れ迫るまで義肢《ぎし》曳《ひ》きて畑打をせし疲れを愛す　佐藤一祥　1975

畑仕事に行く

早朝に作業をやりゆく友と吾《われ》目と目があってにつこり笑ふ
作者不詳［少］１９４３

堆肥《たいひ》積む足にほのぼの熱気さす黒き堆肥に朝の日かすむ
作者不詳［少］１９４３

麦の芽の出揃《でそろ》ふ畠に影ありて朝の冷たさなほ加はりぬ
増井良成［少年］１９４７

たまねぎの畑の草を取る我の指さかむけになりて痛むや
Ｈ・Ｔ［高校１年］１９５２

間引菜《まびきな》をひく手にじゃれる子ねこかな
八重子［少女］１９５８

作業おえかぼちゃをみなで数《かぞ》えけり
しげる［少年］１９５８

畑《はた》つもの

甘藷《かんしょ》あり白菜大根の間引《まびき》あり瑞瑞《みずみず》しき畑《はた》のものによる日日
津田治子　１９５０

陽溜《ひだまり》に囲ひし葱《ねぎ》は霜除《しもよけ》の藁《わら》ぬきいでてさやかに青し
村山義朗　１９５３

真白なる玉菜《たまな》を割れば確かなる命生きゐる柔かき黄の芯《しん》
安藤広　１９６３

唐辛子の紅《あか》きを一つくだされと隣りの翁《おきな》今朝も来にける
金見勇　１９８２没

働けることがうれしい

両の掌《て》に帚《ほうき》抱《かか》へて廊下掃くこの仕事すら出来て嬉しき
麻野登美也　１９５７

父母《ふぼ》とかく業《なりわい》をせばたのしからむ脱穀機踏むきのふも今日も
細田辰彦　１９５９

罰せられる

患者一人を検束すると取りかこむ職員はつめたく声をかけあふ　深田冽　1956

柵の中の羊の群のごときわれら現行の懲戒検束《ちょうかいけんそく》制度に反対唱《とな》ふ　内海俊夫　1958

園長の懲戒検束権に苦しみし昔を涙し語るを聞きぬ　桜戸丈司　1970

隔離さるるこの身がときに療園の秩序乱すと追放の罰　入江章子　1998

話がはずむ

寒い夜は火鉢《ひばち》かこみて皆《みんな》して故郷の話で部屋にぎはいぬ　I・T子［少女］　1947

ひとりでに話のはずむ日向ぼこ　三戸忠［中学3年］　1949

同郷と知りて話題は果てしなし耳遠き吾と咽喉《のど》切開せし君と　田井吟二楼　1955

炉話《ろばなし》や癩《らい》の身の上みな同じ　橋山静波　1957

花種《はなだね》を蒔《ま》く

思ひみな埋めんと花の種子《たね》を蒔くわれを羨《うらや》むどの人もどの人も　碧海以都子　1959

移植ごて花の命をすくい上げ　藤田深雪　1960

紅《べに》もささず着飾ることもなき妻の思いがけず絢爛《けんらん》たる花を植えにし　沢田五郎　1991

生き残り生き残り花種を蒔く　秩父雄峰　1992

放ちやる

崩《くず》るる身いたはり合ひて生きゆくに籠《かご》の小鳥を妻はにがせと　志村清月　１９５８

片羽をもがれし蜻蛉《とんぼ》もどしやるわれも脚《あし》断《た》ちて倖《さち》には生き得ず　印南新生　１９５９

杉の皮剥《は》ぎてひと日に荒れし掌《て》よやがて放ちやる蛍をかこむ　川野順　１９７８

わが部屋に一夜宿《やど》りし子蟷螂《ことうろう》いづくに放たむ外は木枯《こがら》し　金沢真吾　１９９４

花の香《か》を嗅《か》がせる

手折《たお》り来し桜の花の一枝《ひとえだ》を友は持たせぬ盲《めしい》の我に　水原隆　１９３４没

日の当る縁《えん》に出《い》づれば菊の鉢友は持て来て匂はせくれぬ　山田新四郎　１９４０

入院の媼《おうな》に春の香嗅がせむと雪間《ゆきま》の小《ち》さき蕗《ふき》の薹《とう》摘む　佐藤一祥　１９７５

一枝の萩《はぎ》折りもらひ病棟の兄に嗅がすと急ぎ来しなり　小林熊吉　１９８９

花火

花火消えし闇の淋しさ相倚《あいよ》れり　小出有志雄　１９２６

花火音《はなびおん》眼の見えねども空仰《あおぐ》ぐ　後藤房枝　１９９２

壮烈な音で散ったよ療花火《りょうはなび》　辻村みつ子　１９９２

鎮魂《ちんこん》の花火見上げる生き残り　中山秋夫　１９９８

花びらを封《ふう》じて送る

北国の春はおそしも島に咲く桜花《さくらばな》一つ文《ふみ》に入《い》れつる　南陽子［少女］1939

戦線の兄の便《たよ》りの返事には国のはなびらこめて送らむ　田村敦子［高等小（中学）2年］1941

梅の花の一《ひと》ひらおりて古里《ふるさと》の手紙の中へ入れて送るも　安川健一［少年］1958

花吹雪《はなふぶき》

仰向いて歩く盲《めしい》や花吹雪　水野竹声 1939

花ふぶきしている窓をあけにけり　幸男［少年］1958

さくら花《ばな》風にふかれてヒラヒラと老いたる母の背につもりたり　K・M［少年］1958

花見

人出多きこの夜の花の下に来て杖音《つえおと》高く我も歩くも　岡静江 1935

寝台《しんだい》に桜かざりて折詰《おりづめ》開き心ばかりの花見せりけり　井上歌緒留 1935

足萎《あしなえ》の妻をのせたるリヤカーを吾《わ》れは曳《ひ》きゆく桜見せむと　松村扇風 1958

とうばんをおえて花見にゆきにけり　耕平［少年］1958

車椅子寄せ合ひ憩《いこ》ふ花の下　岡村春草 1979

杖になります桜見に行きましょう　辻村みつ子 1992

花を活《い》ける

帰郷せし友が残せし花瓶《はながめ》に椿の一枝我は挿《さ》しけり　M・K子［高等小（中学）2年］　1941

花一つ冬のベッドを喜ばせ　新田一二三　1960

退室日夫《つま》に見えぬが花を生《い》け　影山セツ子　2003

花を買う

母の日にささぐる花のカーネシヨン貧しき子らが銭《ぜに》よせて買ふ　隅青鳥　1936

不自由舎の吾《わ》が生活に正月のおごりと云ひて花を買ひたり　瀬戸愛子　1956

花を届ける

わが心寂しき日昏《ひぐれ》老人《としより》が野菊の花をとどけてくれぬ　津田治子　1950

足萎《な》へのわれに見せむと初咲きのライラックを夫《つま》が剪《き》り来てたびぬ　松永不二子　1988

母が面影《おもかげ》に顕《た》つ

築山《つきやま》に一人ぼんやり立つていて思い浮《うか》ぶは母のおも影　鈴木久子［中学2年］　1948

うつそみを隅《くま》なく痛みのめぐる夜をさだかに顕ちて母はいますも　滝田十和男　1956

笑顔にて見送りくれし母の顕ち山に向《むか》いて思いきり呼ぶ　高山章子　1984没

母が逝《ゆ》く

ミシン一台昔のままに置かれある部屋にかえり来て亡き母を恋《こ》う　K・K一［少年］1951

母死すと封書はしぐれにぬれてくる　貞子［少女］1958

世を去りし母を思いて病床に継母《けいぼ》のたよりくり返し読む　大渡マスエ［少女］1958

癒《い》えた足見てほしかった母は逝き　南条ますみ　1972

母の訃《ふ》に降《お》りる菜の花匂う駅　吉田香春　1990

母逝きし夜や寒気《かんき》の地にささり　氏原孝　1992

母の一生（1＝切子灯籠《きりこどうろう》。）

潮の香の沁《し》みたる土に働きて貧しく母の一生終りぬ　黒木佑孝　1968没

らいを病むその兄をわれを世に秘めて苦しみ過ぎし母の一生《ひとよ》ぞ　浅井あい　1979

母耐えし一生思ふ切子[1]《きりこ》かな　金子晃典　1984

母の形見《かたみ》

亡き母の遺品《かたみ》の櫛《くし》は麻痺《まひ》したる手に持ちやすし髪をすきをり　木野久子　1957

帰省して母に貰《もら》いし古き皿《さら》形見となりて日毎《ひごと》使いぬ　秋山みどり　1973

われの名を呼びつつ母は逝《ゆ》きまししと形見の数珠《じゅず》は離さずに持つ　北田由貴子　1974

母の悲しみ

吾を産みて去りたると言ふ母そはの生死も知らず只《ただ》恋《こ》ふるかも　山本一夫　1953

幼《おさ》なくて癩《らい》病む謂《いわ》れ問《と》ひつめて母を泣かせし夜の天の河　滝田十和男　1956

癩病む身なぜ産みしかと吾《わ》が母を責めし昔を今は悔《く》やめり　熊谷巌　1959

梨《なし》抛《なげう》って母責めし日も遠きかな　山本肇　1982

苦しませるために生《う》みたる思ひすといひたる母を今宵は思ふ　山本吉徳　1988

父を捨て幼きわれを置き去りし母には母の悲しみあらん　東條康江　1997

母の忌《き》

母の忌の母せしごとく大根《だいこ》煮る　金子晃典　1984

母の忌の雪降る逝《ゆ》きし日のごとく　児島宗子　1989

母の忌に走りの蜜柑選びけり　片山桃里　1989没

母の声

護送車の窓にすがりつくごとくして叫びし母の声を忘れず　藤本松夫　1962刑死（享年40）

録音にとりたる母の声を聞く早春の陽《ひ》の匂う縁先《えんさき》　島田しげる　1968

治《なお》ったら帰れと母の声たしか　東一歩　1970

母の心づかい

道すがらたべよと母は旅にたつ吾に卵を茹《う》でて給《たま》へり　鈴木蜻蛉　1930

手の悪《あ》しき吾にしあれば母人《ははびと》は握飯《にぎりめし》して与へ給へり　荒谷軟波　1935

送り来し肌着はチャックやゴムつけてあり吾《わ》が手萎《なえ》しを母知り給ふ　西野実　1954

老い母の心づくしの握り飯《めし》後楽園にて泣きつつ食べたり　谷川秋夫　1979

母の便《たより》

ははそはの母の便りは嬉しけれ今年の春蚕《はるご》大当りとふ　鈴木ベル　1934

久々の母の便りや桔梗咲く　山村雪子［中学3年］　1952

ふるさとの母の便りにつのりくる悲しき思いに日記をつける　K・S［少］　1954

夏ゆけば秋を励ます母の文《ふみ》　秩父雄峰　1992

母の墓

ゆきたしと思えど母の墓まいり　マスエ［少女］　1958

かき抱《いだ》く墓石《ぼせき》の母よわが母よ家出《い》でしより逢へざりし母　林みち子　1967

病《やまい》癒《い》えし子と遠く来しふるさとの母のみ墓に寄る波の音　城郁子　1976

わが失明知らざりし母の墓拝む　氏原孝　1992

母への便《たより》

すらすらと点字の賀状読み得たるこの喜びは母にも告げむ　東一平　1956

しずまりし重病棟の床《とこ》の上にとぼしき光で母に手紙かく　武谷安光［少年］　1958

手の関節痛まぬ今日はうれしさに母への便り久久《ひさびさ》に書く　石井加代子　1965

母を恋《こ》う

あの下に母《かあ》さんがゐる月の冴《さ》え　佐々木白蘭　1940

母恋ひて外に出《い》づれば三日月が松山の上に光りましをり　南浦春太郎［初等（小学）6年］　1947

母《かあ》さんを思ひし夜は星高し　松田清子［中学3年］　1950

しとしとと小雨ふる日に友だちと裁縫しつつ母を思えり　T・H代［少女］　1958

春の雨やさしき母を思いだす　末子［少女］　1958

母を知らぬ子

物心つきたる時は癩《らい》病めり吾れは母をも見ずに育ちし　木村三郎　1938

頬白《ほおじろ》の仔を飼ふ癩児《らいじ》母知らず　武田真碧　1953

故郷《ふるさと》に兄の子として吾子《あこ》卒業　上丸春生子　1957

義妹《いもうと》に負《お》われて帰る幼子《おさなご》をただに見送るわれの術《すべ》なさ　島まさ子　1993

母を呼ぶ

まむかひの兵庫連山にむかひ幼子は人をはばかりて母が名よびぬ　T・Y子〔高等小（中学）2年〕1941

真夜中にふと眼ざむれば吾《わ》が友は寝言に母を呼んでゐるなり　重子〔高等小（中学）2年〕1941

手の節《ふし》ぶし痛みくる夜は心渇《かわ》き貧しかりし日の母そはを呼ぶ　北田由貴子　1986

ハモニカを吹く

月に吹く兄のかたみのハーモニカ　竹野五郎　1960

梅白しハモニカバンドみな盲《めしい》　氏原孝　1974

薔薇を嗅《か》ぐ

白バラの放つ香《かおり》に近よりて盲《めしい》の我は口つけて嗅ぐ　上間源光　1979

薔薇ひらくわが嗅覚《きゅうかく》の残りゐて　蓮井三佐男　1984

匂ひ濃き大きな黄薔薇にふれてをり瞼《まぶた》にどつと花あふれこよ　山岡響　1990

春の風

春風がぼくらをなでて通りさる　武夫〔少年〕1958

盲《めしい》にも花が見えそな春の風　玉木愛子　1969没

春が来る

北国は風の唸《うなり》へ春が来る　武田牧水　1933没（自死28歳）

春がきたとみんなうたって登校す　広志［少年］　1958

菜の花の上をチョウがとんでゆくぼくらの春だととんでゆくなり　信義［少年］　1958

蛇口《じゃぐち》まで春が来て居る濯《すす》ぎ物　出海木太八　1970

身を削るごとく一人の死を送り島は狂ひなく花の季《とき》くる　永井静夫　1970

ジグザグに冬押し出して春がくる　武内慎之助　1972

葱坊主《ねぎぼうず》みんな出て来い春の使者　岡生門　1994

歯を磨《みが》く

今日もある命大事に歯を磨き　山野辺昇月　1975

美しく老いたし残る歯を磨く　中山秋夫　1989

ハンカチ

ハンカチに焼きごてかけしその後《あと》のこてのぬくみに手をあてにけり　田島泰子［少女］　1939

戦時下の涙の如き水溜《た》めてハンカチ洗ひ人を恋《こ》ひにき　畑野むめ　1976

ハンカチを振ってちぎれていった日よ　辻村みつ子　1992

ハンスト

医師の忠言拒《こば》みて重症の我等《われら》六人悪法阻止のハンストに入《い》る　笹川佐之　1953

寒風《かんぷう》に吹きさらされて食《しょく》を断《た》つ患者留置所設置反対のため　山口秀男　1955

突風は張る天幕《てんまく》を巻き上げて病むハンストの人等《ひとら》かたまり合ひぬ　上村真治　1956

癩《らい》治療薬プロミン予算を獲得すべく吹雪猛《たけ》るあさ絶食祈祷に入る　長谷川史郎　1957

ハンセン病

戦争はわれをらいに罹《かかわ》らしむ戦争に失ひしもの数《かぞ》へきれず　横山石鳥　1950

癩病《らいびょう》とは何かと癩の幼児に問《と》はれて我答へず居《お》りぬ　笹川佐之　1951（自死35歳　1958）

ハンセン病理解する集《つど》いに三味線もち盲《めしい》の君も東京へ行く　松岡和夫　1979

実名を名乗りハンセン病啓発に友は奔走すロザリオ付けて　山本吉徳　1998

病名を変えても白くならぬ地図　中山秋夫　1998

柊《ひいらぎ》の垣根　（多磨全生園の垣根。）

柊の垣外を行く靴音に声かけてみたし隔離療養者われは　佐藤忠治　1959

その昔脱《ぬ》けゆきてむごく罰せられし柊の垣に添いめぐりゆく　浅井あい　1965

柊の垣根の外を泣きながら母を探せる声の遠しも　汲田冬峰　1987

卑屈になる時

幸《しあわせ》を求むることも罪の如く思ひ過ぎ来ぬ卑屈なるまでに　津田治子　1950

虫けらか何かのごとく卑下《ひげ》しつつあはれ切《せつ》なく過ぎし十幾年　村上多一郎　1951

すこやかな人に対《むか》へば面伏《おもふ》する病《やまい》卑下して身につきし癖　林みち子　1961

療養所ほえない犬がほめられる　松下峯夫　1972

時かけて病身《やむみ》の卑屈を剝《は》ぎくれし植松司祭風の如《ごと》逝《ゆ》く　松永不二子　1975

膝で歩く（1＝雑居部屋で花見の留守番。）

春愁《しゅんしゅう》や畳を歩く膝頭《ひざがしら》　広末浩　1936

膝歩きして部屋広し花の留守[1]　浅川月歩　1951

膝に眠る

盲人《もうじん》の膝に眠れる子猫かな　太田あさし　1940

ひざの上に子ねこだきあげなつかしき母へのたよりなおつづけたり　田中千恵子［少女］　1958

天井を鼠《ねずみ》の走る音しても過保護の猫の膝に眠れり　萩原澄　1971

梅雨冷《つゆびえ》の飼猫膝へよってくる　石垣美智　1971

子を持てぬ膝へ仔猫が来て眠り　山野辺昇月　1975

悲惨に抗《あらが》う

濃き霧に埋《うず》まり音を立てつづけをらねば島も我も危《あや》ふし　赤沢正美　1965

撃《う》たれても撃たれても鴨《かも》海を飛ぶ　須並一衛　1983

わが血潮《ちしお》癩《らい》と闘ふ日向まぶし　蓮井三佐男　1984

キリシタンにあるもあらぬも天草《あまくさ》の一揆《いっき》は興《おこ》るべくして興る　入江章子　1998

美醜《びしゅう》

七年《ななとせ》を過ぎ子等《こら》と再会叶《かな》ふ妻みにくくなりし身を嘆くなり　村山義朗　1956

忌《い》み嫌はるる癩者《らいしゃ》に体売る女生きゆくためとさりげなく言ふ　近間治　1957

外貌《がいぼう》の醜《みに》くく疾《や》みてきたりけり遂《つい》に自らを殺すことなく　永井静夫　1970

醜《しゅう》の病《やま》ひ死を恋《こ》ひ立ちし火の山に再び立てり生命《いのち》生き来て　田上稔　1988

柩《ひつぎ》

氷雨《ひさめ》降る島山道のたそがれを朋《とも》の柩はきしみつつゆく　山口義郎　1937

持ちてゆく花に柩におく花に随《つ》き来る蝶の白きむらがり　山口義郎　1951

かなかなや荒磯伝《ありそづた》ひに行《ゆ》く柩　三木美好　1951

丹精《たんせい》の花に送られ出る柩　岩谷いずみ　1982

柩に納《おさ》める

友の世話最後となりぬ細き足抱《かか》へて吾は棺《ひつぎ》におさむる　高橋謙治　1956

癒《い》ゆる日に履《は》かむと云いし短靴も納められたり君の柩に　南真砂子　1956

納棺《のうかん》のかいなに薔薇《ばら》を抱《いだ》かしめ　暈雨江　1970

菊好きの柩は菊の花が埋め　高野金剛　1972

柩に釘を打つ

吾《わ》が胸に打ち込む如し今朝逝《ゆ》きし友の棺《ひつぎ》に打つ釘の音　石川孝　1929

柩打つ槌音《つちおと》ぬらす若葉雨　不動信夫　1982

一粒のぶどう

一房《ひとふさ》のぶだうのつぶら実もぎとりて一つづつ母は握らせてくれぬ　木下喬　1937没

ひとつぶの葡萄が喉《のど》をうるほして生ける思ひあり夜半のかわきに　津田治子　1961没

人目《ひとめ》を憚《はばか》らず

療養所に来てうれしもよ病む吾も人目憚らず歩き得るかな　相沢龍院　1951

いとはるる身を憚らず胸張りて小島の磯の砂原を行く　伯々上葭人　1953

一人ぼっち

戯《たわむ》れる子等《こら》と遊べぬ妹は今日もなぎたる浜辺におりぬ　小坂茂［高校2年］　1952

秋晴《あきばれ》の砂に句を書く一人ぼち　湧川新一　1987

ひとり者

バラ匂ふ部屋に目ざめし生きの身の慾情がかなし朝の小床《おどこ》に　秋葉穂積　1959

みつみつと夜に積りつつ一人の貧と病苦をつつめり雪は　小見山和夫　1959

病《やまい》に堪へ性慾に堪へて十幾年きよき眠りの吾《われ》になかりき　深川徹　1960

麻痺《まひ》の身の欲情何ぞ冬木伐《き》る　山本肇　1968

結婚に到らず目刺《めざし》口に渋《しぶ》し　山田静考　1969

目刺焼くひとりの昭和ながかりき　不動信夫　1982

ひとり寝の夜より知らぬ闇ふかし帯解《と》く音を聞きしは夢か　政石蒙　1989

人を恋《こ》う

秋深みあきらめてゐし人を恋ふ　深山可津代　1951

法度《はっと》ゆゑ添ひがたき人と知る時しいよいよますます恋しかりけり　深川徹　1955

野いちごの実が紅《くれない》に熟しゐてひそかにわれは人を愛せり　瑞浪杏子　1959

日向《ひなた》ぼこ

現《うつ》し世の寂光浄土《じゃっこうじょうど》日向ぼこ　早川兎月　１９４０没

朝からの冷《つめ》たき風に幼等《おさなら》は日だまりに向きて並びゐるなり　増井良成［少年］　１９４７

電線で今日も雀が日なたぼこ　須内喜代香［中学2年］　１９５０

両膝に幸せ集め日向ぼこ　村越化石　２００７

雛壇《ひなだん》

雛壇にママーと泣くのも飾りけり　塩田寿美子　１９３４

いささかに蕾《つぼみ》ふくれし桃の枝《え》を雛様にかざりて夕べ和《なご》めり　天木律子［少女］　１９４７

桃の花きれいにいけたひな祭　しめ子［少女］　１９５８

おひなさま電灯《でんき》の光にかがやけり　トミエ［少女］　１９５８

おひな様かざっているとサル小屋でサルの親子もながめています　山本シメ子［少女］　１９５８

雛《ひな》の客

雛の客としは［年端］もゆかで盲《めしい》なる　鈴木松丘子　１９４０

花生《い》けてあかるくなりし雛壇に男の子も来て素直なり　天木律子［少女］　１９４７

見えねども雛《ひいな》の前を去りがたく　原田美千代　１９７９

雛《ひな》の部屋

病める子に雛の襖《ふすま》を明《あ》けてあり　飛永桃千代　1935

雛の部屋出《い》でゆく少女脚《あし》長く　蓮井三佐男　1984

雛の夜

おひなさましまいてさびしこの夕べ　豊子［少女］　1958

雛の夜をぬくめて妻の骨壺《こつぼ》守《も》る　中江灯子　1976没

雛の灯《ひ》のほのかに見ゆる視力かな　原田美千代　1979

悲しみをひひな［雛］もじっと堪へてゐし　中村花芙蓉　1989

雛を買う

ひなを買う目の和《なご》やかな若夫婦　山田ゆき江　1957

残す児《こ》に雛も買えずに病みいたり　駿河山人　1965

微熱

微熱する真昼の夢に見し夫《つま》の手はたくましく肌につたはる　二宮美穂　1956

微熱つづく妻の下着を洗ひ干したたみゐるけふも蜩《ひぐらし》の鳴く　千葉修　1983

陽《ひ》の匂い

ふるさとの春に帰りて野を行《ゆ》けば土に親しき陽の匂ひあり　大鷹勝彦　1940

陽の匂い妻の匂いの干布団《ほしぶとん》　東静人　1957

火の用心

夜まわりの声のひびきて年暮《く》るる　与市［少年］　1958

夜警《やけい》より帰りしあとの寒さかな　年春［少年］　1958

防火槽《ぼうかそう》凍《こお》りびつしり星を負《お》う　石浦洋　1961

火の番の声張り上げし雪解風《ゆきげかぜ》　岩代一歩　1962

火の用心肩叩き屑拾《くずひろ》いぴちぴちとして病む子らの小さき会　香取秀哉　1965

批評される

盲《めしい》われの歌に写像のなきことを指摘さるるを頭垂れて聞く　秩父明水　1956

癩者《らいしゃ》ゆゑ限度ある歌を詠《よ》めといふそんな窮屈なものと歌を思はず　新谿生雄　1956

君の歌は暗いとふ評にこだはりつつ明るい歌を詠めば嘘めく　生島明　1957

悲劇的に批評さるるを常《つね》とせりハンセン氏病患者の短歌　小見山和夫　1959

望郷歌われに少なきを指摘され燠《おき》の如くに燃えて来るもの　太田正一　1989

表情が作れなくて

霜月《しもつき》や獅子《しし》ともいはれ我が面《おもて》　森叫雲　1926

顔面神経侵《おか》されし盲《めし》ひのわが笑ひ声のみにして表情ともなわず　浅井哲也　1957

麻痺《まひ》のため顔の表情うごかぬを恐れられ怒ってもの言うという　甲斐八郎　1965

笑いても泣きても同じ表情と言わるるを泣けば涙の出《い》づる　太田正一　1975

すぐ返す笑《え》みをつくれず麻痺の顔　中山秋夫　1989

はいチーズ麻痺した頬がままならず　桜井学　1993

標本室

標本室の移転をすると看護婦の手に運ばるる瓶《びん》の胎児ら　谷脇徹　1954

日のひかり及ぶことなき一隅《いちぐう》に置き並べたり臓器の標本　鈴木楽光　1957

除草奉仕に来てのぞき見ぬガラスびんの底に横ざまの小児の背中　田島康子　1959

ひよこ

虫奪ひ合ふてヒヨコや夏日影《なつひかげ》　高村暗吏　1926

軒下に雨避け遊ぶヒヨコらが時折廊下に上《あが》りては鳴く　鈴木靖比古　1953

野放しの矮鶏《ちゃぼ》が孵《かえ》せし雛《ひよこ》らのしきりの声す猫に獲《と》らるな　入江章子　1991

灯《ひ》をともす

帰省子《きせいし》に灯《とも》る仏《ほとけ》や昼の雨　太田あさし　1935

白切子《しろきりこ》灯《とも》すや山を父と見て　上山茂子　1988

白桃《はくとう》や小さな幸《さち》の仏《ほとけ》の灯　吉田香春　1990

風船

幼《おさ》な子《ご》の総身《そうみ》でふくらます風船　石浦洋　1961

風船の紐を握りてよろこべるこの子は何の涙に会はむ　入江章子　1986

夫婦

蚊帳《かや》小《ち》さく三十路《みそじ》の夫婦初々《ういうい》し　秋山亀三　1960

ぢぢとばば昼寝の枕ゆずり合ひ　平良一洋　1963

主婦という島の夫婦にない言葉　中島太　1970

眠られぬ夫《おっと》のそばでよく眠り　和田智恵　1972

妻がため一途《いちず》に生きてゆきたしと思わぬ日なし祷《いの》りつつ臥《ふ》す　滝田十和男　1985

プロポーズの言葉老妻《ろうさい》まだ覚え　園井敬一郎　1995没

ともに生きともに八十路《やそじ》や初笑《はつわら》ひ　村越化石　2007

夫婦舎を去る

何《いず》れかが死ねば出さるる夫婦舎に柘榴《ざくろ》を残し嫗《おうな》は去りぬ　内海俊夫　1982

夫《つま》の位牌《いはい》抱きて移りし独身寮今宵安《やす》けく眠らむとする　長谷川と志　1988

夫婦とも失明して

妻とわれ音と匂ひにたよりつつ干鱈《ほしだら》ひとつ焼き上げにけり　森岡康行　1964

あれが鶸《ひわ》あれが鶺鴒《せきれい》盲夫婦《もうふうふ》　須並一衛　1974

夫婦に残る一眼《いちがん》

保《たも》つこの片眼は夫《つま》の眼でもあり編針おきて温罨法《おんあんぽう》する　林みち子　1967

一つだけ病《や》まない妻の目がたのみ　前川良輔　1972

妻と吾に残る一眼雪しまく　蓮井三佐男　1984

夫婦の間

夫《つま》の事非難している女等《おなごら》の中に交りて妻の声する　中村たかし　1951

あかぎれの掌《て》をしきりに嘆く妻歩み得ぬ吾の苦しみを知らず　近江敏也　1958没

四肢整ふ夫《つま》と病み古《ふ》る我のもつ違和感寝《い》ね際《ぎわ》にしみじみ思ふ　北田由貴子　1988

風鈴の音

風鈴の音の浄土《じょうど》にゐる盲《めしい》　堀川東月　1951

風鈴を吊りてもらひし朝の部屋に可憐《かれん》なる音のこぼれくるなり　谷川秋生　1979

風鈴の音をしるべに

風鈴を聞きつつ盲人通りけり　Y・Y［尋常小6年］　1941

風鈴のわが家《や》ここよと杖とむる　秩父雄峰　1992

不自由

飯《めし》食《は》めばばらばらと口よりこぼすなり隣の友よ許して呉《く》れよ　藤井清　1956没

吾《わ》が不自由は沁《し》みて嘆かねど貧しさに堪えつつ働く妻がいとほし　加藤三郎　1966

身不自由の一大行事更衣《ころもがえ》　玉木愛子　1969没

不自由舎

重不自由寮の入居申請書きしぶる奈落の淵《ふち》におつる思ひに　林みち子　1967

職員看護の不自由者棟に移りゆくリヤカーに積む行李《こうり》と点字書　汲田冬峰　1987

不自由舎に二十年我も生き延びて七十七歳の誕生日近し　田中美佐夫　1987

不自由度調査

手を見せよ下駄《げた》履《は》けるかと問《と》はれゆく不自由度調査は長くかかりぬ　内海俊夫　1964

歩けますか一人でものが食《く》へますか答へつつ悲しくなりぬ不自由度認定調査　深川徹　1964

不揃《ふぞろ》いな指

不揃いの指が生きてるレース針　東静人　1957

五体不揃い生きる倖《しあわ》せ語り合い　藤久悦　1960

豚を飼う

親の乳房《ちぶさ》競《きそ》ひて吸へる子豚らの押しつ押されつ楽しかるらし　上村正雄　1935

母豚の赤き乳房に鼻すりつけ押し合ひてのむ子豚愛《いと》しも　T・H洋［高等小（中学）2年］　1941

よちよちとしつぽを巻きてよりて来し子豚の鼻の黒きを笑ふ　T・Y子［高等小（中学）2年］　1941

布団の重さ

行春《ゆくはる》の布団重たき恙《つつが》かな　奥山天鶴　1926

出し入れの盲《めしい》に重き布団かな　大田井春峰　1940

逢ひたしや寒夜《かんや》の布団胸に重く　片山桃里　1989没

布団を干す

干布団《ほしぶとん》叩くこだまや屋根の上　原田樫子　1932

寝具《しんぐ》干す朝の空気の清《すが》しさよ夜べのままなる月見草の花　岩井静枝　1940

秋晴るる病《やまい》に勝ちし布団干す　犬井四郎　1970

文《ふみ》を焼く

古手紙焼いて墳墓《ふんぼ》の地と定め　岡生門　1968

死を決めて書きし手紙の凸《ふり》たるを今日焼き捨つる桃の木の下　須田洋二　1968

冬支度《ふゆじたく》

くり言《ごと》を戒《いまし》め合ふて冬ごもり　松野一枝　1940

友だちとたきぎひろいや冬近し　安光［少年］　1958

木をきりし音もしずまり冬の山　Y・M之［少年］　1958

冬菜《ふゆな》

癩《らい》生きて嶺《みね》まで冬菜畑《ふゆなばた》重《かさ》ね　山本肇　1968

冬菜抱き妻海光《かいこう》を踏みきたる　須並一衛　1970

冬に咲く

名もしらぬ草が小さな花つけてゐるを見にけり冬の渚《なぎさ》に　甚三　1933

冬に咲く花あり俺も生きるのだ　山野辺昇月　1975

流人墓地《るにんぼち》の冬おだやかに菫《すみれ》咲く　和公梵字　1976

冬の海

葬列に後《おく》れて冬の海見下《みお》ろす　山田静考　1956

冬の海承知で糸を切った凧《たこ》　中山秋夫　1989

冬の蝶

ばらの咲く花壇に冬の日が照りて凍蝶《いてちょう》がひとつ花に眠れる　笠居誠一　1953

春をまつちょうちょうのはねまだ弱し　M・M［少］　1958

庭石の根にはりつきし冬の蝶　翁長求　1973

ブランコ

夕焼にブランコに乗る幼等《おさなら》の顔くれないにそめて見ゆなり　H・T［高校1年］　1952

ふらここを野分《のわき》に捨てて子等《こら》駈《か》くる　中村安朗　1961

ふるさと恋し

友達の寝顔をみれば故郷《ふるさと》の妹《いもと》の顔が目に浮《うか》ぶなり　T・S子［高等小（中学）1年］1941

誰も誰も待つ人無きに故郷《くに》恋《こ》ふる心かなしく吾亦紅《われもこう》つむ　杉野智代　1952

ふるさとの友だちこいしや秋の風　O・J［少］1958

故里《ふるさと》の河の瀬音と見たてては探《さぐ》り来てきく瀬戸の潮騒　金沢真吾　1994

ふるさとの味

芋をくい故郷《ふるさと》を思う友らかな　弥弘［少年］1958

ふるさとのお茶が飲みたし離《さか》り来て十三年目の今朝の目覚めに　双葉志伸　1960

奥球磨《おくくま》は妻のふるさと鮎《あゆ》甘味《うま》し　量雨江　1970

信濃より朴葉《ほおば》の味噌をたまいたり生きているよの便《たより》に代えて　入江章子　1991

ふるさとの唄を歌う

沖縄の人等《ひとら》唄へる節《ふし》悲し故郷《ふるさと》慕《した》ふ小唄《こうた》なるかも　上村正雄　1929

秋宵の浜に肩組み保育所の子らは唄へりふる里の歌　内海静波　1952

故国《くに》遠く独り病む身の如何《いか》ならん小声に友はアリラン歌う　林みち子　1982

故郷《ふるさと》を捨て来しわれら「ふるさと」を声あはせ歌ふ年の終りに　千葉修　1983

ふるさとの新聞

ふるさとの古新聞よ癩《らい》われの偽名の歌がひとつ載《の》りをり　洲間新吾　1951

離《さか》り住む思ひ淋しく日遅れの故郷《さと》の新聞くり返し読む　北海薫風　1956

故郷《ふるさと》の新聞にて父の死を知りぬ一行のみのつめたき活字に　鏡功　1959

産業の小さき記事もうから住む故郷《さと》に拘《かか》はれば丹念に読む　田原浩　1960

病む身には帰ることなきふるさとの新聞に載るわが詠《よ》みし歌　北村久子　1968

小包の皺《しわ》を伸ばした郷土版《きょうどばん》　島洋介　1973

ふるさとの土

終戦を盲友《とも》は喜び帰り来し沖縄の土を泣きつつ撫《な》でおり　松岡和夫　1955

きな粉の香《か》故郷《こきょう》の畑《はた》の土を恋《こ》い　岡生門　1968

命ありて再び故郷《さと》の土を踏むふみつつ心あふれ揺《ゆら》げり　北田由貴子　1973

故郷《ふるさと》の土を忘れぬ足の裏　太田千秋　1980

ふるさとのニュースを聞きたい

ふるさとの聞きたいニュース短かすぎ　早川三四郎　1960

古里の天気予報を聞いて病む　中山秋夫　1989

ふるさとの水

ふるさとの水を忘れぬのど仏《ぼとけ》　小山冷月　1960

熱の夜は捨てた故郷《こきょう》の水を恋《こ》い　猪狩子面坊　1970

逝《い》った妻欲しがった水郷里《さと》の水　山野辺昇月　1970

ふるさとの井戸の水にて顔洗ふ四十五年の涙を洗ふ　森岡康行　1985

ふる里の井戸水恋し酷暑《こくしょ》の日　高野明子　1999

ふるさとの餅《もち》

面会の母と餅焼く小正月《こしょうがつ》　鈴木芳月　1953

ふるさとの山の姿で餅が焼け　及川南洋　1963

母なればこそもちしょってきてくれる　松下峯夫　1972

焼くからにかぐわしき香《か》を漂《ただよ》わす餅よ土光るわがふるさとよ　太田正一　1985

ふるさとは今

この夜らを河鹿《かじか》鳴くらむ故郷《ふるさと》の山国川の川床《かわどこ》にして　岡静江　1929

戴《いただ》きし蛍《ほたる》飼ひつつなつかしむ故郷《こきょう》は今し田植時なり　小川喜代子　1939

学校に行き帰る道に思い出す故郷の友よ元気であるか　馨［少年］　1958

ふるさとを捨てる

川より運びし石を墓標に積み置きて家族悉《ことごと》くふるさとを去る　伊藤輝文　１９６５

骨肉《こつにく》離散冬の銀河の尾短かし　新井節子　１９６５

病む吾と老いたる母を残し置きて兄ら夫婦は家を去りたり　黒木祐孝　１９６８

わが生れ育ちし家をうから等《ら》は捨てしといふか茅《かや》ぶきの屋根　山岡響　１９８０

わがらいの故《ゆえ》にふるさと出《い》でゆきしちちはは思ふ姉らをもおもふ　岡村健二　１９８３

家系恥じいずれも家業棄《す》てゆきて残されし母が七十を越ゆ　滝田十和男　１９８５

吾《わ》が入院村に知らるるを怖《おそ》るれば妻等《つまら》は陸奥《むつ》に遠く移りぬ　鬼丸一郎　１９８８

ふるさとを出た日

峠《とうげ》まで吾《わ》が自転車の後を押す妻と別れて故里《ふるさと》を出《い》づ　青木伸一　１９６５

行方不明と偽《いつわ》り出《い》でしふるさとの慟哭《どうこく》のごとき潮さゐ［騒］を聞く　北田由貴子　１９８１

兄の漕ぐ舟に病む身を潜《ひそ》ませて故郷《ふるさと》出でし夜の月顕《た》つ　北田由貴子　１９８１

喜びて故里《ふるさと》を出でしは十一歳の秋なりき哀《かな》しき病《やまい》と知らず　宿里礼子　１９８８

花吹雪《はなふぶき》生家《せいか》を出でし日の如く　後藤房枝　１９８９

小学校卒《お》えしばかりに家出づるを隠れ見送りいしははそはの母　入江章子　１９９８

故郷《くに》を出たその日の涙今も拭き　高野明子　１９９９

触れさせる

重《かさ》なりて実《みの》りてゐしと夫《つま》吾を手引きて探らすトマトのいくつ　渡波洋三　1972

落葉松《からまつ》の芽吹《めぶ》く小枝《こえだ》を持ち帰りわが唇にふれしむ妻は　武内慎之助　1973没

顔ほどのサボテンの花今朝咲くと妻は我が手を取りて触れしむ　沢田五郎　1991

風呂あがり

朝ぶろの帰りにあえり春の風　A・A〔少〕　1958

ふろあがり風にふかれて若葉道　M・M〔少〕　1958

風呂で足を伸ばす

癒《い》えた足風呂場で思い切り伸ばす　鈴木一葉　1965

幾年《いくとせ》か苦しみし足切断し傷癒えていま湯舟《ゆぶね》に浸《ひた》る　田辺達雄　1966没

プロミンが効いて

母の顔浮《うか》び来る度《たび》励まされプロミン注射に今日も通《かよ》えり　中島住夫〔中学3年〕　1952

新薬注射の選抜にもれたらちねの愛にて購《あがな》ふ八十本あまり　中津葦子　1953

プロミンに命救われ句を作る　田中美佐夫　1994

プロミンの後遺症

プロミンに癒《い》えゆくものの多くなりて友愛の失はれゆくと言ふこゑ　多山良一　1959

プロミンは両刃《もろは》の剣《つるぎ》ハンセン病癒えて慢性肝炎を病む　山岡響　1995

プロミンにつぶるる血管あきらめて足のみに射《さ》す点滴の針　飯川春乃　1996

噴水がきらきら

噴水の虹が立ちをり花の上　高嶋暁風　1940

噴水の直《す》ぐなるを見て心決《けっ》す　蓮井三佐男　1984

文選工《ぶんせんこう》われ

水洟《みずばな》をすゝり文選はかどらず　田中爽生　1951

文選に再び立ちし日も浅く倒れて死にし君若かりき　内海俊夫　1973

兵として病む

足二本国に捧《ささ》げて忘れられ　遠藤芳富　1960

重監房《じゅうかんぼう》に虫けらの如く死にゆきき戦争の陰にらい病みし果《はて》に　浅井あい　1985

死の宣告受けたるままに帰還して生き伸び歌詠《よ》み続く四十二年　島田秋夫　1990

平熱

熱のなき二時間ばかりが稀《ま》れにありてその一日がいたく和《なご》まし　野添美登志　1939没

平熱の朝はベッドに笑い声　田中美佐夫　1972

熱のない一時《ひととき》祈りの時にする　高野明子　1999

平凡に生きる

平凡な療養者にて終へゆかむ病み衰へし日に願へるよ　木谷花夫　1959

平康《たいら》なる日日といはむか吾が獲《と》りし一と筵《ひとむしろ》の落花生陽《ひ》の庭に干す　光岡良二　1968

平凡な盲《めしい》の月日笹子《ささこ》鳴く　渡辺城山　1983

梅漬けて又平凡な日のつづく　渡辺城山　1983

平和を願う

力もて隔離されいし日を思ひ武力で保《たも》つ平和はうそだ　笹川佐之　1956（自死　35歳　1958）

不幸なき戦争なき世を祷《いの》るべしわが嬰児《みどりご》の日日育ちゆく　横山石鳥　1959

草原にころがり遊ぶこの子らに戦ひの銃とる日あらすな　萩原澄　1968

目《め》しい我も基地撤廃に加わりて平和の歌を声強く唄う　上村真治　1976没

平和ゆえにああ平和ゆえに仰ぎ見ぬも燃ゆるごと輝く島の茜《あかね》を　松岡和夫　1989

蔑視《べっし》に耐える

しぶきあげ子供らあそぶ上流にごみ捨てて去る町の人たち　猪飼敬民　１９６３

上流に癩者《らいしゃ》の住むをはばかれる人多くしてこの川よごす　猪飼敬民　１９６３

定時外は便器替えぬと立つ助手の蔑視に耐えて終る一生《ひとよ》か　泉安朗　１９８７没

何時《いつ》の世も芥《あくた》の族《やから》にされて来し癩者の清き叫びをぞきけ　新谿生雄　１９８８

ベッドが空《あ》く

昨日までベッド並べて語りたる友のはふり［葬］の鐘きこゆなり　前田紅夢　１９３５

春愁《しゅんしゅう》や右も左も空《あき》ベッド　早川兎月　１９４０没

春日射す窓のベッドに移りしが幾日《いくか》経《へ》ずして死にゆきし妻　太田三重夫　１９５３

春の雷《らい》ベッドに逝《ゆ》きし人の窪《くぼ》　渋沢晃　１９６５

死者たちの愛に渇きし鋳型《いがた》ともベッドの窪に心ただるる　島田茂　１９８２

偏見

衣類買ふ時すら柵のへだてあり手をふれし物は買はねばならず　山川草木　１９５８

葬式に招《よ》ばぬ言ひ訳《わけ》ながながと義弟より座敷の片隅に聞く　矢島忠　１９７０

帰りたがる吾をいましめ家を継《つ》ぐ兄はまはりの偏見に怯《おび》ゆ　苅田省三　１９８２没

偏見を持たぬ人

病むわれの茶も嫌《きら》はずに飲みゆきし人夫《にんぷ》らはまた穴掘りはじむ　壱岐耕人　1955

小舟にて迎へに来し友らの病む貌《かお》をこの海港《かいこう》の人らあやしまず　光岡良二　1968

われゆえに離縁され再婚し気丈《きじょう》になり二人の孫を守る姉かも　千葉修　1970

地引網《じびきあみ》をともに引きたる村人の顔が浮《う》かびくる夜のベッドに　浜崎三之助　1976

遍路《へんろ》　（療養所の病者も、遍路した過去を持つ。）

黄昏《たそがれ》てまだ宿《やど》とらぬ遍路かな　平松葦舟　1938

見え隠れ菜花《なばな》縫ひゆく遍路かな　山水紫水　1938

松の花遍路の笠に散りこぼる　牛山虎萬鬼　1938

大漁の浜伝ひゆく遍路かな　白木月萃　1940

かんばせや月光に濡れ露に濡れ　秋山松籟　1940

久闊《きゅうかつ》のたがひに遍路すがたかな　山本暁雨　1940

雪掻きに遍路加はる奥の院　桂自然坊　1988

仏足石《ぶっそくせき》法輪《ほうりん》なぞる盲遍路《もうへんろ》　桂自然坊　1988

遍路杖《へんろづえ》真白に塗りて盲《めしい》なり　児島宗子　1989

遍路径《へんろみち》綿虫《わたむし》低く舞ひゐたり　白井米子　1989

遍路して果《は》てる

鉦《かね》うちて塀外を通るを聞けば恋《こい》いし四国にゆきて果てし父のこと　伊藤保　1939

巡礼の半ばに逝《ゆ》きて被《き》せられし莚《むしろ》に木漏日《こもれび》揺れてゐたりき　北田由貴子　1981

遍路して果てるを願う

崩れゆく病《やまい》の父を連れ母は四国巡礼に出《い》でてゆきにき　山本吉徳　1975

古里《ふるさと》に住める病《やま》ひにあらざれば四国巡《めぐ》りせむと言ひし父亡《な》し　内海俊夫　1982

戒名《かいみょう》を享《う》けて遍路の旅に出《い》づ　桂自然坊　1988

補陀落《ふだらく》の海へ遍路が経《きょう》を誦《ず》す　桂自然坊　1988

紙魚《しみ》光る父の遍路の朱印帳《しゅいんちょう》　後藤房枝　1992

遍路して物を乞《こ》う

ほうしや［報謝］乞ふ女遍路の声寂し　大竹水都　1938

ところも名も秘めて果つるを希《ねが》ひたりき遍路となり巷《ちまた》に物を乞ひつつ　野添美登志　1939没

妙齢《みょうれい》の遍路が喜捨《きしゃ》を戴《いただ》けり　桂自然坊　1988

魁《さきがけ》の遍路の鈴よ梅ふくらむ　蓮井三佐男　1990没

この夕べ巷の音にまじりゆく托鉢《たくはつ》の鈴《りん》ひとつ澄みつつ　入江章子　1991

遍路の子

笠とれば目元すずしき遍路かな　金子東雲　1932

逝《ゆ》きし娘《こ》によくも似て居る遍路かな　鶴田玄海　1935

切髪《きりがみ》の若き遍路や連れ子して　近藤最洪　1938

子遍路《こへんろ》が母に倣《なら》ひて南無大師《なむだいし》　桂自然坊　1988

子遍路の頭を撫《な》でる数珠《じゅず》をもて　桂自然坊　1988

げんげ田が浄土《じょうど》親子の遍路には　桂自然坊　1988

遍路の果てに入園する　（終生遍路［＝死ぬまで遍路し続ける］をやめ、療養所に収容される。）

新患者遍路姿で来《きた》りけり　伊集院杖児　1935

癩園《らいえん》に遍路姿で入院す　児島宗子　1989

望郷台《ぼうきょうだい》

望郷台にのぼれば聞《きこ》ゆ遠き日の母のみ声がそのまま胸に　K・S［少］　1954

望郷の丘の南に光り澄む母恋《こ》ふる星妻とみし星　隅広　1978

小鳥来るここを望郷台とせり　富田ゆたか　1981没

望郷台汗して築きくれし人ら早くし逝《ゆ》きてよき世を知らず　大津哲緒　1983

包帯

巻き換へて貰ひし包帯白々《しらじら》と今宵は少し痛みとれたり　T・H洋［高等小（中学）2年］　1941

午前二時頭の包帯を巻きなおし浄《きよ》くあらむと又目をとづる　国本昭夫　1953

いちごとり白いほうたい露にぬれ　藤香［少女］　1958

頰被《ほおかむ》り

頰冠《ほおかむ》り童《わらんべ》もして麦を踏む　田中みづほ　1936

風花《かざはな》や砂利採《じゃりと》りみんな頰被り　伏野卜居　1940

鬼灯《ほおずき》

窓下を鬼灯鳴らし行く娘《こ》ありかそけき髪の香り愛《いと》しも　橋本夜声　1926

唇に触るれば苦《にが》き鬼灯も子供の頃は無心《むしん》に含みき　福島まさ子　1993

誇りにおもう

縫ひものの巧《たく》みなる手よとおのれ賞《ほ》めこよひ黒子《ほくろ》ある掌《て》をみする妻　伊藤保　1960

指欠《か》けし手に鎌《かま》を縛《しば》り草を刈り働く幸《さち》を誇りに思ふ　田上稔　1988

実は熟《う》れて真紅《しんく》に燃えし夏はぜはたった一つの自慢の盆栽　加賀谷幸蔵　1988

干柿

送り来し干柿を妻と食《は》みながら幼《おさな》き頃をしのびて語る　伊藤茂葉　１９４６没

干柿の甘さの中にある故郷《こきょう》　舞島白露　１９５７

星になる

キラキラと星の輝く夜空みて召《め》されて征《ゆ》きし先生を思えり　山本シメ子［少女］　１９５８

幾万《いくまん》の星から亡妻《つま》の瞳《め》をさがす　田中京祐　１９７８

星になれたらきっと見つけて下さいね　辻村みつ子　１９９２

ボス

堕《お》ちて来しせまきこの園にああかくもボスありブルあり常に抗争す　田島康子　１９５３

癩園《らいえん》に住み古《ふ》る人にへつらへる過ぎし習慣がありて争へり　高野房美　１９５３

蛍《ほたる》

蛍籠《ほたるかご》の蛍を見つつ故郷《ふるさと》の河原の夜の思ひ出さるる　中村君江　１９３９

ほたるがりたんぼにおちてぬれねずみ　U・M［少］　１９５８

カーテンは閉めずに寝《い》ねむ玻璃窓《はりまど》につつましく光る蛍のをれば　真杉佐登志　１９５８

骨を嚙《か》む

仲間の死を深く悼《いた》みて葬《はふ》りをば骨嚙《ほねが》みと言へり炭鉱人は　政石蒙　1989

骨を嚙む思ひに仲間とつくりたる遺句集《いくしゅう》成《な》りて秋深まりぬ　政石蒙　1989

保母の死　（保姆＝保母。同じ病者。）

保姆様《かあさま》に死水つけつつ胸せまり慈愛のかずかずおもひ浮かべぬ　重子［高等小（中学）2年］　1941

肉身を失ひし如く保姆《はは》の死は我らの心に強くひびけり　M・K子［高等小（中学）2年］　1941

永久に眠りし保姆《はは》をおもひ出し我ら淋しく床《とこ》につきたり　T・S子［高等小（中学）1年］　1941

本の記憶

眼《まなこ》よき日によみおかむ幾冊を枕べに置き眠るかなしも　甲斐八郎　1952

かつて読みし小説など記憶に辿りつつ眼を病む今の感動となす　松島朝子　1952

本棚の奥で昔が呼んでくれ　岡生門　1994

ポンポン船　（1＝邑久光明園と長島愛生園の二つの療養所の地名。2＝新患が乗っている合図。）

今朝は雨虫明《むしあけ》[1]通ひの小蒸気《こじょうき》の青き小旗[2]はなびかざりけり　てるを　1933

入園の人あるらしもこの夜更けぽんぽん船《せん》の近づく音す　壱岐耕人　1942

本名《ほんみょう》

秘《ひ》めている我が名を呼んでみる孤独　島洋介　1963

本名をわがなのるまでの苦しみをいっきに語り涙ぐみたり　金夏日　1990

本名捨てて人間回復とは何か　辻村みつ子　1992

孫

おそるおそる首の坐《すわ》らぬ孫を抱く麻痺《まひ》の吾《わ》が手の中にやはらかし　青木伸一　1975

別れ際《ぎわ》に眠りいる子を抱きあげて抱かせくるる嫁はためらいもなく　内田よし　1978

それ程にわが耳遠きか口よせてもの言ふ孫らに時に腹立つ　三村辰夫　1988

まだ生きている

畑打つ吾《わ》が鍬先《くわさき》をまぬがれし青き蟷螂《とうろう》の命想へり　太田三重夫　1953

盲《し》い果《は》ててまだ死なずおり戦争を呪《のろ》いつつ我はまだ死なずおり　田村史朗　1959

渡されし骨《こつ》ひろひの箸《はし》を持ちなほし確かにわれはまだ生きてゐる　松浦扇風　1963

枯木《かれき》立つ奪はるるもの奪はれて　氏原孝　1974

落蟬《おちぜみ》の拾《ひろ》へば命ありにけり　金田靖子　1980没

まだ生きる蟷螂を旭《ひ》の方に掃く　須並一衛　1983

待合室

おのおのも訛《なま》り言葉の面白し注射待つ間《ま》の朝の控所《ひかえじょ》　森光丸　1938没

みじろげば待合室の木の椅子が軋《きし》むそれぞれに重い患部をいだき　朝滋夫　1972

待ちわびる

面会に来ると告げ来し父を待ちて子供の如く夜をいねらえず　上村正雄　1935

来ると云うたより嬉しく浜に佇《たち》ち　仁井ユキミ　1955

会いに来る便《たよ》り嬉しく敷いて寝る　泉木太八　1957

吾子《あこ》連れて来るとふ文《ふみ》を受けてより千秋《せんしゅう》の想ひにてその日を待ち居り　栄正子　1963

還暦《かんれき》をすぎても嬉し母来る日　大川陸奥夫　1970

予報晴れ明日着く母を待ち早寝《はやね》　新田一二三　1980

一年に一度か二度かかり来るうからの電話われは恋《こ》い待つ　浅井あい　1985

松葉杖《まつばづえ》

忠魂碑《ちゅうこんひ》ぢつと見てゐる松葉杖　坂本無茶　1940

傷癒《い》えず蟻穴《ありあな》つぶす松葉杖　山本肇　1968

冬枯《ふゆがれ》や地に力こめ松葉杖　陸奥亀太郎　1974

祭り

癩園《らいえん》の中を樽御輿《たるみこし》担ぎ廻る児童《こら》いとほしと思ひつつ見る　楠山水　1957

紅白粉《べにおしろい》つけて背中の子も祭　鈴木啓二郎　1957

祭笛瞼《まぶた》に芋の煮ころがし　高野明子　1980

まつわりつく

這《は》ひまはる足なき吾《われ》の曳《ひ》きずりし寝巻の裾に仔猫じゃれつく　大田井敏夫　1965

書きてゆくペンにしきりにまつはりてインコも独《ひと》り寂《さび》しからむか　林みち子　1973

盲人《もうじん》と知るや知らずや杖をひくわが足元に寄り泣く仔猫　飯川春乃　1996

学舎《まなびや》

放課後のひた降る雨や教室に帰りはぐれてわらべ居るなり　大野流花　1935

教室の机につきて前みれば今日も休みし人一人あり　長浜しん子［尋常小6年］　1941

教室のガラスなき窓よ雨そそぎカーテンぬれてしずくしたたる　中島住夫［中学3年］　1952

勉強の時間となりて帰りたれば机に向《むか》えり幼子《おさなご》二人　梅津里野［中学3年］　1952

新しき高校生の教科書を手にとる喜びこの上もなし　K・Y子［高校2年］　1952

世に出《い》づる希《ねが》ひ持ちてゐむ癩院《らいいん》の子等《こら》はひたすら夜学にはげむ　辻瀬則世　1952

麻痺《まひ》の足

足の腐骨《ふこつ》削られてゐて痛くなし麻痺の深さの悲しみにあり　久保田明聖　1962
大掃除終えし畳の清《すが》しさの麻痺せし足に伝わりて来《こ》ず　赤城たけ子　1965
どのくつもなじんでくれぬまひの足　和田智恵　1972
麻痺の足踏みごたへなし雁渡《かりわたり》　大石栄一　1974

麻痺《まひ》の手

麻痺の手の火傷《やけど》しやすし餅焼くにも魚焼くにも長き箸使ふ　久保田明聖　1962
左手にて用を足《た》すこと多くなり左手たふとし右手いたまし　光岡良二　1968
ストーブへこわごわかざす麻痺の指　鎌田娘雀　1970
まひの手でズボンがはけた朝の幸《さち》　田中美佐夫　1982

まぶたに描く

母の顔まぶたにありて障子はる　しげる［少年］　1958
目つむればふるさとだけの夜になり　松岡あきら　1982
ふるさとが布団かぶると見えてくる　田中美佐夫　1994
目の中がふるさとになる稲の波　高野明子　1999

まぶたの麻痺《まひ》

眼帯をはずせば春の池まぶし　しげる［少年］1958

閉ずるなく萎《な》えしわが目に炎天の光はしみて押してくるなり　太田正一　1970

寝ていてもまぶたが閉じぬ目のかわき　田中美佐夫　1994

ままごと

咲き匂う白きアカシヤの花とりて今日も遊べり花屋ごっこを　梅津里野［中学3年］1952

長雨や人形で遊ぶ幼子等《おさなごら》　S・M子［中学3年］1952

ねえさんはマーガレットの花かんざし髪につけてマーガレットの君　吉永久江［少女］1958

眉を植える

植毛の眉得し妻は鏡見て変りし顔ににこにことゐる　志村清月　1956

雁《かり》かへる眉植ゑて少女明るしや　山本肇　1968

眉を失う

癩《らい》我の日々うすれ行く眉毛をば鏡を出してしばし見ており　井上敏雄［高校生］1952

ばった追ふ児《こ》や無眉《むび》の額《ぬか》光らせて　宇田川涙光　1974

万葉集を読む

亡き父が汚したまへる万葉集に朱筆《しゅひつ》入れつつわが読み始む　伊藤保　1939

十数倍にうつりしレンズの文字すがしむさぼりて読む万葉の歌　村上多一郎　1970

点訳をしてもらいたる万葉集一首一首に秋の夜《よ》深む　森山栄三　2001

見えぬ目で見る

菊人形見えざるものに眼を据《す》ゑて　桂自然坊　1988

見えぬ目に青き空見ゆ雪雫《ゆきしずく》　後藤房枝　1992

見送る

見返れば娘も見返つて別れたり　山川酔夢　1940

妻の帰るバスのほこりの中に立ち　高野金剛　1972

雪の中帰りし父よ永遠の別れとなるを思ひみざりし　飯川春乃　1996

味覚が衰《おとろ》える

匂ひなく食《く》ふ飲食《おんじき》の味気なさ今に至りて病《やまい》を思ふ　津田治子　1959

ものの味衰ふ舌に蕗《ふき》の薹《とう》少年の日の土の香を持つ　山岡響　1988

みごもる

癩園《らいえん》に妊《みごも》りたれば妻の上《え》に挑み来る仮借《かしゃく》なき声よ眼よ　木谷花夫　1959

ライのため胎児おろすと悲しめる声隣室より聞《きこ》え来るなり　金夏日　1970

短い命ならば

短かかる生命《いのち》と思《も》へばいつはらず心のままの歌を詠《よ》みたき　宇田川克衛　1937

癩《らい》病みて短き命なれど歌を詠みむだなき月日を一筋に生きん　笹川佐之　1948（自死35歳　1958）

世に絶ゆる癩者と思《も》へば後《のち》の世に生《い》けるしるしの歌ぞ残さむ　味地秀男　1953

ミシンを踏む　（1＝保姆・保母も同じ病者。）

ミシン踏むお保姆《かぁ》[1]さんの顔は豊かなり窓より朝の風這入《はいり》つつ　I・S子［高等小（中学）2年］　1941

ミシンふむ真面目な顔に春の風　M・M子［高校生］　1947

欲しいとは言はねど光る妻の眼よミシン踏む音近くにすれば　山河潔　1953

水争い

水喧嘩《みずげんか》あなどりがたき女かな　田中みづほ　1936

叔父《おじ》甥《おい》もなく争ふや水不足　白木月卒　1936

水子地蔵《みずこじぞう》

生むことを許されざりし子を思ひ水子不動に水をかけやる　岩本妙子　1989

水子地蔵女だまって水かける　辻村みつ子　1992

水不足

これほどによき雨降れどみな海に流して我等《われら》水に苦しむ　太田井敏夫　1955

渇水期の島よ蛇口《じゃぐち》が絶望にちかい韻《おと》たてて吐く水の量　朝滋夫　1972

水枕《みずまくら》

水枕寝嵩《ねがさ》淋しくなりにけり　高野空生児　1932

おくれ毛の妻が愛《いと》しい水枕　三浦三狐　1940

氷割る灯《ひ》だけが起きている病舎　浜口志賀夫　1961

死に勝った音がごぼんと水枕　青葉香歩　1970

味噌汁

味噌煮るや早梅《そうばい》の香のこぼれ来る　不動信夫　1982

このあした油菜《あぶらな》の味噌汁吸いおればば古里思《おも》おゆ亡き母思《おも》おゆ　田中三佐夫　1987

満ち足《た》りる

冷たさが冷たしと思へる親しさよ雪にまみれて足《た》らへる心　藤本とし　１９５３

満ちたらふ今日の山路や枝撓《たわ》めあららぎの実を口《くち》づから食《く》ふ　秩父明水　１９５６

わずかなる黒糖《こくとう》なれど祖国《くに》に住む君に送りて心足らえり　里山るつ　１９６５

弱視吾《わ》が漸《ようや》く縫ひあげしカーテンをかけ急ぎつつ心満ちをり　中野加代子　１９６８

父よりの賀状一葉《いちよう》受けて足る　和公梵字　１９７６

見えぬ眼にバラを褒《ほ》められ足りゐたり　室岡喜久男　１９８９

道に敷く

大霜《おおしも》やぬかるみに敷く炭俵《すみだわら》　田島飲光　１９２６

家裏《いえうら》も表も厚く敷き入れし石炭殻《せきたんがら》にふる雨きこゆ　津田治子　１９５９

割瓦《われがわら》集めて庭のぬかるみに吾は敷き置く目《め》しい夫《つま》のため　石井加代子　１９６５

道普請《みちぶしん》

山躑躅《やまつつじ》君が拓《ひら》きし道の辺《へ》に空《むな》しく咲きて人今はなし　山形武山　１９３３

葉桜《はざくら》や患者総出《そうで》の道普請　渡邊一伸　１９３５

筵《むしろ》二枚持ちて這ひゆく路作《みちづくり》朝顔の種子《たね》を蒔《ま》きて安らぐ　荒谷哲六　１９４３没

身づくろい

踊娘《おどりこ》や闇にまぎれて身繕《みづくろ》ひ　早川兎月　1932

真白《まっしろ》い服もきちんと春の朝　千恵子［少女］1958

容赦《ようしゃ》なくうつす鏡に向《むか》ひゐて病みくえし身の衿《えり》をととのふ　林みち子　1967

身仕舞《みじまい》のきちんと夏を病む女　松原雀人　1977

面会よと告げられたれば身づくろう手ももどかしく帯を結びぬ　今野新子　1988

見てごらん

桜んぼが葉蔭に生《な》ると朝の庭掃きつつ妻ののどかなる声　鷹取峯夫　1953

病む妻へ朝顔の鉢抱いて見せ　田中明　1970

盆栽に葉水《はみず》を注ぐ如露《じょろ》よりの小《ち》さき虹輪《にじわ》に妻を誘ひぬ　佐藤一祥　1975

夫《つま》に誘はれベッド降《お》り来て窓の月見てゐるわれの心弾《はず》み来《く》　北田由貴子　1986

初《はつ》もぎの茄子《なす》嬉々《きき》として妻が呼ぶ　影山晴美　2003

看護合《みとりあ》う

相知らぬ我に一夜をみとらるる人の眼蓋《まぶた》の皺《しわ》だちを見守《まも》る　明石海人　1939

看《み》とり合ふそれぞれ他人冬苺《ふゆいちご》　秩父雄峰　1992

緑がいっぱい

たちかへる春はよきもの朝毎《あさごと》に緑《あお》を孕《はら》みて山迫り来る　吉田友明　1941

戦いに変り果《は》てたりとわが聞きし沖縄の緑あかず見て立つ　松岡和夫　1955

清水にゐる牛の白のみ万緑界《ばんりょくかい》　須並一衛　1974

骨埋めるつもりの丘にある緑　田中美佐夫　1994

新緑の故郷まぶたの裏で萌《も》え　高野明子　1999

看護疲《みとりづか》れ

筆とればみとり疲れや花の雨　水野民子　1938

みとり女《め》の偶《たま》の昼寝や起《おこ》すまじ　水野竹声　1939

疲れたと言わず看護《みとり》の妻早寝　太田千秋　1980

蓑虫《みのむし》

みの虫のあちこちの木にぶらさがる　しげる［少年］　1958

血縁者ことごとく果《は》て隔離の地に病みをれば親し枝頭《しとう》の蓑虫　双葉志伸　1966

蓑虫や仮名《かめい》脱ぎ世に出るはいつ　宇田川涙光　1974

顔出して蓑虫風を伺《うかが》へり　岡村春草　1979

耳法楽《みみほうらく》

客去りて元のひとりに虫浄土《むしじょうど》　山本暁雨　1957

病人の耳を遊ばす籠《かご》の鳥　松島不在　1957

麻痺《まひ》とれし耳敏感に北風を小鳥のこゑを受けとめくるる　森岡康行　1985

耳の幸《さち》我にまだあり蟬《せみ》の声　湧川新一　1987

土産《みやげ》

ふるさとの苔《こけ》のつきたる軽石《かるいし》を土産にと姑《はは》は携《たずさ》へてきぬ　佐藤一祥　1975

やがて会う甥《おい》や姪《めい》らの土産にと撰《えら》び置きたる夜光貝磨《みが》く　上間源光　1975

我に賜《たま》う土産のブラウス着せにつつ先生は色と柄《がら》など語りてくるる　里山るつ　1982

身寄りがない

父母《ふぼ》あると問《と》へば無邪気に顔ふりて鬼灯《ほおずき》を吹く少女かなしも　橋本夜声　1926

友は皆年賀状など出し居《お》れど我には送るみよりあらなく　岡静江　1939没

みよりなき癩院《らいいん》の児等《こら》が交際に心用《もち》ふるをあはれと思ふ　高原邦吉　1943没

手花火《てはなび》や親の無き児《こ》をかこみつつ　平松葦舟　1953

病み果ての無縁《むえん》の死なり燭《しょく》寒し　金子晃典　1984

身寄りなきふるさと

父は逝《ゆ》き母はいつしか嫁《とつ》ぎしと告げ来し文《ふみ》に我は泣きけり　鎌田品子　1926

父母《ちちはは》の亡きふるさとの家に寝てよするものなき心いたはる　綾井譲　1940

身寄りとてなき故郷《ふるさと》や盆の月　里見一風　1953

二十五年われの病むまに戸籍簿に吾ひとりのみ生き残りたり　津田治子　1956

この海に育ちて病みて離《さか》りたる町にし残る一人の戸籍　大津哲緒　1976

朝明《あさあ》けし瀬戸の島じま進みきて父母《ちちはは》の亡き古里を踏む　内海俊夫　1982

うからなく家もあらざる古里にわれを包みて山あたたかし　林みち子　1987

故郷《ふるさと》の川瀬が研《と》ぎし青き石持ちて帰らむ旅の終りに　泉安朗　1989

身を持てあます

ひたすらにしはぶきしつつ癒《い》ゆるなき病《やまい》に遂《つい》につかれ果てんとす　武田牧水　1933没（自死28歳）

徒然《つれづれ》に囲《かこ》ふ碁なれどなぐさまず碁石は匙《さじ》にすくひとりつつ　綾井譲　1943

病室はたいくつばかりひばりなく　光夫［少年］　1958

この疲れ無為の故《ゆえ》より来るならむ水屋《みずや》を拭《ぬぐ》ひ手すりを磨《みが》く　森岡康行　1964

もてあます無菌《むきん》になった後遺症　東一歩　1975

物として寒《かん》の畳に坐《ざ》しゐたり　村越化石　2007

みんな土に還《かえ》る　（1＝武蔵野には多磨全生園がある。）

武蔵野の土となるべく今日も又一人野に出て畑《はた》を耕す　山口頂風　1932没[1]
武蔵野の土となるべく畑打ちぬ　熊倉双葉　1940
療園の土となる気の花を植え　茅部ゆきを　1960
人も木も亡《ほろ》びほろびて形なく土にかへるを安《やす》らひとせり　鈴木楽光　1979

無一物《むいちもつ》

世に残す何物もなし朝床《あさどこ》に目ざめつつ居て命いとほし　中田不二也　1937没
枇杷《びわ》の実は熟《う》れるはしからもぎ去られ雨にずぶ濡れの樹よ無一物　朝滋夫　1972
奪はるるもの何もなき気軽さよ闇を流るる風に添ひゆく　政石蒙　1989

無縁の墓

阿旦《あだん》の実《み》つぶらに青し無縁墓地　竹野五郎　1960
無縁墓かたまり合うて露涼し　原田一身　1979
山鴉《やまがらす》墓碑なき墓地の柿つつく　不動信夫　1982
ほととぎす湯女《ゆな》と書きあるのみの墓　白井米子　1989
わが家族H病に離散し父の墓、母の墓すら在《あ》りどを聞かず　永井静夫　1997

向《むか》い風だから

走らねば倒れる今日の向かい風　島洋介　1973

向い風だから女は胸を張る　辻村みつ子　1992

もう少し生きねば風に向いて立つ　影山晴美　2003

麦刈

麦かりやならんで光るかまのさき　八重子［少女］　1958

麦をかる手のふしいつか固くなる　洋一郎［少年］　1958

麦笛を吹く

少年や麦笛吹いて麦の中　坂内雪峰　1932

男《お》の子等の去りたる畑《はた》は麦のほのいたくすてあり笛つくりたるらし　T・Y子［高等小（中学）2年］　1941

麦笛に憶出《おもいで》遠くなるばかり　平井ひろみ　1951

無菌証《むきんしょう》

療園を去りゆくわれの証明書「伝染のおそれなき故《ゆえ》退園を許可す」　城郁子　1965

百度《ひゃくど》踏む母に見せたい無菌証　東一歩　1970

無菌《むきん》となりてうれし

無菌者となりたることのうれしくて野行《のゆき》山行《やまゆき》一日《ひとひ》遊びぬ　深川徹　1964

菌出《い》でずなりぬと言はれほのぼのと身に甦《よみがえ》るあたたかきもの　鈴木楽光　1979

無菌となるもむなし

運賃が割引になるのみの福祉手帳無菌となりてわが受けしもの　鏡功　1959

手も足も麻痺《まひ》しめしい[盲]しわれやいま無菌と言われぬ信じがたしも　浅井あい　1960

繰返《くりかえ》す菌の検査に陰性と言はるるも空《むな》し今は盲《めし》ひぞ　山下初子　1966

無菌なりといいはれつつ[尽]きていく年か本土の道を踏むこともなく　山口初穂　1980

遅過ぎた無菌義眼《ぎがん》に慣れて生き　五津正人　1988

帰るべき家なくなりし今にして無菌証明書われが手に受く　吉田美枝子　1988

虫の死

産卵を終へし最後の鈴虫の死にたる瓶《びん》に砂平《たい》らなり　鏡功　1980

蟬《せみ》の屍《し》を蟻《あり》むらがりて引きあへる一夏《いちげ》の果ての寂莫《せきばく》に会ふ　朝滋夫　1980

白菊にすがりて死ぬる胡蝶《こちょう》かな　吉田香春　1990

生きてゆくものの営《いとな》みかなしけれバッタを引きて蟻が群《む》れゆく　宿里礼子　1998

虫の音《ね》を聞く

隠れ家《が》に在《あ》りし昔を偲《しの》びつつ虫聞きをれば涙こぼるる　八木牧童　1930

（1＝療養所に入るのを拒んで隠れ病む。）

虫の声はたと鳴きやむ淋しさよ　藤原登喜夫［中学3年］　1950

虫の音を聞きつつ妻と此の宵を月の涼しさに寝惜《ねお》しみて居《い》る　村山義朗　1953

月が出て庭のこおろぎ鳴き出《だ》しぬ　貞子［少女］　1958

吾《わ》が杖の行く手に四方《よも》に虫の楽《がく》　宇佐美要　1961

もてなしの虫聞く椅子にかけにけり　松原雀人　1977

虫めがね

金魚の尾華《はな》やぐ拡大鏡の中　辻長風　1959

虫眼鏡あてがひて読む文字の上を拡大されし蟻がよぎりぬ　葉山学　1944没

拡大鏡たのみて書けば一枚の葉書を書きて疲れけるかも　市里武雄　1970

無職

職《しょく》持たぬさびしさ暖炉《だんろ》火をこぼす　辻長風　1954

出勤も退社もなくて秋風鈴　佐々木正　1959

秋の蠅《はえ》びしびし打つて無職たり　前田武志　1960

無断外出を問《と》われ

かさこそと幹打ち落つる落ち葉ありまどろみかねし監房《かんぼう》の夜半《よわ》　荒谷哲六　1926

蔦《つた》の葉の深深《ふかぶか》と覆《おお》ふ塀の下無断外出罪令状を吾によむ巡視長　荒木末子　1956

鞭《むち》打たれ血を吐きて土に伏したりき無断外出を問《と》はれし患者　木谷花夫　1959

むなしさ

針もてずなりて久しも針箱を整理し終へて虚しく座《ざ》し居る　青山歌子　1957

いたずらに虚空《こくう》をさぐる思いして獄《ごく》に過ぎ行く日日の淋しさ　藤本松夫　1962刑死（享年40）

何もかも空虚に見えてならぬ日よ春なればとて心つかるる　板垣和香子　1975

雲走る逢いたい人はもう居《お》らず　辻村みつ子　1992

村芝居

児等《こら》の演《や》る桃太郎劇はゐましもよ年は［端］もゆかぬ爺《じい》さま婆《ばあ》さま　飯崎吐詩朗　1932

地芝居《じしばい》や桟敷《さじき》の下の糸芒《いとすすき》　山形武山　1932

早々《はやばや》と来てゐる婆々《ばば》や村芝居　武井柚史　1933

喜多八が関西訛《なまり》に啖呵《たんか》をきる癩療養所の芝居たぬしも　明石海人　1939

足なへ［萎］の脊負《せお》はれゆくや村芝居　早川兎月　1940没

目が見える！

抜糸して眼瞼《がんけん》ひらくに医師が見え看護婦が見え少し離れし畑野さんを見つ　津田治子　1956

夢のごともどりし視力芙蓉《ふよう》咲く　平良一洋　1963

眼《まなこ》得て光る鰊《にしん》ぞ雪の果《はて》　大崎勉　1965

かへりたるわれの視界や朝風に楠《くす》の若葉のきらめきやまず　北田由貴子　1977

眼帯をはずせば見えしと夫《つま》の声静かなれども弾《はず》みておりぬ　東條康江　1997

眼先《まなさき》にさし示されし指二本たしかにし見ゆまぼろしならじ　朝滋夫　1999

〈十年振《ぶ》りにお目に掛かります〉と吾《わ》が妻に拙《つたな》く言ひて目頭《めがしら》熱し　朝滋夫　1999

目刺《めざし》を焼く

ぱちぱちとはねる炭火に近よりて晩のおかずのめざし焼くなり　長浜しん子［尋常小6年］　1941

焼く目刺匂ひて海の色うしなう　青山蓮月　1959

目の痛み

雨とふりうずと逆巻《さかま》き火と燃ゆる瞳《ひとみ》の病《やま》ひ人は知らずも　谷口岩出　1940

四六時中《しろくじちゅう》絶《た》ゆる閑《ひま》なき眼の痛みせめて一夜を睡《ねむ》らせ給へ　鈴木靖比古　1953

蟬《せみ》の声眼痛《がんつう》を刺し誕生日　伊藤朋二郎　1959

目を借りる

花の種まくにナースの目を借りる　武内慎之助　1972

友の眼をわが眼となしてめぐる丘たんぽぽに飛ぶ蝶もまぶしも　太田正一　1985

面会のあと

暗き道を兄と二人で歩みきぬ面会の母と淋しく別れて　中島住夫［中学3年］　1952

凧《たこ》一つ残し面会の子の帰る　金田靖子　1980没

面会の兄

便《たよ》り絶《た》ちて病む吾みむと麦蒔《むぎまき》終へ湯治《とうじ》よそほひ兄の来《き》たりぬ　秩父明水　1956

面会の兄につられた国なまり　高村茂　1972

面会の兄の持ち来し寒卵《かんたまご》熱き味噌汁に入れて粥《かゆ》食《く》ふ　島田秋夫　1981

面会の姉

吾《わ》が貧しきさまを憐れみ面会の義姉《あね》は着て来し衣《きぬ》もおきゆく　山下初子　1966

水仙や一つ机に姉妹《あねいもと》　金田靖子　1980没

二十四年ぶり面会にきし姉の声テープにとりしをくり返し聞く　長門房子　1996

面会の妹

面会に来し妹二人わが歌集を読みいるうちに泣き出《い》だしたり　中島英一　1978

幼日《おさなび》に別れ来にける妹が五十路《いそじ》となりてわが前に佇《た》つ　北内市子　1988

癒《い》ゆる日を信じて生きよと去る妹《いも》に海凪《な》ぐ瀬戸の夕茜空《ゆうあかねぞら》　泉安朗　1989

面会の弟

昨秋の不作を語る弟に銭《ぜに》を貰《もら》ふはすまなく思ふ　松浦扇風　1953

新薬に希望をもちて吾《わ》が話すを弟はいたく喜びてきく　松浦扇風　1953

面会の子

「お父さんですよ」と云はれて吾子《あこ》はうれしげに瓶のドロップ一つくれたり　高橋揃亭　1930

海荒れよ明日も帰らず居《お》りたしと言ひつつ吾子《あこ》は傍《そば》により来る　高石泰三　1956

面会の娘《こ》の夏服にふれてみる　林谷玉恵　1957

逢ひに来てことば尠《すくな》さ長男が大き安堵《あんど》を父にのこしつ　津田治子　1962

残り咲くリラに射す日よ病む父母に会ひに来たりし女童《めわらわ》の声　大津哲緒　1964

面会の子の顔にふれ髪にふれ　荒尾苔華　1970

追ひ来るを追ひ返し追ひ返し別れたる子が四十年ぶりに会ひに来ぬ　長谷川と志　1985

面会の父

病み離《さか》りひた恋《こ》ふ父も逢ひ見れば言葉少なに心足《こころたら》ふも　上村正雄　1929

重《おも》りたる病《やま》ひかくさむすべもなし久《ひさ》に訪《と》ひ来し父のみ前に　田中碎月　1930

面会の父去る船や秋の暮　芥亀城　1936

「もう八十だからね会ひに来たよ」と云ひ給ふ父に対《むか》ひて眼《まなこ》伏せたり　有明良子　1956

くれぐれも身を労《いたわ》れと言ひ置きて帰りゆく父の復《ま》たふりむきぬ　山川草木　1958

肩に食《く》ひ込むほどの米をば担《にな》ひきていくたびか父の訪《と》ひまし路《みち》　峰沢八重子　1988

面会の妻

麻痺《まひ》し果て皮膚こぼれ落つるわが足を面会の妻洗ひてくれぬ　多山良一　1959

吾が妻は人に憚《はばか》らず十年前の手提《てさげ》を持ちて面会に来ぬ　一柳鈴吉　1965

節子ですと優しく告ぐる妻の声に唯《ただ》おろおろと我は寄り行く　原田道雄　1965

離れ住みて久しき日頃に稀《まれ》に会へば踵《かかと》の減りし靴穿《は》ける妻　横山石鳥　1966

面会の夫《つま》

会いに来ると夫《つま》の音信《たより》のありし朝心すがしく鏡に向《むか》ふ　有明良子　1951

帰り来る日を待つといふ夫《つま》の言葉に返す術《すべ》なく眼《まなこ》そらしぬ　有明良子　1951

面会の母

面会の母と歩きぬ秋日和《あきびより》　H・K［少］1935

面会の母がくれたる傘させば母の姿が思はるるなり　T・S子［高等小（中学）1年］1941

二日居てむつびし母が煮てゆきし小鯛を今宵愛《お》しみつつ食《く》ふ　河村渡　1951

久々に母が訪《と》い来ます島山は五月雨《さみだれ》つづくぬかるみの道　中島住夫［中学3年］1952

洗面器までも磨《みが》いて母は去り　亀柳生　1955

落《おと》したる箸を思はずまさぐりて面会に来し母を泣かしむ　鈴木啓二郎　1956

さようならと立てばおろおろ面会の母は寂《さび》しき瞳《ひとみ》し給《たま》う　藤本松夫　1962刑死（享年40）

正月をせよとし言いて塩漬《しおづけ》の豚肉包みを解《と》きて見する母　天久佐信　1980

何かしてやれる間は来てやると腰伸ばしつつ母はつぶやく　森岡康行　1985

ポケットにひそめて母を送りゆくわが手を母のまた握らんとする　椎林葉子　1988

ひたぶるに吾の介護に明け暮《く》るる妻に手を合はせ母の去《い》にたり　山本吉德　1994

面会の母に言葉が出ず

うららかや母の面会ことば出ぬ　しげる［少年］1958

半日の忽《たちま》ち過ぎて島を発《た》つ母に別れの声とはならず　泉安朗　1989

久久《ひさびさ》に会ひたる母にいたわりの言葉かけずに別れしを悔《く》ゆ　片山桃里　1989没

面会は無くとも

故郷《ふるさと》の父母に会う日は遠けれど清《すが》しく生きてその日をまたむ　K・S［少］　1954

面会にくれば連れ立ち歩《あゆ》まむと思ひし浜を一人来てみつ　広岡一夫　1957

あちこちに面会見えてかえり花《ばな》　善三［少年］　1958

黙祷《もくとう》

（1＝草津・栗生楽泉園の「地獄谷」。園内の患者の残骨を捨てた。）

広島原爆犠牲者に黙祷す舌読中《ぜつどくちゅう》の点字書ひざにおきて　近間治　1957

ラジオに合せ黙祷捧《ささ》げつつ思ふビルマ北部の野に眠る兄　谷川秋夫　1984

死にし人捨てし谷[1]よと教へられ杖を抱《かか》へて黙祷捧ぐ　小林熊吉　1989

原爆死のひとりひとりの声かとも黙祷の中も降《ふ》る蟬時雨《せみしぐれ》　井上真佐夫　1991

黙祷のラジオへ座《すわ》る原爆忌　高野明子　1999

餅《もち》を焼く

死を怖《おそ》れず望まずかびし餅を焼く　大和白玲　1955

こども舎のもち焼くあみはくぼみけり　しげる［少年］　1958

いろりばた顔がぽかぽかもちをやく　K・M［少年］　1958

もち焼きをふくれふくれと待ちおれり　久夫［少年］　1958

物言わず

火を埋めて音信《おんしん》無さを語らざる　室岡喜久男　1955

探《さぐ》り行く吾の姿を見ましてか面会の母ものも言ひ得ず　籠尾ひさし　1956

わが前に声なく立ちしその人をしばらくの後《のち》母とは知りぬ　森岡康行　1964

雀といへ吾と仲よしが死にしかば今日はもの言はずこのまま居《お》りたし　永井静夫　1973

物売りが来る

賑《にぎわ》へる小間物売《こまものうり》や喜雨《きう》休み　高岡ふかし　1935

いつも来る花売りにして若菜売り　水野民子　1936

人里を遠くはなれし小島にも初夏を知らせる金魚売り来ぬ　K・Y子［高校2年］　1952

金魚金魚急ぎて出目《でめ》を二つ買ふ　牧野典　1958

しわくちやの紙幣取り出す蝮《まむし》売り　今野きよし　1959

バナナ売る男の声の柔《やわら》かき　松下元児　1965

柵《さく》越へて鰯《いわし》を売りに来る女　量雨江　1970

風鈴《ふうりん》や言葉巧《たく》みに布地売る　石垣美智　1971

末枯《うらがれ》の野を卵売り帰りけり　岡村春草　1979

浅蜊《あさり》売りの古里のなまり懐《なつ》かしく裏戸《うらど》を開《あ》けて少し買ひたり　青木伸一　1991

物思い

眼を病めばもの思ふ事多かりき机の前も今日も黙《もだ》せる　神田慶雨　1935

ひとり起きまだ寝ぬ友よなに思う故郷《ふるさと》遠く離れ住む島で　北島長保［高校生］　1952

毛糸編《あ》む手をばとどめて何おもふ祈《いの》るがに眼を閉《と》ぢてゐる妻　壱岐耕人　1955

森の声

森を背に此《こ》の教室は静かなり窓近く来て鵙《もず》の鳴く声　大野流花　1935

囀《さえず》りの声々すでに刺すごとく森には森のゐたたまれなさ　明石海人　1939

学校の裏の林に鳴く鵯《ひよ》の声のはげしき朝霧の中　S・K子［高等小（中学）2年］　1941

郭公《かっこう》の谺《こだま》す森の伝言板　後藤房枝　1989

小綬鶏《こじゅけい》の「ちょっとこいちょっくらこい」もまた楽し森に楽しきことのあるごと　沢田五郎　1995

焼芋

雨の夜のつれづれごとに子供らが甘藷《いも》焼く香《かお》り部屋にこもらふ　鈴木蜻蛉　1933

子供等の時なし飯《めし》や甘藷《いも》の秋　黒川かもめ［少］　1940

やきいもをふうふうふきふきなめながらいものおいしさしみじみ思う　今井洋一郎［少年］　1958

幸福とは何《なに》焼芋の匂ひして　桂自然坊　1988

ヤギの親仔《おやこ》

しぼりたる後《あと》の乳房《ちぶさ》を山羊の仔は強くつきあげつきあげて呑む　笠居誠一　1953

春の野にのどかになきぬ母子《おやこ》やぎ　一郎［少年］　1958

薬包紙《やくほうし》に歌を書く

ベッドにて心地よければペンとりてくすりの紙に歌書きて見つ　太田井敏夫　1935

薬包紙一句を書いて捨てられず　前川とき子　1972

火傷《やけど》に気づかず

唇に今日火傷して気のつけば何時《いっか》ここにも麻痺《まひ》及びゐる　壱岐耕人　1955

水ぶくれとなるまで知らざりし足の火傷夫《つま》が嗤《わら》へば吾も笑ひぬ　畑野むめ　1961

優しい人々

退院の日はいつなりや待ちますと名を連《つら》ねたる教子《おしえご》の文《ふみ》　池田時雨　1930

癩《らい》は遺伝と未《いま》だ信じて疑はぬ吾《わ》が村人は吾に優しも　深川徹　1960

はらからは訪《と》いくるるなき癩院《らいいん》に見知らぬ人等《ひとら》のいたく優しき　原仁子　1980

古里に帰りし如く温かく迎えてくれし同病の人人　井出隆　1989

病《やまい》を明《あ》かして結婚する

らいを病む吾《わ》がゐることも打明けて婚約したりといふ妹は　北村愛子　1960

癩《らい》吾の縁家《えんか》にあるをも打あけて娶《めと》りしといふ従兄は明るし　松永不二子　1975

父《とう》さんと呼ばれて聟《むこ》と酌《く》み交《か》わす　五津正人　1988

幸せは吾《われ》の病を隠しては望めぬといふ姪《めい》の心よ　山本吉徳　1994

病を恥じず

学生等と膝をまじえて語るさま故郷《さと》の肉親《うから》に見せたく思う　里山るつ　1970

後遺症深く残れど誇らまし四十年費《つい》やして癒《い》えたるわれぞ　松永不二子　1975

杖持つを恥じらい居《い》しが叱咤《しった》され杖音はずますこの頃となりぬ　里山るつ　1980

らい園に病みし病歴かくすなき君の訃報《ふほう》読む今朝の新聞に　宿里礼子　1998

らい園に一生勤めしが私の勲章と君のみ言葉亡き後に聞く　宿里礼子　1998

病を秘める

父我の癩《らい》を病むとは言ひがてぬこの偽《いつわ》りの久しくもあるか　明石海人　1939

偽名《にせのな》の吾《わ》が文《ふみ》行《ゆ》けば妹がいづくの人と父に問《と》ふらし　深川徹　1955

癩を病む父とは知らずゐたるらし会へば俄《にわか》に吾子《あこ》は泪《なみだ》ぐむ　山崎進志郎　1956

病を忘れて

癒《い》えぬてふ病のことは忘れつつ心静かに花の種蒔《ま》く　熊倉双葉　１９３０

癩《らい》になやむうつつを忘れ恋愛の歌二十首あまり印をつけぬ　城山達朗　１９５６

念頭《ねんとう》にうするる病《やま》ひ菊根分《きくねわ》け　秩父雄峰　１９９２

山に病む

裏山に山鳩《やまばと》啼《な》けり療静か　桑島窓雪　１９３８

かたむきし命まもりて山に住み出る日入《い》る日の光をみつむ　永井鉄山　１９５６

蟇《ひきがえる》どこに坐《ざ》しても山の底　佐藤母杖　１９８９

山また山その裾《すそ》に住み端居《はしい》かな　森つや子　１９８９

柿を吊り幾重《いくえ》の山の奥に住む　後藤房枝　１９９２

山の畑

朝蟬《あさぜみ》の畑掘る人等《ひとら》皆病人　佐々木三玉　１９５１

山畑《やまばた》に土を篩《ふる》ふて春浅し　志村清月　１９５８

義肢《ぎし》の金具かなしき音に鳴るをはき山の畑へ肥桶《こえおけ》かつぐ　笠居誠一　１９６３

目印を置きし西瓜《すいか》の蔓《つる》の伸びたのしみて朝の畠に登る　赤沢正美　１９６５

山の墓地

墓守りも病者の作業落葉掃く　上丸春生子　1957

善人も悪人もなきここ浄土《じょうど》一山《いちざん》うづめて墓立ち並ぶ　萩原澄　1974

歳晩《さいばん》の墓石《ぼせき》を風が泣かすなり　山川静水　1994

山の道

夕ぐれや墓参道路に咲く桔梗《ききょう》　中野宏子［中学3年］　1948

赤とんぼ夕日にあかい山の道　中尾伸治［少年］　1952

病む友を看取《みと》る

病む友をみとりこもればいつしらにさくらの花のさかりも過ぎつ　佐々木妙子　1935

病む友の胸なでてゐる指先にあらはにふるる骨だちさびし　佐々木とし子　1937

病室のベットにねむれる吾《わ》が友の痩せたる胸の肋骨動けり　Y・Y［尋常小6年］　1941

長病《ながや》みの友はやかんの湯の音が今日はせぬとてさびしがりをる　T・Y子［高等小（中学）2年］　1941

病む友の枕辺《まくらべ》近く月さしぬ　匿名［中学生］　1952

友だちの看病しつつ本よめば遠く聞《き》こゆるふくろうの声　Y・M夫［少年］　1958

福は内鬼は外よと豆まけば病気の友も笑顔みせけり　平良花子［少女］　1958

やりばのない怒り

ドロップス無暗《むやみ》に荒く噛《か》みくだきわれとわが身にする抗《あらが》ひよ　木谷花夫　1959

死して尚《なお》帰れず骨堂《こつどう》の白壁に怒りにも似てもゆる夕映《ゆうばえ》　菅野美代　1980

こみあげる怒り抑へて虫を聞く　児島宗子　1989

的《まと》はずれ承知で神を問《と》いつめる　中山秋夫　1998

柔らかな手

瞼《まなぶた》に手の温《ぬく》もりを感じつつやさしき大人《うし》をわが仰ぎたり　田中砕月　1930

探《さぐ》りゆく我を追い来て名も告げず柔《やわらか》き手が手をひきくるる　鈴木一歩　1977没

吾《わ》がからだ支へる妻のやはらかき腕の力に拠《よ》りて歩みぬ　細田辰彦　1988

咳すれば背にやわらかなナースの手　桜井学　1990

わが肩に手を置き向きを変へくれし柔らかき指の感触残る　飯川春乃　1996

遺言《ゆいごん》を書く

遺言を口うつしにて書く友の筆の運びのすすまざるかも　木村美村　1929

遺言もそれぞれはたし蚊帳《かや》の月　平良一洋　1963

正月に書き改むる吾《あ》が遺言《いごん》頼みゐし君に先立たれけり　陸奥保介　1966没

夕暮時《ゆうぐれどき》

夕暮れの谷の静けさよけふよりはここに飼はるる牛のなくなり　鈴木蜻蛉　1933

夕暮の馬鈴薯《ばれいしょ》の葉のたくましく　本田勝昌［少年］1947

日暮道とほく聞《きこ》ゆる歌声は淋しささそふひとりゆきつゝ　白石静香［少女］1949

秋風の吹く夕暮や波の音　伊藤とし子［中学3年］1950

緑濃き丘に来て鳴く山鳩《やまばと》の声の静かに夕《ゆうべ》になりぬ　K・M夫［少年］1950

今日も亦《また》暮れ行く空か入り日射し静かに雲が峯をはなるる　T・M男［少年］1950

ラブ・イズ・オーバーなど唄《うた》ってみる日暮《ひぐ》れ窓　辻村みつ子　1992

人は皆寂《さび》しきものと思ひつつ山に没《い》りゆく夕日見てゐつ　宿里礼子　1998

有刺鉄線《ゆうしてっせん》

わが生きの拠所《よりど》と思ふ療院に張られてありぬ有刺鉄線　板垣和香子　1960

もう会へぬ母よ冬日の有刺線　吉田万　1974

夕立　（1＝草刈り作業のあと。）

夕立に仔豚《こぶた》は飛んで帰りけり　斎藤ふさを　1935

草[1]かごをせおいて雨におわれくる　S・T［少］1958

夕立やんで

雨やんで今日の山吹《やまぶき》なお濃《こ》ゆく　小坂茂［高校2年］　1952

雨あがりの家も野山もあざやかに　K・Y子［高校2年］　1952

夕立のはれたる森でせみ鳴きぬ　I・A子［少女］　1958

夕立のやみてにわとり出てゆきぬ　勝［少年］　1958

雨上りのすずしき風に吹かれつつわれは骨堂の庭をはきおり　海老原貞茂［少年］　1958

郵便船《ゆうびんせん》

凩《こがらし》のややをさまれば郵便船来《こ》ぬかと浜に出《い》でて見にけり　清川比斗志　1940

海荒れて郵便船は今日も来《こ》ず島は孤立に昏《く》れて灯《ひ》ともす　林みち子　1967

夕焼け

夕焼けの道をとぼとぼゆく子かな　武夫［少年］　1958

夕焼けにそまって帰るからすかな　しめ子［少女］　1958

夕焼けにしばし明るき作業かな　与市［少年］　1958

天界にわが恋人の住めるがに茜《あかね》ゆふづく癩園《らいえん》の森　木谷花夫　1959

空と海と一つになりて燃えさかる炎の如し島の夕映《ゆうばえ》　光岡芳枝　1972

湯加減《ゆかげん》をみる

湯加減を口に確かめ懇《ねんご》ろに視力全くなき眼を洗ふ　小山蛙村　１９８１没

風呂の湯のあつさ加減を舌にみる麻痺《まひ》せぬところそこのみありて　林みち子　１９８７

雪に遊ぶ

駈けてゆく子らのうしろゆたはむるるうれしきか仔犬雪ふる中に　黒川眸　１９３２没

初雪の降りしを友は喜びて寒き外をばかけまはりをり　倉田和子［高等小（中学）１年］　１９４１

窓を開《あ》け一夜の雪におどろきてまだ起きぬ友を我はよびたり　小坂茂［少年］　１９５１

初めての大雪降りて友だちは寒さ忘れてだるま作れり　Ｙ・Ｍ男［少年］　１９５８

寒さをば忘れて作りし雪だるま雪がとけても長く残れり　Ｙ・Ｍ男［少年］　１９５８

初雪を手に手にとるや五年ぶり　光男［少年］　１９５８

初雪や顔を赤らめ雪合戦　広志［少年］　１９５８

初雪に白くつづくよげたのあと　しめ子［少女］　１９５８

琉球少女の雪をよろこぶ声きこゆ病みて遥遥《はるばる》学《まな》ばむと来て　津田治子　１９６１没

戯《たわむ》れに雪に押したる我の手は犬の踏みたる足跡に似て　林みち子　１９６７

雪だるま一族ほどもつくりけり　林皎司　１９７０

尻餅《しりもち》をついてことさら雪を愛し　中江灯子　１９７４

雪映《ゆきばえ》　（1＝小豆島が対岸に見える。）

みとり終《お》へのがるる思ひに帰り来る廊下は明るき朝の雪映え　山口義郎　1937

真向ひの[1]小豆の島の残雪を静かに惜《おし》む日となりにけり　H・S〔高等小（中学）2年〕　1941

あらたまの年のはじめに雪積みて雪のあかりに居るがたのしさ　畑野むめ　1961

雪道

肩借りて共によろめく雪解道《ゆきげみち》　森明　1962

雪道の息切れかばう妻も義肢《ぎし》　茅部ゆきを　1976

降る雪に遍路《へんろ》の白の紛《まぎ》れざる　桂自然坊　1988

雪を踏むときめき

珍らしき大雪の日なり道の雪蹴散《けち》らしゆけば心ときめく　山形武山　1933

舌頭《ぜっとう》にて点字一行を読み得たる心あはあはと春雪《しゅんせつ》を踏む　秩父明水　1971

鵯《ひよ》射《う》つて少年雪を踏み来たる　須並一衛　1974

この朝の庭に積《つ》もれる雪踏むにぼくぼく鳴りて幼《おさ》な日のごと　谷川秋夫　1979

年新《あら》た雪新《あら》た踏みしめて出《い》づ　金子晃典　1984

長靴の赤きをはきて新雪を踏みしめ朝のミサに出《い》できぬ　飯川春乃　1996

ゆくすえを案《あん》じる

春ちかく雪降る夜《よ》をば少女らは残火《ざんか》かこみて身の果《はて》語る　坂口あきら　1938

吾《わ》が過去に似たる未来を生《い》くるなりこの少年の癩《らい》患者にて　鏡太郎　1952

いたつきて子なく夫《つま》なきをみな吾《われ》行く末のこと思へばさびし　香山葉子　1953

廃嫡《はいちゃく》の手続き済みてぽつねんと孤独の未来考へてゐる　秋葉穂積　1956

盲《し》ひてゆくことを知りてか見ゆる目に点字習はむと妻の呟《つぶや》く　滝田十和男　1970

輸血を受ける

我がために血潮《ちしお》ゆづると四五人の友ら来《きた》りけり朝の寒きに　島田尺草　1938没

ひとの血が吾《わ》が現身《うつしみ》にうつさるるおもむろにゐて眼《まなこ》を閉《と》づる　滝田十和男　1956

このわれの微《かそ》けき生命《いのち》看護婦の友らがくるる血にぬくもれり　木谷花夫　1959

指一本が欲しい

点字読む指一本が欲しい友　浜口志賀夫　1961

病む指がも一本ほしい毛糸編《あ》む　東一歩　1975

知覚ある指ひとつ欲《ほ》しと切《せつ》に思ふシャツの釦《ぼたん》をはづしかねゐて　山本吉徳　1988

知覚の指一本欲しきエレベータ探《さぐ》りさぐるも我に分《わか》らず　飯川春乃　1996

指切《ゆびきり》

夜おそくまで遊びし友らは明日も又遊ぶと指切して別れたり　長浜しん子［尋常小6年］　1941

ゲンマして眠る子供の夢つづく　阿部寒流　1959

指切りで誓《ちか》った指も今はなし　峰やよい　1972

指なき手なれば

指なき手なれば匙《さじ》もて大根《だいこ》蒔《ま》く　青山孝　1953

指のなき手にも茶を注《つ》ぐすべありて何に惑《まど》ふやわが生きの身を　板垣和香子　1978

みかん買いし網《あみ》の袋は入浴石鹸入れて重宝《ちょうほう》す指のなき手は　林みち子　1982

ピンセット五本の指に負けぬ役　滝春夫　1982

指は歴史を秘めて曲《まが》**ってる**

曲りたる此の指にても有難し落ちなむとせる玉子《たまご》を摑《つか》む　太田井敏夫　1951

どの指も歴史をひめて曲ってる　青葉香歩　1970

折れ曲る指にも同じ陽《ひ》の愛撫《あいぶ》　青葉香歩　1970

女八人集《つど》ひて針供養する誰の手も大方《おおかた》指のどこか曲れる　岩本妙子　1992

病む日日《ひび》を歌に縋《すが》りて生き来しと曲りし指を沁《し》みじみと見る　岩本妙子　1992

指輪

わが指の病み重《おも》りつついささかは腫《むく》みの退《ひ》けば指輪をはむる　碧海以都子　１９５３

哀《かな》しみにつながりをもつ金指輪指のなき掌《て》にまたのせて見る　板垣和香子　１９７０

この指に指輪を贈ることもなく三十年経《へ》て妻の爪切る　島田秋夫　１９８１

後遺症残れる吾の手をとりて姉はパールの指輪はめくれぬ　宮城静子　１９８８

指を失う

花万朶《はなばんだ》明日は失《な》くする薬指《くすりゆび》　伊藤朋二郎　１９５６

賀状書く指失ひし括《くく》り筆《ふで》　橋山静波　１９５７

遠雷《えんらい》やペンをあやつる指なき手　山本肇　１９６８

一本一本苦しみしのち落とされて指失《う》せし手が語るわが過去　林みち子　１９８２

指の無き掌《て》よりこぼるる雛《ひな》あられ　中村花芙蓉　１９８９

指をもむ

手の指の感覚戻れよと祈りつつ臥《ふ》しいる夫《つま》の手をもみており　石井加代子　１９６５

職場より帰れば妻は我の手の麻痺《まひ》を戻すと夜毎《よごと》揉《も》みにき　平田政道　１９６６

曲がる指もみくれ哭《な》きし母なりき母のお指も今は世になし　泉安朗　１９８７没

夢は会えるから楽しい

吾子《あこ》の夢さめてかなしき病床に歩みそめにし吾子を思へり　小池かず　1926

眼の見えし其《そ》の時のごとまざまざと物みな見えて夢はたのしも　松本のぶ　1929

夢はよきもの妻が子が会ひに来る　富樫鬼外　1940

夢は見えるから一番いいと突然に向ひ側ベッドの盲《めし》ひが言ひぬ　有村露子　1952

母の夢に楽しかりにし朝あけて覚《さ》めし布団は汗の匂ひぬ　北島長保［高校生］　1952

夢で会う故郷《ふるさと》幼《おさ》なき友ばかり　佐藤清月　1970

愛《いと》し子はいつも七つで夢で逢い　中山ゆき　1970

夢の中だけ故郷《さと》に行き友に逢い　村松加代子　1988

夢の中の母うら若く黙《もく》もくと曲りしわれの手を引きてゆく　岩本妙子　1989

軒燕《のきつばめ》巣立ちしその夜《よ》母の夢　後藤房枝　1992

七七忌《しちしちき》過ぎたる兄が夢に来ぬ面会の約《やく》を果《はた》さむとごと　鏡功　1992

面影《おもかげ》を忘れし母に夢に逢ひぬ三十六歳まづしき農婦　山岡響　1995

酔う

ゆるされし正月のみの酒に酔ひ癩《らい》の現《うつつ》を離れてめでたし　辻瀬則世　1951

屠蘇《とそ》の酔《よい》癒《い》ゆる願《ねがい》は捨てきらず　奥如水　1951

予算

癩《らい》予算一割削減を聞きながら袷《あわせ》の穴に手をふれてをり　笹川佐之　1955

病む者が苦役《くえき》負《お》はねば立ちゆかぬああ国立の癩療養所　滝田十和男　1956

一枚多く疵《きず》にガーゼを当つるさへ直接にひびく予算削減　堀中宇都美　1959

包帯も洗ひて千切《ちぎ》れるまで使ふ国富《とめ》ど変わらぬ国立の療園《えん》　松浦篤男　1975

四畳半《よじょうはん》

猫柳めぶく四畳半に飼《か》はれゐるけもののごとき吾の元日　青山歌子　1963

四畳半に妻と二人の十幾年いら立つときもさからはずゐる　高橋寛　1975

四畳半一間《ひとま》きりなり梅活《い》くる　原田美千代　1979

よそよそし

久びさに会へばはにかみもの云はぬ吾《わ》が子の所作《しょさ》のかなしかりけり　泉佳代子　1956

会ひを待ち会ひしが母に馴染《なじ》めずと結びし文を機関誌に編《あ》む　根岸章　1963

風鈴や礼儀正《ただ》しう義兄《あに》の文《ふみ》　石垣美智　1971

おとなびて会いに来た子の他人めき　高野金剛　1972

渡り鳥歳月《さいげつ》人を隔てしむ　増葦雄　1985

世の隅に咲く　（１＝星塚敬愛園）

我が身をばいたましと思ふ事もあり社会も知らず家庭も知らず　松原しげ子　１９５１

荒畑のすみに咲きにし口照草そっとおこして鉢に植えたり　貞子［少女］　１９５８

寒菊《かんぎく》や年々おなじ庭のすみ　豊子［少女］　１９５８

見わたせばな［菜］の花麦とつづきけるここは悲しき敬愛[1]の村　日野弘毅［少年］　１９５８

人がひとを差別しやまぬ世の隅にみづみづと朱《あか》き地の唐辛子　朝滋夫　１９８０

凜《りん》と咲く一人静《ひとりしずか》もわたくしも　辻村みつ子　１９９２

読み書きの慾

かにかくに両手にペンをはさみもちて文字の書くるを幸《さち》と思へり　原よしじ　１９３７

ペンを咥《くわ》えて字を書く君と知らざりきその字さげすみしこともありけり　沢田五郎　１９７２

録音機購入決断したるとき生きたき欲に身のゆすぶらる　太田正一　１９７５

命終《みょうじゅう》のきわまでわれをさいなまんひとつのみなる読み書きの慾　太田正一　１９７５

喜び

万年筆初めて買ったうれしさにまた出してきて書いてみるなり　藤香［少女］　１９５８

手探りに歯磨《はみがき》の蓋《ふた》まはしつつ取れたることも喜びのひとつ　上田錦水　１９５９

らい予防デー

救ライにつくせしという人らラヂオに語りいて吾ら嘲笑のうちにくるるライ予防デー　田島康子　1956

さりげなく「救ライの日」のラジオ鳴る故郷《さと》の家族《うから》にきびしき一日　田上稔　1988

らい予防法制定

法網《ほうあみ》にがんじがらみにしばられて患者は生ける屍《しかばね》となる　笠居誠一　1953

『癩《らい》患者野放し』新聞社よ我等《われら》を猛獣とでも思ってゐるのか　深川徹　1955

癩者《らいしゃ》吾等《われら》の父と云はれし園長が強制収容を国会に説《と》く　田島賢二　1956

旧法の隔離主義現行法に受け継ぎし昭和二十八年既にプロミンありき　沢田五郎　1995

もの心つきたるわれを背負《せお》いくれし父はハンセン病に侵《おか》されていつ　東條康江　1997

病院へ行けと巡査はサーベルを鳴らして父に強く言いたり　東條康江　1997

らい予防法廃止

人生を返せと国を訴へし気持が分《わか》る痛いほど分《わか》る　山本吉徳　1998

法廃止ああ変わらない差別の目　天地聖一　2000

らい予防法廃止となりしも兄弟に負《お》わせし痛手《いたで》浅くはなからん　森山栄三　2001

病《やまい》ゆえ強制収容に泣きし療友《とも》予防法廃止を骨堂《こつどう》にて告《つ》ぐ　森山栄三　2001

ラジオ

火鉢《ひばち》の輪ゆづり合ひつつ友だちと更《ふ》けしも知らずラヂオ聞きゐし　堀川イサム　1930

湯しぼりのタオルにて顔を拭き朝のラジオに文化講座始まるを待つ　笹川佐之　1952

夜《よ》の更《ふ》けてラジオ止まりしたまゆらは身の沈みゆく如く思へり　田河春之　1953

子規の歌廊下に出《い》でて聞きてをり野球放送聞く友等《ともら》離れて　松崎水星　1963

療友にからかはれつつ盲《めし》ひ吾《われ》ラジオの英語声あげ学ぶ　大峰則夫　1988

手も足も目も侵されし身なれどもラジオ聞こゆるを幸せとせむ　北内市子　1988

ランドセル

故里《ふるさと》に残せし吾子《あこ》も今年よりランドセル負《お》ひ入学せむか　牧野典　1958

ランドセル「ありがと」と弾《はず》む孫の声入学姿《すがた》受話器の奥に　加賀谷幸蔵　1983

離婚

八年を契《ちぎ》りし妻は今日去りぬつれなきみよりの言葉否《いな》みえず　池田時雨　1930

野あざみの絮毛《わたげ》を海にとばしゆく離別の手紙出して来し野に　神村正史　1965

何時《いつ》いつと癒《い》ゆる日に希望かけて来しわれに離縁の便《たより》届きぬ　長谷川と志　1985

騒ぐ思ひを鎮《しず》めつつ友に読みもらふ常よりも厚き妻の封書を　吉岡晴雄　1988

リュックサック

帰郷するリユツク嬉《うれ》しく手伝われ　古田四五六　1948没

リュックサック負《お》ひて常より丈《たけ》小《ち》さく見ゆるが愛《いと》し帰省する妻　山岡響　1960

面会のリック溢《あふ》れる親心　大友流星　1960

療園遠すぎる

老父母は病み居る我をきづかひて百里《ひゃくり》の道をたづね来ましぬ　香月善信　1951

はるばると訪ね来ませる母の顔に初夏の汗がにじみておりぬ　中島住夫［中学3年］　1952

癩者《らいしゃ》らを島に移せし政策も医官きたらぬ現実となる　芝山輝夫　1957

誰れも彼も癒《い》えたる如き笑顔して専門医来たる外科室に行く　宮城靖　1965

面会の母に療園遠すぎる　園井敬一郎　1995没

療園に果《は》てる

病《やまい》ゆえに一生《ひとよ》を島に果てなむか目覚むれば今朝を海鳴りの音　高橋あつし　1956

ここにして終る一生とおほよそに決《き》まりて仰ぐ阿蘇冬枯るる　入江章子　1983

反骨《はんこつ》のナイフもいつか錆《さ》びて古稀《こき》　五津正人　1988

八十の園歴祝ふ会場にわれより古き人は少なし　矢島忠　1990

療養手当

幾月の吾《わ》が念《ねが》ひなりきこの月の療養手当にて歌集購《もと》むる　山口信雄　1953

療養手当の銭《ぜに》にあがなひ呑《の》むミルクみごもる猫に少しほどこす　杉原宗三郎　1959

療養生活費調査紙にわがためらはず書き込みし少額の小鳥の餌代《えさだい》　木谷花夫　1959

りんご

生家《せいか》のリンゴ双手《もろて》に享《う》けて童《わらわ》めく　石浦洋　1961

みちのくに血のつながっているりんご　前川良輔　1972

点字読む舌よろこびぬ青林檎《あおりんご》　岡村春草　1979

りんご箱

リンゴ箱に青き布かけて妻の机けふはスタイルブック置きあり　村井葦己　1959

リンゴ箱の釘抜きをればこぼれ散る妻が生《う》まれし故郷《さと》の籾殻《もみがら》　佐藤一祥　1965

隣室

氷割る音ひそかなる隣室は今宵も起きて看護《みとり》居るらし　隅青鳥　1936

隣室の父に会ひに来る女童《めわらわ》の軽き足音今日も聞きたり　田河春之　1956

臨終の父

結節《けっせつ》のうづめ盲《し》ひたる父の眼に秋陽《あきひ》はにぶく光りてをりぬ　T・Y子　1941

父よべどにぶき眼《まなこ》のうごきなく切れがたき痰《たん》ののどになり居り　T・Y子　1941

こほろぎは壁にすがりて鳴きてをり父臨終の夜の静かさ　T・Y子［高等小(中学)2年］　1941

乾きたる父のくちびる白き綿に水ふくませて湿しやりたり　T・Y子　1941

死の床《とこ》に父は言ひしか弟にらい園にわれの生きてゐること　福岡武　1975

肩叩かれふり向くしばし声とならず二十七年振《ぶ》りの弟立てり　福岡武　1975

流人《るにん》のごとく

佇《たたず》みて流人に似たり月見草　金子晃典　1965

療養は遠きをよしと此処《ここ》に来しが盲《めし》い果《は》つれば流人のごとし　田村史朗　1984没

古里に癒《い》えて帰れぬ父なりき流人のごとく生を終へましぬ　山本吉徳　1988

霊柩車《れいきゅうしゃ》（病者が押したり引いたりした大八車。）

霊柩車押し緑蔭《りょくいん》をあへぎ登る　石黒紅月　1959

曲るとき柩車の華麗《かれい》夕焼《ゆやけ》濃し　小坂さつき　1970

霊柩車皆《みんな》で押して雪の道　金田靖子　1980没

恋愛

人の忌《い》む病《やまい》も君はことともせず在る夜妻のごとく泊りゆく　横山石鳥　1955

村人の冷視も知りゐて四年のあいだ汝《なれ》は通ひきぬらい病む吾に　横山石鳥　1955

家を出てつひにわが許《もと》に来《こ》し汝の息安らかに傍《かたわ》らに寝る　横山石鳥　1955

わが影

勉強をしてゐる我の黒き影壁にうつりて部屋静かなり　O・Y乃［尋常小6年］　1941

枯草を背負《せお》ひて立てば寒寒《さむざむ》と夕日の中のながき吾《わ》が影　双葉志伸　1959

十代の齢《とし》にきたりてこの島に老《おい》づける身の砂に引く影　林みち子　1967

友の葬《はふ》り終りて白き海辺路《うみべじ》を夫《つま》との長き影曳《ひ》きて帰る　北田由貴子　1986

わが歌集成《な》る

張りつめてありし心のゆるびけむ歌集のうへに涙おとしつ　島田尺草　1938没

吾《わ》が歌の活字となりて世に出るをよろこびくれる母の文《ふみ》来る　藤本松夫　1962刑死（享年40）

わが歌集兄は涙して読みしとぞ材木相手のあらくれの兄よ　沢田五郎　1972

幾年《いくとせ》を夢に抱き来し吾《わ》が歌の歌集になる日を指折りて待つ　里山るつ　1982

今に果《は》てても惜しまぬいのち思ひつつ小《ち》さき歌集を萎掌《なえて》に撫づる　滝田十和男　1985

わかつ

たまはりし師の鈴蘭を四五人に分《わか》つよろこび吾はうけたり　山名天絃　1930

たらちねの母ゆ届きし百日柿《ひゃくめがき》僅《わず》かなれども友らに配らむ　大橋玉泉　1957

残飯《ざんぱん》をほせばすぐくる寒《かん》すずめ　千恵子［少女］　1958

やはらかき光うけつつうで卵一つ妻と分《わか》ち食《は》むイースターの朝　苅田省三　1963

貰《もら》ひたるお萩《はぎ》をひとつ人目《ひとのめ》を隠れて持ちゆく病棟の妻へ　麻野登美也　1972

猫も犬もひとつ飯《めし》喰《く》ひ春の虹　田畑馬邑　1974

口述の賀状書きくるる奉仕者と石焼いもを分《わか》ち頬張《ほおば》る　山岡響　1984

癩《らい》ながら人に生れしを幸《さち》としてねだる狸《たぬき》にパン与へをり　北田由貴子　1986

うからに会へざりしかどいささかの故郷《さと》の土産を友らに配る　村瀬広志　1988

わが出会い

幸《こう》と言ひ不幸《ふこう》と言へど分けがたし目を失ひて人を知りたり　大津哲緒　1976

古き歌を清書しみれば病みてこその奇《く》しき出合ひのわが歌多し　松永不二子　1988

掛替《かけが》へなき出合ひをあまた享《う》けたりき狭き歩みの療園《ここ》にての生《よ》に　松永不二子　1988

日日われの最も多く使ふ言葉心こめて言ふありがとう　山本吉徳　1998

この命素敵な出会い有り難う　天地聖一　2000

わが逝《ゆ》く日

凍蝶《いてちょう》や吾《わ》が身白無垢《しろむく》にて逝かむ　中江灯子　1976没

命断《た》ちし君を羨《とも》しと思はねば吾は堪へて待つおのづからの時　畑野むめ　1976

命終《めいじゅう》の日にと想ひて良き香《こう》と香炉《こうろ》をえらぶ善光寺にて　山下初子　1978

わが逝く日かくあれ大綿《おおわた》ゆつたり舞ふ　白井春星子　1985

病葉《わくらば》

枝はなれくるめきて行く病葉を病ひの床《とこ》に見すましにけり　原田稔　1944没

毛虫焼く匂い病葉焼く匂い　中村安朗　1971

病葉の雨にうたるる石畳《いしだたみ》　吉田香春　1990

陣痛の呻《うめ》きも知らぬ病葉よ　辻村みつ子　1992

忘れられ

吾《わ》れ死ねど誰か歎《なげ》かんしみじみと思ふは淋し小夜床《さよどこ》にして　小田薄紅　1935

忘れられて死にゆく者の一人ぞと思ひし時しきりに郷愁のわく　杉野智代　1952

掬《すく》ひたる砂に秋陽《あきひ》のぬくみあり忘れられつつ社会《よ》を恋《こ》ひ止《や》まず　平野春雄　1956

亡きものとなりゐるわれと知りたりし虚《むな》しさにゐて蝦《えび》の腸《わた》抜く　入江章子　1998

笑い合う

手術して共に明るき目となりし顔近近《ちかぢか》と寄せて笑ひ合ふ　橋本辰夫　1959

壁越しに話して寒夜《かんや》笑い合い　平良一洋　1963

われも妻も何処《どこ》かに痛みを常《つね》持ちてしかめし顔を見合わせ笑う　井上真佐夫　1985

わが義眼《ぎがん》の瞳《ひとみ》の位置のずれたるを夫《つま》が笑へばわれも笑ひぬ　岩本妙子　1995

我あり

みづからが光と燃えて生きざれば生きる道なし癩《らい》に盲《めし》ひて　大津哲緒　1964

恋《こ》い死なん祖国も旗もあらざればひとりの自負にひとり安《やす》ろう　川野順　1990没

置き去りの兎《うさぎ》なんかじゃない私　辻村みつ子　1992

生き生きて生きて今あり手に団扇《うちわ》　村越化石　2007

我にできる仕事

朝夕に裏の雨戸《あまど》をく[繰]ることも吾になしうる仕事のひとつ　平辰己　1959

かたき蓋《ふた》ゆるめつつ目に薬さすわが手に出来ることも安《やす》けし　大津哲緒　1983

我に出来る仕事がありて霜《しも》を踏む　山本肇　1987

今ありてなすべきことの吾《われ》にあり指あらぬ掌《て》にペンを結《ゆ》ふる　林みち子　1999

我ら…「らい病《や》みまして」

永《なが》き世を潜《ひそ》まり生きてきたりしかもはや病《やまい》を匿《かく》さざるべし　横山石鳥　1955

一様《いちよう》に大き陽《ひ》あたる社会欲《ほ》し「らい病みまして」公然と言へる　永井静夫　1973

わが病《やまい》を終《つい》に明かして結ばるるゆり子よ摑《つか》め大《おお》いなる幸《さち》を　山本吉徳　1994

はこべらよもう生《お》い立ちを喋《しゃべ》ろうよ　辻村みつ子　1992

あとがき

昔、修行に疲れたシャカにスジャータは百頭の牛から絞った乳を十頭に飲ませ、その十頭の乳を一頭に飲ませて得た乳で乳粥を作って献じた。それを食べたシャカは再び気力・体力を回復して修行を続けて悟りを開いたと伝えられる。

本書は「はしがき」にあるように、『ハンセン病文学全集』から作品を選んでテーマ毎に排列したものである。『全集』は千冊に及ぶ患者・元患者の作品集のアンソロジーであるから乳の圧縮にも例えることができる。本書の特徴は、短歌・俳句・川柳、さらに大人と子どもを分けずに排列していて、その結果得られる印象は単純なアンソロジーとは趣をことにして三つの短詩型の特徴が絡み合いより立体的にテーマを際立たせる。これは古今に例がなく本書の編者の独創であり、『全集』を素材として調理された乳粥のようなものである。短歌や俳句・川柳の専門家でもなく、かと言って素人でもない、「編集」の専門家でなければ思い至らない発想である。

皓星社　藤巻修一

『ハンセン病文学全集』の刊行を思い立ったのは、回復者で作家の島比呂志が一九八〇年代の中頃に、「我々の文学全集が欲しい」と書いているのを新聞記事に見たのがきっかけだった。皓星社では詩人の村松武司の導きでハンセン病患者・元患者の作品集を手がけていたから、小説の北条民雄、短歌に明石海人、俳句では村越化石など優れた作家のいることは知っていたが、その全貌は必ずしも明らかではなかった。

そこでまず、資料収集の基礎となる全療養所の出版目録の作成から始めることにした。編集担当者は能登恵美子でこの時二十五歳だった。その頃は「ハンセン病資料館」もなく作品集の目録作りだけでも何年もかかる仕事になりそうだった。目録作成を続ける中で、「ハンセン病関係の資料は自分たちの手で収集管理しよう」と神谷書庫(長島愛生園)を守る双見美智子さんやハンセン病図書館(多磨全生園)を作った山下道輔さんたちの活動を知った。各療養所に居るそうした人たちの先行する活動に助けられて作品集の目録作成は進んだ。しかし、作品集からだけの編集では、例えば戦争中や戦後まもなく亡くなり作品集を持たない人は漏れてしまうなど、その限界を誰よりも知っていた能登だったから既にその段階で『全集』第二期を構想していた(第二期は能登の早逝により着手の目処が立っていない)。

皓星社では同時に、明石海人の全集の編纂をしていたから、こちらは療養所の機関誌を読み込む必要があった。そこで、個人作品集や合同作品集にない子どもの作品を発見する。そしていま老境に向かいつつある入所者の多くがその子どもたちの成長した後の姿であることを知る。すなわち療養所には入所者の人生がまるまる埋まっているのだ。能登は子どもの作品の収集を始めた。そして後に能登の強い主張によって児童作品は独立した一巻（『ハンセン病文学全集』第10巻・児童作品）となって異彩を放つことになる。

『海人全集』と『ハンセン病文学全集』のために能登の療養所滞在は延べ数ヶ月に及んだ。まだ外部から療養所を訪れる人は稀の時代だった。千冊に及ぶ目録が完成し作品の収集が終わり、鶴見俊輔・加賀乙彦氏らを編集委員に迎えて刊行を開始するまでには長い時間を要した。

さらに刊行開始から二〇一〇年の全巻完結までに足掛け八年間の産みの苦しみを味わうことになった。編集の後半には「こうした仕事は出版界挙げて取り組むべきだ」と理解を示してくれた大手出版社のO社長の支援もあった。そして、担当編集者の能登は刊行を見届けたかのように、二〇一一年三月七日（東日本大震災と原発事故の四日前）逝った。あと数週間で五〇歳になろうとしていた。

長い編集期間中には販売環境も変わった。我々は事あるごとに「こういう企画をしているが図書館は買ってくれるだろうか」とリサーチして「こういう本こそ図書館で買うもの。頑張ってください」という返事に意を強くして作業を進めた。しかし、一九九〇年代に「行政の数値評価」という手法が取り入れられ、刊行開始の頃には図書館活動は蔵書回転率や住民一人当たりの貸出率で測られるようになり、選書基準はそうした数字にいかに貢献するかに変わった。大手出版社や作家が声を大にするような図書館がベストセラーを何十冊も購入するという副本問題も著者や出版社の利益を損なうといようような目先の話ではなく、こういう数値化が「図書館の選書や経営に馴染むのか」というところから論じなければ事の本質には至らないのではないか。

しかし、そうは言っても図書館は出会いの場である。二〇一一年に能登がなくなって五年後、某図書館でようやく『ハンセン病文学全集』と本書『訴歌』の編者との邂逅が訪れる。編者の阿部正子さんは三省堂の編集者として長いあいだ農薬や抗がん剤問題、障がい児や薬害エイズ、誕生死の問題など、無名の弱者に寄り添う本を企画してきた。阿部さんにも『全集』編纂と同じ物語があるはずである。その出会いがなかったら本書は生まれることはなかった。

かつて先輩編集者に言われたことがある。「編集の醍醐味は異質の二人を出会わせ、その触媒となって新しいものを生み出すことだ」。二人の異色の編集者は生きて出会うことはなかった。しかし、その出会いを通してこの滋味豊かな乳粥が生まれた。それには全集の萌芽から数えて三十五年の年月が必要だったのである。

この『訴歌』一冊が出来るまでを記録し、読者と共有したいためにあえて「あとがき」を草した。

二〇二一年三月七日

編　者

阿部正子　（あべ・まさこ、筆名・小暮正子）

1951年、千葉県生まれ。元三省堂編集者。農薬やがん治療の問題、障がい児・薬害エイズ・誕生死等の単行本や『てにをは辞典』『敬語のお辞典』『十七季』『五七語辞典』等を企画・編集(以上、三省堂)。

著　書

共編で『俳句・短歌・川柳と共に味わう　猫の国語辞典』（佛渕健悟・小暮正子編、三省堂・2016年）

共著で『夢みる昭和語』（女性建築技術者の会編、三省堂・2017年、小暮正子で執筆）

阿部正子編『てにをは俳句・短歌辞典』（三省堂・2020年）

『ハンセン病文学全集』８巻(短歌)、９巻(俳句)、10巻(児童作品)の各巻末に、本書『訴歌』に収録した作品の「作者紹介」があります。

訴歌《そか》　**あなたはきっと橋を渡って来てくれる**

2021年４月26日　第１刷発行
2022年12月６日　第３刷発行

編　者…………阿部正子
発行所…………株式会社　皓星社
発行者…………晴山生菜
〒101-0051 東京都千代田区神田神保町3-10
TEL：03-6272-9330　FAX：03-6272-9921
Mail：book-order@libro-koseisha.co.jp
ウェブサイト http://www.libro-koseisha.co.jp/
郵便振替　00130-6-24639
ＤＴＰ…………株式会社　エディット
カバー印刷……株式会社　あかね印刷工芸社
本文印刷………株式会社　太平印刷社
製　本…………共栄社製本印刷株式会社

ISBN 978-4-7744-0741-8